트루베니아 연대기

FANTASY STORY & ADVENTURE

김정률 판타지 소설

dream
books
드림북스

트루베니아 연대기 3

아르카디아의 초인들이여, 나를 기다려라!

초판 1쇄 인쇄 / 2007년 9월 8일
초판 2쇄 발행 / 2009년 8월 17일

지은이 / 김정률

발행인 / 오영배
편집장 / 김경인
펴낸 곳 / (주)삼양출판사 · 드림북스

주소 / 서울특별시 강북구 미아8동 322-10호
대표 전화 / 02-980-2112~4 팩스 / 02-983-0660
편집부 전화 / 02-980-2116 팩스 / 02-983-8201
홈페이지 / www.sydreambooks.com

등록번호 / 제9-00046호
등록일자 / 1999년 3월 11일

© 김정률, 2007

값 8,000원

ISBN 978-89-542-2225-9 04810
ISBN 978-89-542-2141-2 (세트)

* 지은이와 협의하에 인지는 생략합니다.
* 잘못된 책은 구입한 곳에서 바꾸어 드립니다.

김정률 판타지 소설

FUSION FANTASY STORY & ADVENTURE

트루베니아 연대기 ③

아르카디아의
초인들이여,
나를 기다려라!

목차

I
오스티아 당국의
치졸한 책략

태고의 원시림 사이로 폭포가 자리잡고 있었다.

쏴아아아—

그리 규모가 크진 않았지만 폭포는 무지개를 머금은 물보라를 흩뿌리며 장엄하게 흘러내렸다. 그 폭포 아래에 한 사내가 좌정하고 앉아 있었다. 떨어져 내리는 물의 압력이 적지 않으련만, 사내는 미동도 하지 않고 전신으로 폭포수를 받았다.

어깨가 떡 벌어진 당당한 체구의 사내는 바로 레온이었다. 알리시아와 함께 소필리아를 떠나온 그가 여기에 있는 것이다.

레온은 눈을 꼭 감은 채 명상에 잠겨 있었다. 그는 지금 초인 후보 제리코와의 대결을 복기해 보고 있었다. 제리코와의 대결은 레온에게 많은 것을 생각하게 만들었다.

'나는 지금 내가 가진 장점을 제대로 발휘하지 못하고 있어. 역혈대법에만 너무 의지하고 있으니 말이야.'

초절정은 이곳의 그랜드 마스터보다 한 단계 위의 경지이다. 비록 축적된 마나량에서 차이가 난다고 하지만 마나를 운용하는 효율성 면에서는 월등히 우수하다.

게다가 레온은 스승 데이몬으로부터 여러 가지 심오한 중원의 기법을 배웠다. 경신법과 보법만 적극적으로 활용하더라도 더욱 수월하게 싸움을 진행할 수 있다. 하지만 제리코와의 대결에서 레온은 그러지 못했다. 상대를 빨리 꺾어야 한다는 생각에 조급하게 서둘렀던 것이 사실이었다.

'여유를 가지고 접전에 임하는 것이 관건이야. 급하게 서두른 것이 문제였어.'

사실 그 당시는 그럴 수밖에 없는 상황이었다. 사방이 적으로 둘러싸여 있는 형국이라 조금이라도 빨리 승부를 결정지어야 하는 것이 레온의 입장이다. 그러나 조금만 여유를 가졌더라도 훨씬 편하게 싸웠을 것이 분명했기에 레온은 잠자코 대결을 복기해 보았다.

수련장으로 서쪽의 조용한 어촌마을을 택한 것은 탁월한 선택이었다. 조용하고 한적했기에 수련하기에는 최상의 조건을 가진 곳이다. 하지만 불행히도 알리시아는 그렇지 못했다.

레온은 잠자코 얼마 전 밀림에서 있었던 일을 떠올려 보았다.

알리시아를 배낭 위에 앉히자 이동 속도가 비약적으로 빨라졌다. 일행은 그 상태로 밤새 걸어 겨우 쉼터에 도착할 수 있었다.

그곳은 원주민들이 소필리아로 가는 도중에 쉬어 가기 위해 만든 통나무집이었다. 비상식량과 식수가 넉넉히 구비되어 있었기에 일행은 그 통나무집에서 하루를 편하게 지낼 수 있었다.

다음날 새벽녘에 출발한 일행은 곧바로 목표했던 마을로 향했다. 다행히 그들은 해가 저물기 전에 마을에 도착할 수 있었다. 그러나 문제는 마을에 도착하고 나서 발생했다. 지칠 대로 지친 알리시아가 그만 앓아누워 버린 것이다. 그동안의 강행군으로 피로가 쌓인 데다 밀림의 풍토병까지 얻자 더 이상 버티지 못한 것이다.

급한 대로 레온은 마을 아낙네를 한 명 고용해서 병간호를 시켰다. 밀림 사정에 밝은 마르코가 정글을 뒤져 약초를 캐왔다. 다행히 상태가 심하지 않았기에 레온은 안심하고 수련에 몰두할 수 있었다.

레온의 눈가에 겸연쩍은 빛이 스쳐지나갔다.

"알리시아님이 내 일을 도와주느라 무척 고생하시는군."

자신이 아니라면 그녀가 구태여 밀림 속을 헤맬 이유가 없다. 연약한 여자의 몸으로 버티기 힘든 강행군을 해야 할 필요도 없다.

그럼에도 불구하고 알리시아는 열성적으로 레온을 도와주고 있었다. 레온은 그런 알리시아에게 무한한 고마움을 느꼈다.

"나중에 무슨 부탁을 할지 모르지만 힘닿는 대로 도와줘야겠군."

상념에 빠져 있던 레온의 감각에 누군가가 접근하는 것이 느껴졌다. 폭포 소리로 인해 귀가 멍할 정도였지만, 초인인 레온의 감각을 속이지는 못했다.

느릿하게 몸을 일으킨 레온이 폭포 밖으로 나왔다. 미리 준비해 온 수건으로 몸을 닦은 뒤 상의를 걸치고 나자 누군가가 모습을 드러냈다.

레온의 얼굴에 얼핏 놀라움이 스쳐지나갔다.

"알리시아님."

폭포로 올라온 이는 다름 아닌 알리시아였다. 그녀가 수척한 얼굴로 레온을 찾아온 것이다.

레온을 보자 그녀의 입가에 미소가 걸렸다.

"여전히 수련 중이시군요?"

"몸도 안 좋으실 텐데 어떻게……?"

알리시아가 살며시 웃으며 머리를 흔들었다.

"많이 괜찮아졌어요. 푹 쉰 탓이죠."

말을 마친 알리시아가 고개를 돌려 주위를 둘러보았다.

"그런데 정말 경치가 좋은 곳이군요. 이런 밀림에 이토록 커다란 폭포가 있다니⋯⋯."

"생각보다 웅장하더군요."

물끄러미 폭포를 올려다보던 알리시아가 불쑥 입을 열었다.

"저도 레온님처럼 뛰어난 무예 실력이 있었으면 좋겠어요. 그랬다면 밀림 속을 조금 걸었다고 지쳐서 병이 나는 일은 없을 거 아니에요?"

"⋯⋯."

"어떻게 하면 레온님처럼 강해질 수 있을까요?"

조용히 생각에 잠겨 있던 레온이 입을 열었다.

"사람들은 누구나 다 잘 하는 것이 있습니다. 대신 알리시아님께는 제가 가지지 못한 재능이 있지 않습니까?"

"⋯⋯."

레온이 물끄러미 쳐다보는 알리시아의 시선을 받으며 입을 열었다.

"알리시아님께서 수련을 하신다면 분명히 강해질 수 있습니다. 하지만 전 아무리 노력하더라도 알리시아님처럼 머리를 잘 쓸 수 없을 것 같습니다."

그 말에 알리시아가 피식 미소를 지었다.

"세상에 그런 게 어디 있어요?"

"아닙니다. 저는 머리 굴리는 것이 딱 질색이거든요. 그러고 보면 사람은 저마다 재능을 가지고 태어난다는 말이 사실 같습니다."

그 말에 알리시아의 얼굴이 살짝 풀어졌다. 사뭇 황당한 논리였지만, 그녀의 마음을 풀어주기에 모자람이 없었다.

"내일 모래면 윌카스트와의 대결이 벌어지겠군요."

"오늘 오후 정도에 출발해야 할 것 같습니다. 그래야 늦지 않을 것 같군요."

레온의 말에 알리시아가 묵묵히 고개를 끄덕였다. 검증된 초인과의 첫 대결이니 만큼 긴장이 되지 않을 수 없었다.

✦

그 시각, 소필리아의 분위기는 매우 살벌했다. 경비병들이 몰려다니며 덩치 좋은 용병들을 마구 잡아들이는 탓에 거리는 인적마저 한산해져 있었다.

지하 감옥은 이미 잡혀 온 용병들로 인해 가득 차 버렸다. 물론 아무 죄도 없이 잡혀온 용병들이 가만히 있을 리가 없었다.

"이게 도대체 뭐하는 짓이오?"

"도대체 우리가 무슨 죄를 지었는지 말해 보시오."

그러나 경비병들은 그들에게 이유를 제시하지 못했다. 단순히 상부의 명에 따랐을 뿐인 그들이 무얼 알겠는가. 그렇게 되자 문제는 더욱 심각해졌다.

잡혀 들어간 용병들의 동료와 용병들을 고용한 귀족들이 대대적으로 항의를 하고 나선 것이다. 그로 인해 소필리아의 경비대 사무실은 연일 떠들썩했다. 경비대 사무실마다 항의하는 사람들로 인해 만원을 이룬 것이다.

소필리아에 들어온 귀족들은 대부분 휴양을 위해 오스티아를 찾은 관광객이었다. 그러니만큼 경비대에서도 가볍게 대응할 수가 없었다. 경비대 책임자들은 즉흥적인 대응을 삼가하고 상부에 대책마련을 촉구했다.

수도 전역의 경비대 사무실에서 동일한 내용의 청원이 올라가자 그로 인해 소필리아의 왕궁에서는 대대적인 대책회의가 열려야 했다.

"상황이 무척 심각합니다. 용병들뿐만 아니라 갇힌 용의자의 고용주들까지 거칠게 항의를 하고 있다고 합니다."

굳은 표정으로 상황을 설명하는 이는 관광청을 책임지는 대신이었다. 관광을 주 수입원으로 하고 있는 오스티아답게 관광청을 따로 두어 관광객을 관리하고 있었다. 모여 있던 대신들의 얼굴에 난감한 표정이 떠올랐다.

"생각보다 일이 크게 벌어지는구려."

관광객들에게 함부로 할 수 없는 것이 오스티아의 입장이다. 오스티아가 누리는 부의 원천이 다름 아닌 관광객들의 주머니에서 나오기 때문이다. 그 점은 회의를 주관하는 국왕도 잘 알고 있었다.

'허, 골치 아프군. 그렇다고 해서 블러디 나이트와의 대결을 방조할 수도 없는 노릇이니 어찌하면 좋단 말인가?'

미간을 찌푸린 오스티아 국왕이 시선을 돌렸다. 거기에는 작금의 사태를 야기한 궁내대신 알프레드가 있었다. 국왕뿐 아니라 대신들도 일제히 그를 쳐다보았다. 시선이 자신에게 집중되자 알프레드가 살짝 입술을 깨물었다.

솔직히 말해 사태가 이 정도로 심각하게 벌어질 줄은 그도 미처 짐작하지 못했다. 막연히 자신을 기절시킨 블러디 나이트에 대한 앙심으로 일을 벌였던 것이 아니던가? 그렇다고 해서 잘못을 순순히 시인할 순 없는 노릇이다.

머릿속으로 생각을 정리한 알프레드가 입을 열었다.

"깊이 생각해 보십시오. 윌카스트 경이 도대체 누굽니까? 우리 오스티아의 수호신 아닙니까? 만약 윌카스트 경이 블러디 나이트의 손에 패한다고 가정해 보십시오. 오스티아의 명예가 형편없이 실추될 것은 불 보듯 뻔한 일입니다."

"하지만 윌카스트 경이 꼭 패한다고 볼 수도 없지 않소?"

알프레드가 기다렸다는 듯 반박했다.

"반드시 승리한다는 보장도 없지 않습니까? 지금은 모든 가능성을 염두에 두고 생각해야 할 때입니다. 용병들이야 시간이 지나면 감옥에 갇힌 사실을 잊어버리겠지만 윌카스트 경의 패배는 결코 그렇지 않습니다. 오랫동안 호사가들의 입에 오르내릴 것이 분명합니다."

문제점을 정확히 짚어내며 반박하는 알프레드의 논리에 대신들이 그럴 듯하다는 듯 고개를 끄덕였다. 평소에 달변으로 소문난 알프레드의 진가가 여실히 드러나는 모습이다.

그러나 모든 대신들이 알프레드의 논리에 넘어간 것은 아니었다. 얼굴에 주름살이 가득한 고령의 내무대신 프라한이 눈살을 찌푸린 채 알프레드를 쳐다보았다.

평소에 말만 앞세우는 알프레드가 도무지 마음에 들지 않았던 내무대신이었다.

'일을 점점 크게 벌이려 하다니……'

프라한은 원래는 나서고 싶은 마음이 없었다. 벌써 환갑을 넘긴 나이이니 만큼 오래지 않아 퇴임하게 될 입장이다. 후임자에게 자리를 물려준 뒤 여생을 편하게 보낼 계획을 짜야 할 프라한으로서는 구태여 나서야 할 이유가 없다.

그러나 알프레드가 특유의 달변으로 국왕과 대신들을 현혹시키자 그는 자신이 나서야 할 때라고 생각했다. 알프레드의 의도대로 회의가 진행된다면 오스티아의 관광산업에 막대한 타격이 가해질 것이다. 거기까지 생각이 미친 내무대신 프라한이 자리에서 벌떡 일어났다.

"제가 한 말씀 올리겠습니다."

내무대신이 일어나자 대신들은 깜짝 놀랐다. 심지어 국왕조차도 놀란 시선을 보내고 있었다. 임기 말이라 자중하던 내무대신이 나서서 의견을 내놓다니…….

"내무대신께서 의견이 있소?"

"제 생각에 이것은 상당히 큰 문제인 것 같습니다."

모든 대신들의 시선이 일제히 내무대신에게 쏠렸다. 궁내대신 알프레드 역시 마찬가지였다. 차분히 마음을 가라앉힌 내무대신이 조리 있게 설명을 이어나갔다.

"우리 오스티아는 관광으로 먹고 사는 국가입니다. 그런 만큼 관광객들에게 결코 함부로 해서는 안 되는 것이 현실입니다."

알프레드가 급히 입을 열었다.

"그 점은 모든 대신들이 알고 있는 사항입니다. 그러나 지금 당면한 상황이……."

프라한은 알프레드의 말에 신경도 쓰지 않고 말을 이어나갔다.

"한 번 생각해 보십시오. 휴양을 하러 왔다가 아무런 잘못도 없이 감옥에 갇힌 용병들의 심정이 도대체 어떻겠습니까? 과연 그들이 다음에 오스티아를 찾아오겠습니까?"

그러나 알프레드의 반론도 만만치 않았다.

"용병들은 본국의 관광산업에 그다지 큰 비중을 차지하지 않습니다. 기껏해야 귀족들에게 고용되어 온 것뿐이지요. 순수하게 관광만을 목적으로 오는 용병들은 극소수입니다."

프라한이 한심하다는 듯 알프레드를 쳐다보았다.

"용병들의 단결력은 상상 외로 높습니다. 모르긴 몰라도 이 번 일은 용병들 사이에 널리 퍼질 것입니다. 오스티아가 아무 런 잘못도 없는 용병들을 감옥에다 가뒀다는 사실이 말입니 다. 그것도 관광을 즐기러 온 자들을 대상으로 말입니다."

"하오나 그까짓 용병길드 따위에서 나서봐야……."

프라한은 더 이상 알프레드를 상대하기 싫다는 듯 국왕을 쳐다보며 말을 이어나갔다.

"현재 본국의 관광산업은 더 이상 독점이라 볼 수 없습니 다. 비슷한 조건을 가진 다른 왕국들이 본국의 흉내를 내어 관 광객들을 유치하고 있으니까요. 심지어 서남쪽에 있는 세 개 의 왕국은 과거 본국이 했었던 방법을 그대로 답습하고 있습 니다."

그 말을 들은 대신들이 모두 수긍하며 고개를 끄덕였다. 내 무대신 프라한의 말이 사실이었기 때문이다. 오스티아가 관광 대국으로 번영을 누리자 비슷한 자연환경을 가진 왕국들이 오 스티아를 벤치마킹하기 시작했다.

해변에 리조트를 짓고 해적들을 소탕하는 등 관광객들을 끌 어 모으기 위해 안간힘을 쓰고 있는 실정이었다.

그러나 기반시설이나 자연환경이 오스티아만큼은 못했기에 관광객을 그리 많이 끌어 모으진 못하고 있었다. 그렇긴 하나 매년 관광객들이 조금씩 늘고 있는 추세였기 때문에 오스티아의 대소신료들이 바짝 긴장하고 있는 것은 사실이었다.

"과거처럼 본국이 관광을 독점하고 있었다면 문제될 것이 없습니다. 하지만 지금은 경쟁체제입니다. 지금처럼 용병들을 잡아 가둔다면 오스티아는 잠재적인 관광객을 타 왕국에 빼앗길 것이 틀림없습니다."

내무대신 프라한의 주장이 먹혀들었는지 신료들의 얼굴이 딱딱하게 굳어가고 있었다. 지금의 소요사태는 충분히 우려할 만한 상황인 것이다. 알프레드가 입술을 질끈 깨물었다.

'빌어먹을⋯⋯.'

편협한 성격답게 내무대신에 대한 악감정이 모락모락 치밀어 올랐다. 알프레드가 사나운 눈빛으로 프라한을 노려보았다.

"하지만 본국의 수호신인 윌카스트 경이 블러디 나이트에게 패할 경우를 생각해 보시오."

"무인의 대결에서는 물론 승자와 패자가 나옵니다. 궁내대신의 말대로 윌카스트 경이 패한다면 틀림없이 본국의 명예가 실추되겠지요. 하지만 지금 벌이고 있는 일은 본국을 지탱하는 관광산업의 근간을 뒤흔드는 일입니다."

말을 마친 프라한이 국왕의 얼굴을 똑바로 쳐다보았다.

"당장 감옥에 갇힌 용병들을 석방해야 합니다. 그리고 그들에게 위로금을 지불하십시오. 그래야만 그들이 추후에 오스티아를 찾을 것입니다."

알프레드 역시 순순히 물러나지 않았다.

"용병들이 차지하는 비중은 극히 미미합니다. 그럴 바에야 본국의 가장 큰 고객인 귀족들을 우대하는 것이 월등히 현명한 판단입니다. 만약 윌카스트 경이 패할 경우 그들은 더 이상 오스티아를 찾지 않을 것입니다."

말을 마친 두 대신이 일제히 국왕을 쳐다보았다. 결정권자는 엄연히 오스티아의 국왕이다. 결정하기가 난감했는지 국왕이 이마를 짚었다. 누구의 의견을 채택하는가 하는 것은 전적으로 국왕의 몫이었다.

'거참 골치 아프군.'

관광으로 먹고사는 만큼 관광객들에게 함부로 대할 수 없다. 그렇게 할 경우 관광객들이 경쟁 국가로 옮겨갈 것은 불 보듯 뻔한 일이다.

그렇다고 해서 윌카스트와 블러디 나이트의 대결을 방조할수도 없다. 이긴다면 다행이지만 질 경우 그 파장이 적지 않을 터였다.

고민을 거듭하던 국왕이 마침내 결정을 내렸다.

"일단은 알프레드 경의 계획대로 하시오."

국왕은 궁내대신 알프레드의 의견을 채택했다. 결정이 내려지자 알프레드의 얼굴이 환해졌다. 그가 의기양양한 표정으로 내무대신 프라한을 쳐다보았다. 그는 의견이 받아들여지지 않아 착잡한 표정을 짓고 있었다.

살짝 조소를 지은 알프레드가 국왕에게 고개를 조아렸다.

"성심껏 왕명을 수행하겠나이다."

"대신⋯⋯."

국왕의 얼굴이 돌연 딱딱하게 굳어졌다.

"어떤 일이 있어도 월카스트 경과 블러디 나이트와의 대결이 이루어지지 않게 하시오. 만약 일이 잘못될 경우 그 책임을 경에게 물을 것이오."

"아, 알겠습니다."

복명하는 알프레드의 몸이 가늘게 떨리고 있었다. 이제부터 그는 수단과 방법을 가리지 않고 블러디 나이트의 접근을 봉쇄해야 한다.

월카스트와 블러디 나이트가 대결을 하지 못하게 하는 것, 그것이 바로 궁내대신 알프레드에게 내려진 특명이었다.

⚜

그 시각 레온과 알리시아는 출발을 늦추고 있었다. 원래대로라면 일찌감치 출발해야 다음날 소필리아에 도착할 수 있었는데, 뜻밖의 일로 출발을 연기한 것이다.

떠나기 직전 일단의 용병 무리들이 그들이 머물고 있던 마을에 도착했다. 레온과 알리시아는 그들에게서 놀라운 소식을 들었다.

"그렇다면 소필리아에서 덩치가 좋은 용병들을 대거 잡아들이고 있다는 말입니까?"

사십 정도 되어 보이는 호리호리한 사내가 머뭇거림 없이 고개를 끄덕였다.

"그렇소. 우리 용병단의 대원 둘이 잡혀갔소. 아무런 죄도 저지르지 않았는데 말이오."

사내가 레온의 아래위를 훑어보며 말을 이어나갔다.

"당신도 가급적 소필리아에 들어가지 않는 것이 좋을 것이오. 무슨 일인지 모르지만 덩치가 좋은 용병은 죄다 잡아서 감옥에 가두고 있으니 말이오."

어처구니가 없어진 레온이 미간을 좁혔다. 그게 사실이라면 이유는 뻔했다. 십중팔구 윌카스트가 자신과의 대결을 회피하려는 것이 분명했다.

상식적으로 트루베니아에서 건너온 블러디 나이트가 귀족 신분으로 활동할 수는 없을 터, 십중팔구 용병 신분으로 돌아다닐 것이란 계산 하에 수작을 부린 것이다.

레온은 돌연 윌카스트에게 불같은 분노를 느꼈다.

'겉으로는 당당하게 행동하더니 뒤로 이 따위 짓을 할 줄이야. 내가 사람을 잘못 봤군.'

레온의 복잡한 심경을 아는지 모르는지 군소 용병단의 단장으로 보이는 사내는 계속해서 말을 이어나갔다.

"어떻게든 잡혀간 대원들을 빼내려고 노력했는데 요지부동

이더구려. 엎친 데 덮친 격으로 여비마저 떨어져서 이곳으로 오게 되었다오. 소필리아의 물가가 여간 비싸야 말이지. 리조트에서 먹고 자는데 하루 30실버라니, 말도 안 되지."

이후로도 사내가 계속 잡담을 늘어놓았지만 레온은 귀담아 듣지 않았다. 알리시아의 눈짓을 받은 레온이 사내에게 사의를 표했다.

"좋은 소식을 알려주셔서 고맙습니다. 저희는 바쁜 일이 있어서 이만……."

"아무튼 내 충고대로 소필리아에는 가지 마시오. 필경 좋지 않은 꼴을 당할 것이오."

사내의 말을 흘려들으며 레온이 묵고 있던 방으로 들어왔다. 알리시아 역시 초조한 기색을 보였다. 만약 용병들에게서 정보를 듣지 못했다면 아무런 방비도 하지 못하고 구금당했을 터였다.

"정말 뜻밖이군요. 소필리아에서 그런 일이 벌어지고 있다니……."

레온이 굳은 표정으로 입을 열었다.

"아무래도 소필리아에는 혼자 갔다 와야 할 것 같습니다."

"……."

"제가 사람을 잘못 보았습니다. 명색이 초인이라는 작자가 이런 치졸한 수작을 부리다니……."

말을 마친 레온이 주먹을 불끈 거머쥐었다. 마음 같아서는 윌카스트를 잡아 흠씬 패주고 싶었다. 겉으로는 당당하게 도전을 받아주는 척 하면서 뒤에서 치졸한 공작을 펼칠 줄은 몰랐다. 한껏 감정이 격양된 레온과는 달리 알리시아는 비교적 침착하게 일의 전후를 예상해 보았다.

"제 생각은 조금 달라요."

"무슨 말씀이십니까?"

알리시아가 살짝 미간을 모으며 말했다.

"수작을 부린 것은 윌카스트가 아니라 오스티아의 국왕이나 대신들 같아요. 제가 조사한 바에 의하면 윌카스트는 전형적인 무인이었어요. 머리를 쓰는 모사 타입이 아니란 뜻이죠."

그녀의 말에 레온의 눈이 휘둥그레졌다.

"아니 오스티아 국왕이나 대신들이 대관절 왜?"

"간단해요. 윌카스트가 패할 경우를 우려하는 거죠. 게다가 초인들의 대결은 더없이 치열하죠. 만에 하나 이긴다 하더라도 큰 부상을 입을지 모르기 때문에 대결을 미연에 무효화 하려는 것이 틀림없어요."

알리시아의 논리 정연한 설명에 레온은 격양되었던 감정이 서서히 진정되는 것을 느꼈다.

"그럼 도대체 어떻게 하는 것이 좋겠습니까?"

"일단은 계획대로 혼자서 소필리아에 가시는 게 좋겠어요. 문제는 대결이 벌어지는 장소인 왕궁까지 무사히 잠입할 수 있는가 하는 것인데……."

알리시아의 말을 들은 레온이 염려하지 말라는 듯 가슴을 탕탕 쳤다.

"그 문제에 대해서는 걱정하지 마십시오. 병사 십만이 막고 있어도 왕궁에 들어갈 자신이 있으니까요."

레온의 자신감은 엄연히 경험을 바탕으로 한 것이었다. 수많은 근위병들을 뚫고 들어가 헬프레인 제국의 황제를 사로잡았던 그가 아니던가? 경신법을 십분 활용하면 병사들의 경계망을 뚫는 것은 일도 아니었다.

레온의 장담에 알리시아의 얼굴이 밝아졌다.

"그렇다면 큰 문제가 되지 않겠군요. 일단 왕궁에만 들어가면 더 이상 손을 쓰지 못할 테니까요. 다른 나라에서 온 사신들이 보고 있으니 말이에요."

"왕궁에 난입한 뒤 윌카스트를 단숨에 꺾어 버리겠습니다."

호언장담하는 레온과는 달리 알리시아는 다른 것까지 걱정하고 있었다.

"일단 왕궁에 들어가신 뒤에는 제 당부대로 이행하세요. 가장 먼저 하실 일은 소필리아에서 일어나는 일을 윌카스트에게 따지는 거예요."

그 말에 레온의 눈이 커졌다.

"아니, 그의 짓이 아닐 거라고 하셨잖습니까? 오스티아의 왕과 대신들……."

"그렇기 때문에 따지라는 거예요. 아마도 윌카스트는 소필리아에서 일어나는 일을 전혀 모르고 있을 공산이 커요. 만약 사실을 알게 된다면…….”

알리시아의 입가에 슬며시 미소가 떠올랐다.

“왕궁이 발칵 뒤집힐 거예요. 그리고 병사들을 풀어 용병들을 잡아들이게 한 장본인의 처지 또한 꽤나 난감해질 것이고요.”

그녀의 말을 들은 레온이 서슴없이 고개를 끄덕였다.

“알겠습니다. 그렇게 하겠습니다.”

그러나 알리시아의 얼굴은 그리 밝지 않았다.

‘부디 월카스트와의 대결이 좋은 방향으로 끝나야 할 텐데…….’

알리시아의 걱정은 바로 이것이었다. 자신과는 달리 레온은 아르카디아에 남아야 할 사람이다. 그의 모친이 펜슬럿의 공주라고 하지 않았던가? 그런 만큼 초인들과의 대결에 비교적 신중하게 임해야 할 필요성이 있었다.

자칫 잘못해서 척을 지기라도 하면 펜슬럿의 입장이 난처해진다. 그러나 알리시아는 그 말을 입 밖에 내지 못했다. 단순하고 우직한 레온의 성정 상 겉과 속이 다르게 꾸미지 못한다는 사실을 떠올린 것이다.

‘나중에 기회가 있겠지? 그때 말씀드려야겠군.’

그녀가 생각에 잠긴 사이 레온은 소필리아로 떠날 채비를 하고 있었다.

"그럼 다녀오겠습니다. 혼자 떠난다면 오늘 밤 안으로 소필리아에 도착할 수 있습니다."

"그럼 전 이곳을 떠날 배편을 알아보도록 할게요. 마르코가 있으니 큰 어려움이 없을 거예요."

고개를 끄덕인 레온이 몸을 일으켰다.

"그럼 뒷일을 부탁드립니다."

"모쪼록 몸조심하세요."

걱정 어린 알리시아의 시선은 도무지 레온에게서 떠날 줄을 몰랐다.

✤

소필리아의 외곽에 있는 큼지막한 저택이었다. 한적함마저 감도는 저택 뒤뜰에는 일단의 사람들이 모여 초조하게 무언가를 기다리고 있었다.

그들의 앞에는 큼지막한 마법진이 그려져 있었다. 좌표와 위치 정보가 표기된 것을 보아 공간이동에 사용되는 마법진이 분명했다.

이 저택은 바로 크로센 정보부의 안가였다. 아르카디아 대륙을 좌지우지하는 종주국답게 크로센 제국의 정보부에서는 여러 왕국에다 안가를 설치해 정보요원들을 상주시켜 둔 상태였다. 마법진 주위에 모여 있는 이들은 오스티아에 파견된 정보부의 요원들이었다.

평범하게 생긴 사내 하나가 초조한 듯 마법진을 연신 들여다보며 중얼거렸다.

"올 때가 되었는데……."

그가 바로 소필리아의 지부를 관리하는 지부장 가필드였다. 긴장했는지 그의 얼굴은 살짝 상기되었다.

'도대체 무슨 일로 다크 나이츠 분대가 소필리아에 온단 말인가?'

그는 조금 전 상부에서 보고를 받고 기절초풍하는 줄 알았다. 크로센 제국이 보유한 가장 강력한 무력단체가 소필리아로 온다는 전갈이 왔으니 소스라치게 놀랄 수밖에. 그들이 무슨 이유로 소필리아에 오는지 상부에서는 명확히 밝히지 않았다. 그러니 더욱 호기심이 치밀어 오를 수밖에 없다.

가필드가 초조하게 기다리는 사이 마법진이 은은하게 빛나기 시작했다. 그것을 쳐다본 요원들의 얼굴이 살짝 경직되었다.

"온다."

가필드의 말이 끝나기가 무섭게 눈부신 빛무리가 마법진을 감쌌다.

번쩍!

빛무리가 사라지자 마법진 위에는 십여 명의 사람들이 애초부터 그곳에 존재했다는 듯 표표히 서 있었다. 그들 중 절반 정도는 마치 딱정벌레의 껍질처럼 시커멓게 번들거리는 갑옷을 입고 있었다.

그들이 바로 크로센 제국의 숨겨진 힘, 다크 나이츠들이었다. 나머지는 로브를 입고 있었는데 표식을 보아 마법병단에 소속된 마법사들 같았다.

'놀랍군. 마법병단의 마법사들까지 대동하다니······. 이 정도 전력이면 소필리아의 왕궁을 송두리째 뒤집어엎을 수 있을 텐데······.'

퍼뜩 정신을 차린 지부장 가필드가 앞으로 나가서 예를 취했다.

"어서 오십시오. 기다리고 있었습니다."

그 말에 검은 갑주를 걸친 기사 한 명이 앞으로 쓱 나섰다.

"조용한 곳으로 안내하라."

가필드는 두말없이 몸을 돌렸다. 무슨 일로 왔는지 묻고 싶었지만, 애당초 그에겐 그럴 만한 권한이 없었다.

공간이동을 통해 등장한 무리들은 저택 깊숙한 곳에 위치한 내실로 안내되었다. 안가의 밀실답게 내실은 외부와 완전히 차단되어 있었다. 그들은 지부장 가필드가 동석한 상태에서 회의를 시작했다. 먼저 기사들을 이끌고 온 우두머리가 자기소개를 했다.

"나는 다크 나이츠의 4분대를 맡고 있는 하워드 자작이오.

드류모어 후작님의 명을 받고 이곳으로 왔소."

지부장 가필드가 조심스럽게 입을 열었다.

"무슨 임무인지 알 수 있겠습니까?"

그 말을 들은 하워드 자작이 고개를 돌려 다른 누군가를 쳐 나보았다. 가슴 언지리까지 내려온 흰 수염이 인상적인 늙수 그레한 마법사였다. 시선이 마주치자 노마법사가 살짝 고개를 끄덕였다.

'하긴 소필리아의 정보책임자라면 의당 임무에 대해 알고 있어야 하니…….'

잠시 생각을 정리한 하워드가 입을 열었다.

"우리 임부는 단 한 가지, 블러디 나이트를 체포하는 것이 오."

그 말을 들은 지부장이 깜짝 놀랐다.

"브, 블러디 나이트를 말입니까?"

"그렇소. 블러디 나이트의 신병을 확보하여 본국으로 압송 할 생각이오. 그런 다음 그가 도대체 어떤 방법을 통해 그랜드 마스터가 되었는지 알아내야 하오. 트루베니아에 또 다른 그 랜드 마스터가 등장하면 안 되기 때문이오."

지부장은 그때서야 이유를 납득할 수 있었다. 하워드의 말 대로 트루베니아에서 또 다른 그랜드 마스터가 등장하는 것은 결단코 막아야 하는 매우 막중한 일이다.

트루베니아를 계속해서 식민지 상태로 유지하기 위해서는

필수 불가결한 선택인 것이다.

현재 트루베니아에는 단 한 명의 초인만이 있다. 헬프레인 제국의 그랜드 마스터인 벨로디어스 후작. 하지만 대부분의 왕국 정보부에서는 잘 알고 있었다.

아르카디아에서 건너간 초인 미첼이 벨로디어스를 키워냈다는 사실을 말이다. 따라서 벨로디어스가 지닌 무예의 근원은 엄연히 아르카디아라 봐야 한다.

그런 상황에서 전혀 알려지지 않은 그랜드 마스터 블러디 나이트가 나타났다는 사실은 여러 왕국의 정보부를 긴장하게 만들었다.

블러디 나이트가 도대체 어떤 방법으로 그랜드 마스터의 경지에 올랐는 지는 전혀 알려져 있지 않다. 다시 말해 제2의, 혹은 제3의 블러디 나이트가 나오지 않는다고 장담할 수 없는 일이다. 가필드는 비로소 일의 내막을 명확히 파악할 수 있었다.

'그랬군. 그래서 우리 크로센 제국의 숨겨진 힘들이 소필리아에 파견되었군.'

다크 나이츠는 크로센 제국이 보유한 숨겨진 전력 중에서 최강이라 평가받는 무력단체이다. 그 존재 자체가 일급비밀로 숨겨진 만큼 외부에는 전혀 알려져 있지 않다. 하지만 그 저력을 따져보면 정말로 엄청났다.

가필드가 상기된 눈빛으로 다크 나이츠들을 살폈다.

'저들 하나하나가 초인의 능력을 발휘할 수 있다니 믿기 힘들군.'

하지만 그것은 엄연히 사실이었다. 다크 나이츠들은 크로센 정보부에서 비밀리에 발굴해 낸 특별한 마나연공법을 익혔다. 겉으로 보기에 다크 나이츠들은 지극히 평범한 기사들처럼 보였다. 기껏해야 소드 마스터 초중급 정도의 실력으로 보일 뿐이었다.

그러나 유사시 그들이 숨겨진 힘을 개방하면 사정이 달라진다. 다크 나이츠 하나하나가 능히 초인에 버금가는 무위를 발휘할 수 있는 것이다. 다크 나이츠들을 둘러보던 가필드가 별안간 몸을 부르르 떨었다.

'세상에, 초인이 다섯이라면……'

모르긴 몰라도 소필리아 왕궁을 쑥대밭으로 만드는 것은 일도 아니었다. 애석한 것은 다크 나이츠들이 초인의 능력을 무한정 발휘하는 것은 아니란 사실이다.

가필드도 정확히 알지 못하지만 그 능력이 그리 오래 지속되지 않는다는 사실만큼은 알고 있었다. 그러나 그것만 해도 엄청난 권능이었다.

재빨리 정신을 가다듬은 가필드가 소필리아의 동태를 보고했다.

"일단 오스티아의 초인 윌카스트는 블러디 나이트의 도전을 받아들였습니다."

"익히 예상했던 일이오. 호승심이 강한 윌카스트가 트루베니아 초인의 도전을 회피하진 않을 테니까."

"하지만 오스티아 왕실의 입장은 조금 다른 것 같습니다."

가필드는 최근 소필리아에서 벌어지는 일련의 사태에 대해서 설명했다. 비밀리에 병사들을 풀어 덩치 좋은 용병들을 죄다 잡아들이고 있다는 말에, 하워드 자작이 비릿한 미소를 지었다.

"속 보이는 수작이로군. 그러다가 좋지 않은 결과를 초래할 수도 있는데……."

"조사해 본 결과 궁내대신 알프레드의 주도로 이루어진 것으로 밝혀졌습니다."

하워드 자작이 신경 쓸 것 없다는 듯 머리를 흔들었다.

"그거야 상관할 바가 아니지. 우린 그저 블러디 나이트의 신병만 확보하면 될 뿐이니까……."

묵묵히 회의를 지켜보고 있던 노마법사가 입을 열었다.

"일단, 우리는 세 가지를 가정해 볼 수 있소. 그중 첫 번째는 대결에서 블러디 나이트가 승리하는 경우이오."

좌중에 모인 사람들의 시선이 일제히 노마법사에게로 쏠렸다.

"그것이 임무수행에 있어 가장 이상적일 수 있는 가정이오. 윌카스트를 꺾은 이상 블러디 나이트는 최대한 신속히 소필리아를 벗어나려 할 것이오."

노마법사가 손가락질을 하자 휘하의 마법사 중 한 명이 지도를 꺼내 펼쳤다.

"소필리아에서 외부로 나가는 주요 길목은 모두 다섯 군데요."

말을 마친 노마법사가 가필드를 쳐다보았다. 그 시선의 의미를 알아차린 가필드가 재빨리 고개를 끄덕였다. 엊그제 내려온 밀명을 떠올린 것이다.

"상부에서 내려온 지시대로 상자를 다섯 군데 모두 파묻어 놓았습니다."

노마법사의 입가에 만족스럽다는 듯 미소가 번져갔다.

"이미 정보요원들이 시내에 배치되어 있소. 그들이 블러디 나이트의 도주경로를 탐지하여 이곳으로 보고할 것이오. 그럼 우린 예상되는 경로를 미리 파악해서 공간이동을 할 수 있소. 정보부장께서 파묻은 상자 안에는 공간이동 좌표가 새겨진 아티팩트가 들어 있으니까 말이오."

그 치밀한 일처리에 지부장이 머리를 절레절레 흔들었다. 막상 상자를 파묻으면서도 안에 무엇이 들어있는지 전혀 알지 못했던 그가 아니던가?

노마법사가 심각한 표정으로 말을 이어나갔다.

"두 번째 가정은 윌카스트가 승리하는 것이오. 그럴 경우 블러디 나이트는 십중팔구 심각한 부상을 입고 오스티아 병사들의 손에 사로잡힐 것이오. 그렇게 되면 임무수행이 조금 난감해지지."

아닌 게 아니라 노마법사의 말은 사실이었다. 윌카스트가 이긴다면 블러디 나이트는 틀림없이 운신조차 하기 힘든 중상을 입은 상태일 것이다.

오스티아 왕실에서 그런 블러디 나이트를 가만히 내버려둘 리가 없었다. 십중팔구 블러디 나이트를 회유하여 오스티아의 전력으로 삼으려 할 터였다.

거기까지 설명한 노마법사가 가필드를 쳐다보았다.

"그때에는 지부장의 역할이 막중하오. 정보망을 모두 가동하여 블러디 나이트의 위치를 알아내야 하오."

그 말에 지부장이 난처한 표정을 지었다.

"하, 하지만 왕궁 안까지 조사하는 것은 저희로서도 역부족입니다. 아마 오스티아에서는 블러디 나이트를 십중팔구 왕궁의 지하 감옥에 수감할 것이 분명합니다. 초인을 구금할 만한 곳은 왕궁 지하 감옥뿐이기 때문입니다."

그 말을 예상했다는 듯 노마법사가 빙그레 미소를 지었다.

"그렇게 되면 일이 더 쉽게 진행되오. 왜냐하면 본국의 일류 정보원 한 명이 오스티아 왕궁 지하 감옥에 수감되어 있기 때문이오."

그 말을 들은 지부장이 눈을 빛냈다.

"위장잠입입니까?"

"그렇소. 그의 몸에는 공간이동좌표가 문신으로 새겨져 있소. 따라서 블러디 나이트의 위치가 확인될 경우 우린 공간이동을 통해 왕궁 지하 감옥으로 직행할 수 있소."

지하 감옥 안으로 공간이동을 할 수 있다면 이미 작전은 성공한 것이나 다름없었다. 초인의 권능을 발현시킬 수 있는 다크 나이츠가 다섯이나 있으니 무엇이 두렵겠는가? 하지만 모든 것이 순탄한 것만은 아니다.

"그럴 경우 다크 나이츠들은 변장을 해야 하오. 어떤 경우에도 크로센 제국 출신이란 사실이 드러나선 아니 되기 때문이오."

그 말이 떨어지자 장내의 공기가 무거워졌다. 노마법사의 말대로 크로센 제국의 다크 나이츠가 오스티아 왕궁의 지하 감옥을 공격했다는 사실이 드러나면 그 파장이 예사롭지 않을 터였다. 자칫 잘못하면 심각한 외교문제로 번질 가능성이 높았다.

"만에 하나 붙잡힌다 하더라도 크로센 제국의 다크 나이츠란 사실만큼은 결단코 숨겨야 하오."

다크 나이츠들의 안색은 그리 밝지 않았다. 조국의 영광을 위해 목숨을 바치는 것은 기사가 누릴 수 있는 최고의 영예이다. 그런데 자신들의 신분을 숨겨야 한다니……. 분명 내키지 않는 일임에는 틀림없었다.

다크 나이츠들의 표정을 살핀 하워드 자작이 입을 열었다.

"그 문제에 대해서는 걱정하지 않으셔도 될 것입니다. 이미 저희는 이곳으로 오며 최악의 상황에 닥칠 경우를 각오했으니까요."

그 말에 노마법사가 고개를 끄덕였다. 틀림없이 사로잡힐 경우를 대비해 독약 같은 것을 준비해 왔으리라.

"그럼 세 번째 경우를 설명하리다. 세 번째가 가장 난감한 가정이 되겠소. 다름 아닌 블러디 나이트가 등장하지 않는 경우이오."

다크 나이츠들과 마법사들이 눈을 초롱초롱 빛내며 노마법사의 말을 경청했다.

"그럴 경우 우린 아무런 소득 없이 귀환해야 하오. 하지만 그럴 가능성은 적어 보이오. 윌카스트에게 도전한 이상 블러디 나이트가 나타나지 않을 가능성이 희박하기 때문이오."

말을 마친 노마법사가 배석한 사람들을 둘러보았다.

"따라서 우린 첫 번째와 두 번째에 중점을 두어 대비해야 하오. 반드시 블러디 나이트의 신병을 확보해 본국으로 돌아가야 한다는 말이오."

듣고 있던 하워드 자작이 입술을 살짝 깨물었다. 이번 임무는 그가 다크 나이츠의 분대장이 된 후 처음으로 맡은 것이다. 그럼에도 불구하고 내키지 않는 것은 그 뿐만이 아니라 휘하 다크 나이츠 분대원들 전부가 느끼는 감정일 터였다.

'이번 임무를 끝내면 나와 부하들은 더 이상 기사라고 불릴 수 없겠군.'

그는 다크 나이츠들의 문제점을 누구보다 잘 알고 있었다. 대략 30분 정도 초인의 무위를 발휘할 수 있지만, 그 시간이 지나면 몸속의 마나가 사정없이 헝클어져 더 이상 마나를 통제할 수 없다는 사실을……. 그렇게 되면 두 번 다시 기사의 길을 걸을 수 없을 터였다.

하워드는 잠자코 자신이 다크 나이츠가 된 계기를 떠올려 보았다.

일반적으로 다크 나이츠는 기사 지망생들 중에서 뽑는다. 신분이 확실하고 가족이 있는 자들이 대상인데, 그래야만 배신하거나 비밀이 퍼지지 않기 때문이다.

그리고 두 번째 조건은 검술에 재능이 없거나 마나에 대한 친화력이 떨어지는 자들이다. 일찍부터 검술에 두각을 나타내는 이들이라면 섣불리 다크 나이츠가 되려 하지 않는다.

가만히 있어도 앞날이 보장되는 판에 그 누가 1회성 기사가 되려 하겠는가? 그런 탓에 다크 나이츠가 되는 이들은 대부분 하급 귀족의 자제들이었다. 그것도 속한 기사단에서 별로 실력을 인정받지 못하는 자들…….

하워드는 그 조건에 정확히 맞아떨어지는 사람이었다. 하급 귀족의 3남으로 태어나 어릴 때부터 검의 길을 걸었지만, 친화력이 낮아서 좀처럼 마나를 다루지 못했다.

그럼에도 불구하고 하워드는 필사적으로 검을 휘둘렀다. 운명을 개척하기 위해서는 반드시 소드 엑스퍼트가 되어야 했던 것이다. 그러나 그 길은 하워드에게 너무도 힘들었다.

'정녕 나는 마나와 인연이 없는 것일까?'

실의에 빠져 있던 하워드에게 정보부의 요원이 접근했다. 그가 꺼내놓은 제안은 하워드로서는 쉽사리 뿌리치기 힘든 유혹이었다.

"다크 나이츠의 일원이 되시오. 그럼 마나를 다룰 수 있게 되며 또한 크로센 제국의 숨은 비밀병기로서 그에 걸맞은 대우를 받을 것이오."

정보부 요원은 하워드에게 모든 것을 설명해 주었다. 정보부에서 비밀리에 발굴해 낸 마나연공법을 익힐 경우 30분 가량 초인의 무위를 발휘할 수 있다는 사실을 들은 하워드는 깜짝 놀랐다.

평범한 기사를 30분 동안이나 초인으로 만들어주는 마나연공법이 있다는 사실은 정녕 금시초문이었다.

물론 밝은 부분이 있으면 그에 가려진 어두운 부분이 반드시 있는 법. 부작용을 묻는 하워드에게 정보부 요원은 어두운 표정으로 사실을 밝혔다.

"그 시간이 지나면 마나를 깡그리 잃어버리게 되오. 더 이상 마나를 다룰 수 없게 된다는 뜻이지."

그 말을 들은 하워드는 망연자실했다. 그야말로 1회성 초인이 되라는 뜻이었다. 정보부 요원은 그에 대한 보상으로 국가가 여생을 책임져 준다는 조건을 제시했다.

하워드는 선뜻 결정을 내리지 못했다. 단 한 번 임무에 투입된 다음이면 더 이상 기사로 불릴 수 없다는 사실은 그를 끝없이 고뇌하게 만들었다.

그럼에도 불구하고 그로서는 정보부 요원의 제의를 받아들일 수밖에 없었다. 거절해 봐야 뾰쪽한 수가 없기 때문이다.

"알겠소. 다크 나이츠가 되리다."

이후 하워드의 삶은 판이하게 달라졌다. 다크 나이츠가 되자 대우가 확연히 나아졌다. 좋은 집과 질 좋은 갑옷, 풍족한 급료 등등, 수련기사 시절과는 감히 비교조차 할 수 없을 정도로 월등히 우대받았다.

게다가 다크 나이츠 특유의 마나연공법을 익히고 나자 하워드는 마침내 마나를 통제할 수 있게 되었다. 다시 말해 소드 엑스퍼트가 된 것이다. 하지만 하워드는 잘 알고 있었다. 자신이 마나를 다룰 수 있도록 허락받은 시간은 임무에 투입되기 전까지란 사실을……

상념에 빠져 있던 하워드가 퍼뜩 고개를 들었다. 부하들의 착잡한 얼굴이 시야에 들어왔다. 그들 역시 머지않아 마나를 잃고 평범한 사람이 될 터였다.

임무의 성공 여부에 상관없이 말이다. 하워드가 나직한 음성으로 부하들을 달랬다.

"그러나 어쩌겠는가? 우리는 바로 이 순간을 위해 키워진 것이다. 우린 이번 임무를 완벽히 성공시켜야 한다."

부하들이 굳은 표정으로 고개를 끄덕였다. 그 모습을 마법사들과 지부장 가필드가 물끄러미 지켜보고 있었다.

마침내 날이 밝았다. 오스티아를 대표하는 초인 월카스트와 트루베니아에서 건너온 블러디 나이트가 대결을 통해 자웅을 벌이는 날이 시작된 것이다.

소필리아의 왕궁은 더없이 부산했다. 수많은 사람들이 왕궁 연무장에서 블러디 나이트의 등장을 기다리고 있었다. 모인 사람들은 생각보다 많은 편이었다.

먼저 아르카디아의 여러 왕국에서 사신들이 찾아왔다. 그들 대다수는 블러디 나이트를 회유해서 자국의 전력으로 삼으려는 꿍꿍이를 품고 있는 자들이다. 또한 오스티아 전역에서도 귀족들이 속속 모여들었다.

초인끼리의 대결은 여간해서는 볼 수 있는 진풍경이 아니다. 그 때문에 귀족들은 바쁜 시간을 쪼개어 수도 소필리아를 찾았다. 그로 인해 소필리아의 왕궁 연무장은 인산인해를 이루었다.

"과연 대결이 이루어질까?"

"무슨 소린가? 왕궁에 찾아와서 도전한 블러디 나이트가 아니던가?"

"물론 월카스트 경이 이기겠지?"

"그건 장담할 수 없지. 아무튼 블러디 나이트도 만만치 않은 자임에는 틀림없어."

귀족들은 삼삼오오 모여 대결의 결과를 예측했다. 두 초인의 대결은 조용하던 오스티아를 오랜만에 흥분으로 달구는 여흥거리였다.

윌카스트는 꼬박 일주일 동안 지하 수련장에 처박혀 수련에 몰두했다. 오스티아의 명예가 걸려 있기 때문에 그는 갈고 닦아오던 검을 한층 더 연마했다. 그 때문인지 그는 소필리아에서 일어나는 일을 전혀 알지 못했다.

'반드시 이겨야 한다. 한낱 식민지 따위에서 건너온 자에게 패한다면 조국의 명예가 형편없이 실추될 것이다.'

새벽녘에 일어난 윌카스트는 찬물로 목욕재계를 했다. 그런 다음 국왕이 하사한 갑옷을 정성들여 차려입었다.

경량화와 강화 마법이 걸려 있는 최고급 수준의 플레이트 메일이었다. 그리고 장장 한 시간에 걸쳐 미스릴로 만들어진 애검을 닦았다.

'정말 기대되는 순간이로군.'

만반의 준비를 갖춘 윌카스트가 왕궁 연무장으로 나왔다. 이제 그에게 남은 것은 도전해 온 블러디 나이트를 꺾어 자신과 조국의 명예를 한껏 드높이는 것뿐이었다.

연무장에 모습을 드러낸 윌카스트를 본 귀족들이 감탄사를 토해냈다. 멋들어지게 갑옷을 차려 입은 모습이 마치 천신과도 같았기 때문이다.

"역시 오스티아의 수호신다운 모습이군."

"블러디 나이트는 결코 윌카스트 경의 상대가 되지 못할 거야."

대결이 대결이니 만큼 모든 사람들이 바쁘게 뛰어다녔다. 그러나 그 중에서 가장 바쁜 사람은 단연 궁내대신 알프레드였다.

수단과 방법을 가리지 않고 블러디 나이트가 왕궁에 오지 못하게 해야 했기 때문에 당연히 바쁠 수밖에 없었다. 그는 지금 자신에게 부여된 모든 권한을 십분 활용해서 왕궁 주변을 차단하고 있었다.

왕궁으로 들어오는 길목은 한 군데도 빠짐없이 병사들이 배치되었다. 병사들은 길목을 틀어막은 채 오로지 신분이 확인된 귀족들만 통과시켰다.

특히 덩치 좋은 용병은 모조리 체포하여 감옥에다 구금했다. 그야말로 블러디 나이트가 접근할 가능성을 원천적으로 봉쇄한 것이다.

그것도 모자라 알프레드가 파견한 병사들은 마차의 통행조차 차단했다. 그 때문에 개인마차를 타고 온 귀족들은 왕궁에서 조금 떨어진 곳에서 마차를 갈아타야 했다.

혹시라도 블러디 나이트가 마차 바닥에 숨어 잠입하는 것을 봉쇄하기 위해서였다.

그런 조치를 취하고도 불안을 느낀 알프레드는 마법사길드에도 협조를 요청해 놓은 상태였다. 이름 난 휴양지이니 만큼 소필리아에는 마법사길드의 지부가 설치되어 있었다.

연구에 지친 마법사들의 요양을 위해 마법사길드에서는 큼지막한 섬 다섯 개를 전세내어 놓은 상태였다. 지극히 부유한 마법사길드의 재정을 알아볼 수 있는 일면이다. 그렇게 전세 낸 섬을 관리하고 또한 휴양 오는 마법사들을 접대하기 위해 소필리아에 길드 지부를 설치한 것이다.

원래는 알프레드도 그리 기대하지 않고 마법사길드를 찾았다. 그런데 길드의 반응은 생각했던 것과 달랐다. 예상했던 것과 달리 마법사길드에서는 전폭적인 협조를 약속해왔다.

6서클의 대마법사 한 명과 다섯 명의 실력 있는 마법사를 파견해 주었으니 놀라운 지원이라고 할 수 있었다. 그 예상외의 성과에 고무될 수밖에 없는 상황이다.

'그들이 도대체 무슨 꿍꿍이로 협조하는 지는 모르지만 상관없다. 나에게 내려진 임무는 엄연히 블러디 나이트를 왕궁에 들어오지 못하게 하는 것이니까.'

그렇게까지 탄탄한 조치를 취했음에도 불구하고 알프레드는 어딘가 미진함을 느꼈다. 상대가 인간의 한계를 넘어선 초인이니 그럴 수밖에 없다.

"그래도 불안하군."

불길한 예감은 머지않아 현실로 다가왔다. 가장 외곽에 배치된 경비중대로부터 마법을 통한 보고가 올라온 순간 알프레드는 바짝 긴장해야 했다.

'올 것이 왔는가?'

통신을 담당하는 마법사가 들고 온 수정구를 보며 알프레드가 침을 꿀꺽 삼켰다. 수정구를 통한 마법통신 역시 마법사길드에서 후원해 준 것이었다.

"수정구를 작동시켜 주시오."

알프레드가 고개를 끄덕이자 마법사가 수정구에 마력을 불어넣었다. 순간 다급한 음성이 수정구에서 흘러나왔다. 경비대 중대장의 음성이었다.

"브, 블러디 나이트가 나타났습니다. 그는 시 외곽에서 일직선으로 왕궁을 향하고 있습니다."

그 말을 들은 알프레드가 악을 썼다.

"그렇다면 막아야 할 것 아니냐? 무슨 일이 있더라도 블러디 나이트를 통과시키지 마라."

그러나 상황은 그리 호락호락하지 않았다.

"이미 포위망이 돌파되었습니다. 블러디 나이트는 도저히 인간으로 보기 힘든 능력을 발휘해 방어진을 단숨에 뛰어넘었습니다."

뜻밖의 상황에 알프레드가 입을 딱 벌렸다. 하지만 그것은 시작에 불과했다.

이동경로에 배치된 경비대로부터 잇달아 급보가 올라온 것이다. 그로 인해 통신 마법사는 쉴 새 없이 수정구에 마력을 불어넣어야 했다.

"42경비대가 돌파 당했습니다."

"26경비대입니다. 애석하게도 블러디 나이트를 막지 못했습니다."

빗발치는 보고를 듣고 있던 알프레드가 입술을 질끈 깨물었다. 블러디 나이트가 외곽에서부터 강행돌파를 시도할 줄은 미처 예상하지 못했다.

아니 예측했다고 해도 역부족이다. 놀라운 속도와 도약력으로 방어진을 통째로 뛰어넘어 버리는 블러디 나이트를 어떻게 막겠는가?

병사들로는 역부족이라고 판단한 알프레드가 시선을 돌렸다. 통신 마법사가 내심을 익히 짐작했다는 듯 고개를 끄덕였다.

"걱정 마시오. 대마법사 바르톨로님께서 이미 블러디 나이트가 난입하는 경로에 대기하고 계시오. 그분 실력이라면 틀림없이 블러디 나이트의 발목을 묶어놓으실 수 있을 것이오."

"모, 모쪼록 부탁드리오."

오스티아 수도경비대의 분대장을 맡고 있는 헨델은 입을 딱 벌렸다. 그뿐만 아니라 같은 소대에 소속된 모든 경비병들이 같은 모습을 보이고 있었다.

조금 전까지만 해도 그들은 물샐 틈 없는 방어진을 치고 있었다. 3미터가 넘는 장창을 소지한 창병들을 주축으로 설사 기사의 랜스 차지라 해도 막아낼 수 있는 창의 장막을 펼친 것이다.

그러나 인간의 한계를 넘어선 초인에겐 그런 삼엄한 창의 장막도 통하지 않았다. 말이 전력으로 질주하는 속도보다도 빨리 다가온 블러디 나이트는 방어진을 지척에 두고 힘껏 땅을 박찼다. 순간 그의 몸이 마치 새처럼 높이 도약했다.

"세, 세상에⋯⋯."

바짝 긴장하고 있던 경비병들의 눈동자에 경악이 서렸다. 놀랍게도 블러디 나이트가 방어진을 그대로 뛰어넘어 버린 것이다.

도저히 인간으로 볼 수 없는 능력이었기에 경비병들은 멀어지는 블러디 나이트의 뒷모습을 멍하니 쳐다봐야만 했다. 그들이 할 수 있는 일은 수정구를 통해 방어진이 뚫린 사실을 상부에 보고하는 것뿐이었다.

그런데 그 모습을 흥미롭게 쳐다보는 일단의 사람들이 있었다. 흰 수염이 인상적인 늙수그레한 마법사가 두 눈에 호기심을 가득 담은 채 블러디 나이트를 쳐다보고 있었다.

"믿을 수 없군. 인간이 저토록 **빠른** 속도로 달릴 수 있다니 말이야."

옆에 시립해 있던 중년 마법사가 그 말에 맞장구를 쳤다.

"달리는 속도도 속도지만, 더욱 놀라운 것은 도약력입니다.

도약력이 뛰어나기로 소문난 사벨 타이거도 저 정도 높이를 뛰어넘지 못할 것입니다."

"마나를 다루는 기사의 몸놀림이 범인보다 월등히 빠르다는 것은 이미 증명된 바 있다. 하지만 저것은 정말로 상식 밖이야."

그때 마법사 하나가 그들에게 다가갔다.

"궁내대신에게 파견 나가 있는 요한슨에게서 전갈이 왔습니다. 수단과 방법을 가리지 말고 블러디 나이트를 막아 달라는 요청입니다."

노마법사의 눈매가 가늘게 좁혀졌다.

"드디어 우리가 나설 때로군."

처음 궁내대신으로부터 협조 요청을 받았을 당시 길드 지부는 발칵 뒤집혔다. 초인인 블러디 나이트를 막아달라는 요청이니 만큼 놀라지 않을 도리가 없다. 원래대로라면 요청을 받아들이지 않아야 정상이다.

인간의 한계를 벗어난 초인을 무슨 수로 막아낸단 말인가? 그렇다고 해서 대가가 주어지는 것도 아니다. 궁내대신이 개인적으로 한 부탁이었기 때문이다.

하지만 이례적으로 마법사길드는 요청을 받아들였다. 그것도 전폭적으로 협조를 하기로 결정했다. 그것은 바로 마법사길드이기에 가능한 일이었다.

"그랜드 마스터를 대상으로 마법실험을 할 수 있는 기회는 이번밖에 없다.”

　그것이 바로 마법사길드가 협조하기로 한 속사정이었다. 마법사들은 지하 연구실에서 끊임없이 탐구를 거듭하는 족속들이다. 마법실험을 위해서는 그 어떤 대가를 치르는 것도 마다하지 않는다.

　심지어 법을 위반하면서까지 재료를 구해서 연구에 몰두하는 이들이 바로 마법사들이다. 그러나 그들이 할 수 없는 일도 엄연히 있었다. 그중 하나가 바로 그랜드 마스터에 대한 연구였다.

　실제로 그랜드 마스터는 대상 왕국이 보유한 가장 큰 힘이다. 그 최대의 비밀병기를 섣불리 밖으로 내돌리는 왕국은 아르카디아에 존재하지 않는다. 마법사들은 항상 그랜드 마스터를 대상으로 마법실험을 해 보는 것을 갈망해왔다.

　그러나 꿈을 이룬 마법사는 지금까지 단 한 명도 없었다. 소드 마스터를 구하는 것도 쉽지 않은 판국에 어떻게 한 왕국이 가진 최고의 비밀병기인 그랜드 마스터를 연구대상으로 삼겠는가?

　그런 상황에서 궁내대신 알프레드가 해 온 요청은 마법사들에겐 기다리고 기다리던 기회였다. 이번 기회가 아니면 어떻게 그랜드 마스터를 연구해 보겠는가?

　그것이 바로 마법사길드가 전폭적으로 협조하기로 한 속사정이었다. 노마법사 바르톨로는 침을 꿀꺽 삼키며 멀리서 접근해오는 블러디 나이트를 쳐다보았다.

"정말 긴장되는군."

바르톨로는 드물게 소드 마스터를 대상으로 실험을 해 본 마법사였다. 큰 빚을 지고 있는 소드 마스터에게 거금을 쥐어 주고 몇 가지 마법실험을 한 적이 있다.

단 하루에 국한된 짧은 마법실험이었다. 그러나 그 결과는 바르톨로의 연구에 막대한 영향을 미쳤다.

'소드 마스터를 대상으로도 많은 성과가 있었는데 대상이 그랜드 마스터라면…….'

바르톨로가 충분히 들뜰 법도 한 상황이었다. 게다가 그가 자신 있게 나선 데에는 한 가지 예견이 깔려 있었다.

블러디 나이트는 트루베니아 출신의 그랜드 마스터이다. 트루베니아 대륙은 마나의 흐름이 극도로 불규칙한 곳이다. 드래곤들이 일부러 마나의 흐름을 헝클어 버렸기 때문이다. 그 때문에 마법사들이 마법을 시연하는데 많은 제약이 따른다.

아르카디아에서 캐스팅할 수 있는 마법이 트루베니아에서는 불가능하다는 뜻이다. 그로 인해 트루베니아에서는 마법사들의 역할이 지극히 미미했다.

마법 자체에 대한 비중도 크지 않았고 마법을 배우려는 자들도 드물었다. 또한 마법무구에 대한 연구도 거의 없다시피 했다. 그러니 바르톨로가 자신감을 가질 법도 했다.

"트루베니아에서 왔다면 마법무구를 거의 소지하지 않았을 것이다. 그렇다면 우리들의 마법이 통할 공산이 크다."

그것이 바로 바르톨로가 자신만만하게 나선 배경이었다. 그가 살짝 시선을 돌렸다. 휘하 마법사들은 벌써부터 주변의 마나를 잔뜩 끌어 모아놓고 있었다. 자신들이 할 역할을 확실히 인지하고 있다는 뜻이다.

"일단 향정신성 마법부터 사용하기로 하자. 우선은 블러디 나이트의 발길을 늦추어야 한다."

"알겠습니다."

마법사들은 머뭇거림 없이 마법을 캐스팅했다. 대상으로 하여금 어지러움과 현기증, 그리고 속이 울렁거리게 만드는 마법이었다.

지극히 간단한 마법이었지만 블러디 나이트의 발목을 잡는 데는 충분했다. 한동안 웅얼거리며 캐스팅하던 마법사들이 잇달아 주문을 시전하기 시작했다.

"기드니스(giddiness)!

블러디 나이트 주변의 마나들이 급속도로 재배열되기 시작했다. 숙련된 마법사들이라 마법은 정확하게 발동되었다.

번쩍—!

블러디 나이트를 중심으로 빛무리가 일어났다. 하지만 그뿐이었다. 빛무리는 금세 사라졌고 블러디 나이트는 아무런 영향을 받지 않고 대로를 질주했다.

마법사들 쪽으로 살짝 고개를 돌린 것으로 보아 관심을 끄는 데는 성공한 것 같았지만 발목을 잡는 데는 실패했다.

바르톨로가 눈을 가늘게 떴다.

"주문이 튕겨 버렸군."

캐스팅을 한 마법사가 난감한 기색으로 입을 열었다.

"아무래도 대마법 갑옷을 입고 있는 것 같습니다."

"뜻밖이로군. 트루베니아에서 건너온 자가 대마법 갑옷을 입고 있다니……."

그들은 알지 못했다. 블러디 나이트가 평범한 마법사도 아닌 드래곤 로드가 직접 만들어 낸 최고급 수준의 대마법 갑옷을 입고 있다는 사실을……. 물론 바르톨로는 쉽사리 물러나지 않았다.

"그렇다면 좋다. 이번에는 외부에 작용하는 마법을 펼친다."

대마법 갑옷을 입고 있다고 해도 마법에 완벽하게 면역인 것은 아니었다. 직접 작용하는 마법은 무용지물이지만 외적으로 작용하는 마법은 무시할 수 없다. 그 사실을 떠올린 마법사들이 재빨리 캐스팅을 했다.

"바인딩."

식물의 뿌리를 소환해서 대상의 발목을 움켜쥐는 마법이 캐스팅되었다. 다섯 명의 마법사 전부가 주문을 전개했기에 수십 개의 나무뿌리가 지면을 뚫고 솟구쳤다.

쓰쓰쓰쓰.

하지만 이번 마법도 블러디 나이트에겐 통하지 않았다. 워낙 빠른 속도로 달리고 있었기 때문에 솟구친 나무뿌리들은 헛되이 허공만 움켜쥘 뿐이었다.

기껏 펼친 마법이 무산되었지만 바르톨로는 실망하지 않았다. 상대는 인간의 한계를 넘어선 초인이다. 이 정도 마법에 당했다면 오히려 실망했을 터였다. 그가 재빨리 휘하 마법사들에게 지시를 내렸다.

"그리스(grease)를 펼쳐라. 블러디 나이트가 달려오는 반경 전체를 완전히 뒤덮어야 한다."

명을 받은 마법사들이 즉각 마법을 펼쳤다. 마찰계수를 0에 가깝게 만드는 그리스 마법은 기병의 돌격을 저지하는 가장 효과적인 마법이었다.

생각해 보라. 빠른 속도로 달리는 상황에서 발이 미끄러진다면 어떻게 되겠는가?

그들의 예상은 적중했다. 기세 좋게 달리던 블러디 나이트의 몸이 주춤했다. 발이 미끄러져 균형을 잃어버린 것이다.

"이런!"

레온은 혼비백산했다. 방어진을 돌파하기 위해 전력질주를 하고 있었는데 갑자기 발이 미끄러져 버린 것이다. 사력을 다해 균형을 잡으려 했지만 쉽지 않았다. 마치 기름밭을 걷는 것처럼 도무지 땅에 발을 디딜 수가 없었다.

레온이 성난 눈빛으로 마법사들을 노려보았다.

"저들의 짓이로군."

마법사들이 날린 마법이 작렬했을 때 레온은 그들의 존재를 인식했다. 물론 마법은 마신갑이 튕겨냈지만 급격한 마나의 움직임을 레온이 놓칠 리가 없다.

처음에는 레온도 마법사들에게 신경 쓰지 않았다. 마법사가 거의 활동하지 않은 트루베니아에서 온 탓이었다. 마법사들이 바인딩 마법을 시전할 때까지만 해도 그는 상황의 심각성을 깨닫지 못했다.

그러나 이어 펼쳐진 그리스 마법에 레온의 돌진은 그만 봉쇄되어 버렸다. 운신하기조차 힘든 판국에 전력질주를 하는 것은 무리였다.

이미 일단의 기병들이 뒤를 쫓아오고 있는 상황. 그들에게 따라잡히기 전에 왕궁으로 난입해야 하는 것이 레온의 입장이었다.

'마법이 이토록 무서운 것이었나?'

레온은 새삼 드래곤 로드 드미트리우스에게 고마움을 느꼈다. 그가 마신갑에 대마법 방어진을 새겨 놓지 않았다면 어떻게 되었을지 모르는 노릇이다. 그러나 당면한 상황은 레온이 한가롭게 생각이나 하고 있게 내버려두지 않았다.

"바인딩."

마법사들의 나지막한 주문영창과 함께 바닥에서 무수한 뿌리가 솟아나 레온의 전신을 옭아매었다.

"안되겠군."

일단 마법사들을 처리해야겠다고 생각한 레온이 전신의 내력을 끌어올렸다. 그의 몸에서 시뻘건 기운이 쭉 뿜어져 나왔다. 이른바 호신강기의 발현이었다.

화르르르.

몸을 옭죄고 있던 나무뿌리들이 그대로 불타올랐다. 금속조차 녹이는 것이 호신강기의 위력이다. 한낱 나무뿌리들이 버틸 수 있을 리가 만무했다.

속박에서 벗어난 레온이 마법사들이 있는 쪽으로 몸을 날렸다. 왕궁에 난입하기 위해서는 최우선적으로 마법사들을 무력화시켜야 했다.

"헉!"

마법사들은 깜짝 놀랐다. 기껏 바인딩 마법을 시전해서 상대를 묶어놓았는데 블러디 나이트가 너무도 수월하게 빠져나온 것이다. 당황한 그들의 귓전으로 바르톨로의 음성이 파고들었다.

"놀라지 마라. 다음 단계로 들어간다."

말이 끝나는 순간 그의 손에서 맹렬하게 방전이 일어났다.

파지지직.

술렁이던 마법사들도 캐스팅에 정신을 집중했다. 그들이 펼치려 하는 것은 체인 라이트닝이었다. 대기 중의 전류를 끌어모아 중첩시킨 다음 강력한 번개를 발사하는 마법이다.

그는 지금 힘으로써 블러디 나이트의 마법갑옷을 무력화시키려 하고 있었다.

'트루베니아에서 만든 마법갑옷이니만큼 기껏해야 4, 5서클의 마법 정도나 방어할 수 있을 것이다. 그나마 블러디 나이트의 마나가 웅혼하기 때문에 설계 이상의 위력을 보이는 것이지, 더 강력한 마법을 거듭 퍼붓는다면 갑옷의 대마법 방어진이 과열될 테고 결국 파괴될 것이다.'

그것은 바르톨로가 트루베니아의 마법 수준을 얕잡아보고 있기에 나온 발상이었다.

실제로 트루베니아의 마법 수준은 아르카디아에 비해 많이 뒤떨어지는 것이 현실이다. 하지만 그는 블러디 나이트가 드래곤 로드가 직접 만든 마법갑옷을 착용하고 있으리라곤 꿈에도 짐작하지 못했다.

파파파파.

맹렬히 방전하던 구체가 일시에 폭사되었다. 체인 라이트닝은 꼬리에 꼬리를 물고 블러디 나이트에게 집중되었다. 엄청난 기운이 자신을 향해 폭사되었지만 레온은 동요하지 않았다. 마신갑에 새겨진 대마법 방어진을 신뢰하고 있는 것이다.

레온의 예상은 적중했다. 체인 라이트닝이 집중되는 순간 마신갑에 새겨진 마법진이 눈부시게 빛났다.

번쩍—!

마법사들이 공들여 시전한 체인 라이트닝은 허무하게 흩어져 버렸다.

레온의 심후한 공력과 드미트리우스가 새겨 넣은 대마법 방어진이 어우러져 그야말로 완벽하게 마법을 소멸시켜 버린 것이다. 그 뜻밖의 상황에 바르톨로의 입이 쩍 벌어졌다.

"미, 믿을 수 없어."

이어 마법사들에게 밀어닥친 것은 무시무시한 마나의 폭풍이었다. 레온이 그랜드 마스터 특유의 비기를 사용한 것이다. 기세를 내뿜어 대상과 그 주변의 마나를 옭죄어 버리는 비기가 마법사들을 대상으로 펼쳐졌다.

'통할지 모르겠지만.'

레온은 덮어놓고 비기를 전개했다. 비록 상대가 자신을 공격해 왔지만 덮어놓고 받아칠 수 있는 입장이 아니었다. 마법사들을 죽인다면 나중에 곤란한 상황에 처할 수도 있다. 게다가 월카스트와의 대결을 앞두고 있던 그가 아니던가?

때문에 레온은 기세를 내뿜어 마법사들 주변의 마나를 잠식해 들어갔다. 체내의 마나가 아니라 몸 밖의 마나를 끌어 모아 재배열하는 마법사들의 허점을 노린 것이다. 그런데 결과는 상상 밖이었다.

"크어억!"

돌연 바르톨로가 가슴을 움켜쥐고 바닥에 나동그라졌다. 로브 사이로 드러난 안색이 시퍼렇게 죽어 있었다. 그것은 다른 마법사들도 마찬가지였다. 하나같이 가슴을 움켜쥐고 괴로워했다. 원인은 마나역류.

레온의 수법은 기대 이상의 결과를 가져왔다. 재배열하던 마나가 헝클어지며 마법사들에게 막대한 타격을 안겨 준 것이다.

그로 인해 바닥에 펼쳐졌던 그리스 마법마저 디스펠되어 버렸다. 뜻밖의 상황에 레온은 어안이 벙벙했다.

'뭐가 어떻게 된 거지?'

그러나 하나는 확실했다. 그랜드 마스터의 비기가 마법사들에겐 더없이 치명적이란 사실을…… 기사들이야 마나를 통제하지 못하고 그 자리에 굳어 버리는 것이 고작이지만 마법사들은 마나가 역류하며 훨씬 심각한 타격을 입는다.

나동그라진 채 몸을 경련하던 마법사들을 훑어보던 레온이 재빨리 몸을 날렸다.

지금 그에겐 윌카스트와의 대결이 더욱 시급했다. 그리스마법까지 디스펠된 마당에 레온의 발목을 잡을 것은 아무것도 없었다. 그의 신형이 왕궁 쪽으로 쏜살같이 질주했다.

바르톨로는 그 충격으로 인해 한참이 지난 후에야 겨우 정신을 차렸다.

"여, 역시 초인이로군."

마나역류로 인해 마나홀이 심하게 상했다. 적어도 6개월은 요양해야 정상을 되찾을 것 같았다. 하지만 바르톨로의 입가에는 미소가 맺혀 있었다.

적어도 그랜드 마스터가 전개하는 마나속박의 비기가 마법사에게 어떻게 작용하는지를 몸소 체험한 셈이니까.

"소득이 적지 않군. 아니 엄청나다고 볼 수 있어. 직접 맞닥뜨려 보지 않았다면 이 사실을 전혀 몰랐을 테니까……."

바르톨로가 고개를 돌려 통신을 맡은 마법사를 쳐다보았다.

"궁내대신에게 전해라. 블러디 나이트를 막는 것은 우리 힘으로 역부족이었다고."

　✦

마법사들마저 뚫렸다는 보고를 들은 알프레드가 입술을 질끈 깨물었다.

"이젠 어쩔 수 없다."

그는 마지막 수단을 떠올렸다. 그것은 바로 성문의 봉쇄였다. 수단과 방법을 가리지 않고 블러디 나이트의 난입을 막아야 하는 것이 그가 처한 입장이다.

알프레드는 머뭇거림 없이 명령을 내렸다.

"왕궁의 격자문을 내려라."

대부분의 왕궁이 그러하듯 소필리아의 왕궁도 전형적인 성의 구조로 되어 있었다. 튼튼한 외성 밖을 해자가 두르고 있었고, 정문에는 세 겹의 문이 설치되어 있었다. 그중 첫 번째가 도개교 역할을 하는 문이다. 그 속에 튼튼한 강철로 된 격자문이, 그 다음에 강철로 보강된 두터운 나무문이 있다.

문이 여닫히는 구조는 모두 달랐다. 도개교 역할을 하는 외문은 열고 닫는데 적잖은 시간이 걸린다. 수십 명의 병사들이 달라붙어 쇠사슬을 당겨야만 열고 닫을 수 있다.

제일 안쪽의 문 역시 쉽사리 열고 닫을 수 없다. 여닫이 식 문이기 때문이다.

그러나 중간의 쇠 격자문은 그렇지 않았다. 위로 올라갔다 내려오는 미닫이 식 문이기 때문에 감아놓은 사슬을 풀 경우 금세 왕궁의 내외부를 격리시킬 수 있다.

"중문을 내리라는 명이 떨어졌다."

전갈을 받은 수문장이 머뭇거림 없이 명령을 내렸다. 지시를 받자 수문병들은 지체 없이 사슬을 풀었다.

쿠르르르 쾅!

육중한 격자문이 요란한 소리를 내며 내려와 왕궁의 내외부를 차단했다. 블러디 나이트를 막기 위한 최후의 방책이었다. 그러나 레온은 그 모습을 보고도 속도를 줄이지 않았다.

"저까짓 성문 따위가 내 앞길을 막을 순 없다."

레온이 갑옷에 호신강기를 집중시켰다. 시뻘건 안개 같은 기운이 갑옷 표면에 서렸다. 이어 창을 뽑아 든 레온이 마나를 있는 대로 불어넣었다.

콰콰콰콰—!

레온의 창에서 시뻘건 빛무리가 좍 뿜어졌다. 오러 블레이드의 발현. 레온이 창을 휘둘러 격자문의 중앙을 냅다 후려갈겼다.

콰쾅!

엄청난 굉음과 함께 격자문의 중심부가 움푹 패었다. 왕궁의 문답게 격자문은 엄청나게 두꺼웠다. 그러나 초인의 오러 블레이드에는 저항할 도리가 없다. 연이어 가해진 오러 블레이드의 가격에 격자문이 힘없이 부서져 나갔다.

우루루루.

레온은 후두둑 떨어지는 격자문의 파편을 호신강기로 튕겨내며 왕궁 안으로 진입해 들어갔다. 그 모습을 궁내대신 알프레드가 경악 어린 시선으로 쳐다보고 있었다. 수문병들 역시 마찬가지였다.

"세, 세상에 저게 대관절 인간이란 말인가?"

그러나 알프레드의 얼굴은 이내 참담하게 일그러졌다. 임무를 완수하지 못했다는 사실을 떠올린 것이다. 왕궁 안에는 귀족들을 비롯해 여러 왕국의 사신들이 자리잡고 있었다.

아무리 국왕의 허락을 받았다고 하더라도 그곳까지는 손을 쓸 수 없는 것이 현실이었다.

대결이 벌어질 연무장은 왕궁의 문과 제법 떨어진 곳에 위치해 있었다. 격자문이 부서지는 굉음은 거기까지 전해졌다. 모여서 웅성거리던 귀족들의 시선이 문 쪽으로 향했다.

"무슨 일이지?"

"지진이라도 일어났나?"

이윽고 그들은 볼 수 있었다. 붉은 안개에 휩싸인 채 질주해 오는 블러디 나이트의 모습을……

"블러디 나이트야."

"드디어 나타났군."

귀족들이 웅성거리며 모습을 드러낸 블러디 나이트를 쳐다보았다.

II
마침내 벌어진
윌카스트와의 대결

눈을 감은 채 기다리고 있던 윌카스트가 눈을 번쩍 떴다.

"드디어 왔군."

윌카스트가 살짝 몸을 일으켰다. 이미 블러디 나이트는 자신을 향해 맹렬히 질주해오고 있었다.

두두두두—

윌카스트를 발견했는지 블러디 나이트가 그 자리에 멈춰 섰다. 그럼에도 불구하고 숨결이 거칠어진 기색이 전혀 없었다. 자세를 고쳐 잡는 블러디 나이트를 보며 윌카스트가 빙그레 미소를 지었다.

"꽤나 거창한 등장이로군."

블러디 나이트는 대답하지 않았다. 투구의 안면보호대 사이에서 섬뜩한 안광이 뿜어졌다.

"그런데 조금 늦었구려? 더 일찍 올 것이라 예상했는데……."

그러나 윌카스트에게 쏟아진 블러디 나이트의 음성은 무척이나 싸늘했다.

"윌카스트, 난 당신을 그렇게 보지 않았다. 그런데 정말 실망이구나."

싸늘한 음성에 윌카스트가 이맛살을 좁혔다.

"그게 무슨 소리요?"

"겉으로는 당당하게 도전을 받아놓고 뒤로 간교한 수작을 부리다니…… 초인으로서 부끄럽지도 않은가?"

레온은 감정이 한껏 격양되어 있었다. 비록 알리시아로부터 윌카스트의 짓이 아닐 거란 말을 듣긴 했지만 완전히 의심을 접은 것은 아니다.

게다가 소필리아에는 엄청나게 견고한 방어진이 쳐져 있었다. 마법사들까지 대기한 데다 마지막에는 성문마저 봉쇄해버렸으니 열이 받지 않을 도리가 없다. 레온이 울분을 터뜨릴 대상은 오직 윌카스트밖에 없었다.

'이자가?'

물론 당사자인 윌카스트로서는 황당할 수밖에 없었다. 그역시 레온의 무례한 태도에 슬슬 열이 뻗치고 있던 참이었다.

오는 말이 고와야 가는 말이 고운 법, 월카스트의 어조도 서서히 거칠어지고 있었다.

"간교한 수작이라니 대관절 무슨 소린가?"

"모르는 척 하지 마라. 당신의 묵인이 있지 않았다면 어떻게 수백의 병사들과 마법사들을 동원할 것이며, 또한 어떻게 성문까지 봉쇄할 수 있단 말인가?"

"뭐라고?"

월카스트의 눈이 그때서야 커졌다. 수백의 병사들과 마법사는 무엇이며, 또 성문은 대관절 왜 봉쇄한단 말인가? 황당해하는 월카스트에게 레온은 소필리아에서 일어난 일들을 설명해 주었다.

"흥! 덩치 좋은 용병들을 죄다 잡아들이면 그 속에 내가 끼여 있을 것이라 생각했었나? 관광을 하러 온 용병들을 지하 감옥에 가두란 명령까지 내리다니 정말 대단하군."

"자, 잠깐만……."

미간을 잔뜩 찌푸린 월카스트가 손을 내밀어 저지했다. 그러나 레온의 거친 음성은 멈추지 않았다.

"그것도 모자라 왕궁으로 통하는 길목에 병사를 배치하고 마법사들까지 동원해서 날 공격했다. 마지막으로 왕궁의 문까지 내려 버리다니……. 그렇게까지 막을 것이었으면 애초에 왜 나의 도전을 받은 건가?"

"……."

"차라리 도전을 받아들이지 않았다면 이렇게 화가 나지는 않았을 것이다."

듣고 있던 윌카스트는 두통이 치밀어 오르는 것을 느꼈다. 머리가 지끈지끈 아파온 그가 고개를 돌려 국왕과 대신들을 쳐다보았다.

예기치 못한 상황에 장내가 술렁이고 있었다. 특히 국왕과 대신들의 얼굴은 딱딱하게 굳어 있었다. 설마 블러디 나이트가 일을 저토록 적나라하게 까발릴 줄은 예상하지 못했다. 국왕의 얼굴은 잔뜩 찌푸려져 있었다.

'빌어먹을 알프레드 자식……'

블러디 나이트를 막아내겠다고 그토록 호언장담했던 궁내 대신이 아니던가?

어떤 일이 있어도 대결이 일어나지 않게 만들겠다고 했건만 최악의 상황이 닥친 것이다. 블러디 나이트는 왕궁의 문을 깨부수고 들어와 모든 사실을 적나라하게 밝혔다.

이 자리에는 오스티아의 귀족들만 있는 것이 아니다. 여러 왕국에서 온 사신들이 섞여 있다. 그런 자리에서 감춰져야 할 술책이 드러나 버리다니……. 머리가 아파진 국왕이 손으로 이마를 짚었다.

'이, 이건 국가적 망신이야.'

궁내대신 알프레드의 안색도 하얗게 탈색되어 있었다. 블러디 나이트를 막아내는 데만 모든 신경을 쓰고 있었는데 막상 정신을 차리자 상황이 생각보다 심각하다는 것을 알아차린 것이다.

일단 월카스트가 진실을 알게 된 것이 가장 큰일이었다. 사실을 알게 된 월카스트가 가만히 있을 리가 없다. 그의 분노에 정면으로 직면하게 되었으니 다리가 후들거리지 않을 도리가 없다.

'이, 이 일을 어찌하면 좋단 말인가?'

"허허."

국왕과 대신들을 쳐다보는 월카스트의 입가에 허탈한 미소가 걸렸다.

대신들은 하나같이 월카스트의 시선을 외면하고 있다. 심지어 국왕마저도 고개를 돌렸다. 저들이 꾸민 일이란 것은 바보가 아니라면 능히 알 수 있었다. 어처구니가 없어진 월카스트가 머리를 절레절레 내저었다.

'바보 같은 자들……. 나의 패배가 그토록 염려되어 일을 꾸몄다면 국가의 이미지가 실추되는 것은 왜 예상하지 못했단 말인가?'

착잡해진 월카스트가 고개를 들어 하늘을 올려다보았다. 시리도록 푸른 하늘이었지만 월카스트의 답답한 속을 달래주지는 못했다.

'어쩔 수 없군. 조국이 저지른 죄를 부정할 수는 없는 법이지.'

살며시 고개를 끄덕인 윌카스트가 블러디 나이트를 쳐다보았다. 그는 여전히 섬뜩한 안광을 뿜어내며 윌카스트를 주시하고 있었다.

살짝 입술을 깨문 윌카스트가 놀라운 행동을 했다. 돌연 블러디 나이트에게 한 쪽 무릎을 꿇은 것이 아닌가? 그 자세로 윌카스트는 고개까지 숙였다.

"진심으로 사과하오. 블러디 나이트."

장내는 순식간에 쥐죽은 듯 조용해졌다. 그 누구도 입을 열 엄두를 내지 못했다. 초인이 대관절 어쩐 존재인가. 한 국가의 수호신으로 불리는 고귀한 존재 아니던가?

그런 초인이 무릎을 꿇었다는 사실은 시사하는 바가 컸다. 그것도 상대는 트루베니아에서 건너온 자가 아니던가?

레온 역시 상당한 충격을 받았다. 실력 있는 기사들의 자존심이 얼마나 높은지 누구보다도 잘 알고 있던 레온이었다. 더더구나 인간의 한계를 넘어선 그랜드 마스터라면 자존심이 하늘을 찌를 것임을 보지 않아도 알 수 있었다. 그런데 윌카스트가 자신에게 무릎을 꿇다니……

황당한 얼굴로 눈을 끔뻑거리는 레온에게 침중한 음성이 흘러나왔다.

"비록 모르고 있었다고 해도 그 책임을 면할 수는 없는 법. 내 조국은 그대에게 말로 형용하기 힘든 무례를 저질렀소. 그 무례를 본인이 대신 사과하고자 하오. 사과를 받아주시겠소?"

국왕을 비롯한 대신들의 안색은 창백하기 그지없었다. 오스티아의 수호신인 윌카스트가 무릎까지 꿇어가며 블러디 나이트에게 사과를 하다니⋯⋯.

이것은 윌카스트가 블러디 나이트에게 패한 것보다 더욱 충격적인 일이었다. 특히 궁내대신 알프레드의 안색은 백지장이나 다름없었다.

모든 것이 자신으로 인해 초래된 일인 것이다. 조용한 가운데 레온의 나지막한 음성이 주위에 깔렸다.

"그대의 사과를 받아들이겠소, 윌카스트 경."

레온은 어느새 평온을 되찾은 상태였다. 비로소 윌카스트가 벌인 일이 아니란 것을 깨달은 것이다. 윌카스트는 한마디로 무인이었다.

명예를 존중하고 불의를 용납하지 않는 진정한 무인임에 틀림이 없었다. 체면과 자존심이 깡그리 망가지는 것을 각오하고 자신에게 무릎을 꿇은 것만 봐도 알 수 있었다.

레온의 말을 들은 윌카스트가 몸을 일으켰다.

"과오를 용서해 준 데 대해 감사하오."

"그대를 봐서 잊도록 하겠소. 어쨌거나 내가 이 자리에 온 것이 중요하니 말이오."

윌카스트가 슬며시 눈을 빛냈다.

"대결은 예정대로 진행해야겠지?"

레온이 미소를 지으며 고개를 끄덕였다.

"두 말 하면 잔소리 아니겠소?"

안색이 굳은 윌카스트가 자세를 잡았다. 이미 그는 단단히 각오를 한 상태였다.

'하늘이 뒤집히는 한이 있어도 블러디 나이트를 꺾어야 한다.'

조국이 꾸민 치졸한 책략은 블러디 나이트로 인해 여지없이 탄로나 버렸다. 그것도 여러 왕국의 사신들이 모인 장소였다.

오스티아의 국가 이미지가 실추될 것은 보지 않아도 뻔했다. 윌카스트는 바로 그 때문에 필승의 전의를 다지고 있었다. 반드시 블러디 나이트를 꺾어야만 실추된 오스티아의 명예를 조금이라도 만회할 수 있다.

'날 그랜드 마스터로 만들어 준 오스티아에 보답하기 위해선 이기는 수밖에 없다.'

각오를 다진 윌카스트가 검을 뽑아들었다.

스르릉.

맑은 음향과 함께 검신이 모습을 드러냈다. 그 모습을 본 레온도 들고 있던 창을 고쳐 잡았다. 성문을 박살낼 때 창을 썼기 때문에 구태여 뽑을 필요가 없었다.

쿠우우우.

장내는 곧 숨 막히는 듯한 긴장감이 흐르기 시작했다. 인간의 한계를 벗어난 초인들이 대결을 시작하려고 하니 당연한 일이다.

뜻밖의 소동에 술렁이던 귀족들도 정신을 차리고 연무장을 쳐다보았다. 타국에서 온 사신들 역시 마찬가지였다.

✤

먼저 선공을 가한 쪽은 윌카스트였다. 시퍼런 오러를 머금은 장검이 번개치듯 대기를 갈랐다. 레온이 가볍게 창을 휘둘러 검의 경로를 막아갔다. 그러나 막힐 것처럼 보이던 장검이 경로를 바꿔 현란하게 움직였다.

파파파팟.

어지러운 검영이 공간을 가득 메웠다. 확실히 초인의 경지에 이른 자의 검다웠다. 그러나 레온을 곤란하게 만들 정도는 아니었다. 레온의 창이 눈에 보이지 않을 속도로 움직이며 일일이 검영을 격파했다.

창 촤촹 촹—

검과 창이 연거푸 격돌하며 부서진 오러가 산산이 흩뿌려졌다. 둘은 서로의 병기를 연이어 가격하며 탐색전에 들어갔다. 상대의 실력을 가늠하기 위해 무리한 공격을 하지 않는 것이다. 그러나 윌카스트는 상당한 충격을 느끼고 있었다.

기초병기로만 생각했던 창의 효용성 때문이었다. 블러디 나이트는 상상도 하지 못한 방식으로 창을 다루며 자신의 공격을 막아냈다. 전혀 생소한 방식이라 혀를 내두르지 않을 도리가 없었다.

'놀랍군. 저런 식으로 창을 휘둘러 공방을 나눌 수 있다니…….'

서로를 탐색하기 위해 시작된 격돌은 점점 도를 더해갔다. 한껏 마나를 불어넣었기에 검과 창에서는 눈부신 오러 블레이드가 돋아난 상태였다.

콰콰쾅.

병기가 격돌하는 순간 눈부신 섬광과 함께 사방으로 박살난 오러가 뿌려졌다. 관전하는 귀족들은 입을 딱 벌리고 있었다. 정말 장관이 아닐 수 없었다.

"이, 이게 초인들 간의 대결인가?"

"정말…… 놀랍군."

바짝 긴장한 윌카스트와는 달리 레온은 한결 편하게 상대하고 있었다. 물론 윌카스트의 실력은 제리코보다 윗줄이었다. 오러의 위력도 강했고 안에 갈무리한 마나도 더 충만했다. 그러나 레온의 입장에선 제리코보다는 상대하기가 월등히 편했다.

'이자는 비슷한 실력자와는 거의 대결을 해 보지 않았군.

생각보다 허점이 많아.'

그것이 바로 윌카스트의 한계였다. 아르카디아에서 초인끼리의 대결은 거의 벌어지지 않는다. 국가 제일의 비밀병기를 어찌 함부로 내돌릴 것인가.

그 때문에 윌카스트는 지금껏 비슷한 수준의 무사와 겨뤄본 경험이 없다. 다수의 근위기사들을 대상으로 대련을 종종 하기는 했지만 한계상황까지 몰릴 때까지 접전을 치러본 적은 없었다.

반면 제리코는 윌카스트와 입장이 달랐다. 그보다 실력이 뛰어난 초인과 종종 대련을 했기 때문에 임기응변과 상황 판단력이 매우 뛰어났다.

물론 생과 사가 걸린 혈투를 통해 이 자리에 오른 레온보다는 못하지만 말이다.

'만약 윌카스트가 제리코와 싸운다면 질 가능성이 커. 의표를 찌르는 공격에는 거의 대응하지 못하니 말이야.'

얼마 싸우지 않았지만 레온은 벌써 여러 차례나 허점을 발견했다. 그것을 공략한다면 윌카스트는 맥없이 허물어질 것이 분명했다. 그러나 레온은 그러지 않았다. 조금 전의 일로 인해 윌카스트에게 호감을 가진 탓이었다.

물론 품고 있는 마나량이나 오러의 위력만큼은 윌카스트가 레온보다 윗줄이었다. 한 번 격돌할 때마다 레온의 오러가 눈에 띄게 줄어드는 것이 그것을 증명했다. 하지만 그 뿐이었다.

줄어든 레온의 오러 블레이드는 언제 그랬냐는 듯 금세 원래의 모습을 회복했다.

월카스트는 블러디 나이트의 실력에 감탄하고 있었다.

'정말 대단하군. 초인의 이름에 결코 모자람이 없는 실력이야.'

자신이 어떤 공격을 가하든 상대는 가볍게 척척 받아넘겼다. 마음먹고 가한 회심의 일격도 일절 먹혀들지 않았다. 월카스트는 점점 흥분하고 있었다.

'지금까지 이토록 신나게 싸워본 적이 있었던가?'

평소 그의 대련 상대는 국왕을 경호하는 근위기사들이다. 실력을 키워준다는 명목 하에 근위기사들과 종종 대련을 하곤했다. 물론 월카스트와 그들과는 무위의 격차가 클 수밖에 없다. 그러므로 월카스트는 지금까지 전력을 다한 공격을 해 본경우가 거의 없었다.

봐주면서 살살 싸워도 항상 이기는 판국에 어찌 전력을 다할 수 있겠는가? 그런 상황에서 모처럼 호적수를 만났으니 흥분이 되지 않을 리가 없다.

월카스트는 그야말로 마음껏 공격을 퍼부었다. 그 어떤 공격을 가하더라도 척척 받아넘기니 혼신의 힘을 다할 수 있는것이다. 대결은 벌써 30분을 넘기고 있었다.

레온은 주로 방어에 치중하며 간간히 위력적인 반격을 가했다. 초인이라는 것을 증명하듯 월카스트는 어렵지 않게 반격을 받아넘겼다.

'이제 슬슬 승부를 결정지어야겠군.'

살짝 마음을 먹은 레온이 마나를 끌어 모았다. 순간 그의 신형이 잔영을 남기며 현란하게 움직이기 시작했다. 보법과 경신법을 본격적으로 발휘하기 시작한 것이다. 그러자 상황은 지금까지와는 판이하게 바뀌었다.

"헛!"

윌카스트의 안색이 딱딱하게 굳어졌다. 블러디 나이트의 공격이 감당하기 힘들 정도로 날카로워진 것이다. 상대가 기이하게 스텝을 밟는 순간 공격이 사방에서 휘몰아쳤다.

"이, 이런."

침음성을 내뱉은 윌카스트가 종횡무진 검을 휘둘렀다. 그러나 블러디 나이트는 검의 궤적을 절묘하게 빗겨가며 창을 휘둘렀다. 윌카스트는 사력을 다해 몸을 뒤틀었지만 도저히 상대의 움직임을 따라잡을 수 없었다.

그러나 윌카스트도 명색이 초인, 한동안은 공격을 막아낼 수 있었다. 그러나 궤이신랄하고 파격적인 레온의 공격을 무한정 막아낼 수는 없었다.

쾅—!

어깨보호대가 창대에 맞아 떨어져나갔다. 이어 창날이 흉갑을 스치고 지나갔다. 오러가 깃든 창날이라 흉갑이 금세 깊이 패었다. 패할 수 없다는 일념에 윌카스트가 필사적으로 검을 휘둘렀지만 역부족이었다. 본격적으로 실력을 발휘하는 블러디 나이트는 결코 그의 적수가 아니었다.

월카스트는 경악하며 눈을 부릅떴다.

"이, 이런 실력을 가지고 있었으면서, 왜?"

"탐색전이라 전력을 다하지 않은 것이오. 이제 승부를 결정 지을 때가 된 것 같소."

말이 끝나는 순간 허공에 무수한 은빛 선들이 생겨났다.

쐐애애액—

선들은 소름끼치는 소리와 함께 월카스트의 몸을 난자해 들어갔다.

창이 워낙 빨리 움직였기 때문에 그렇게 보인 것이다. 월카스트가 필사적으로 검을 휘둘렀지만 블러디 나이트의 공격에는 미증유의 힘이 깃들어 있었다.

"크윽!"

월카스트의 손아귀가 터져나가며 피가 치솟았다. 그럼에도 월카스트는 검을 놓치지 않았다. 그러나 레온의 공격은 계속해서 이어졌다.

강력한 힘을 내포한 공격이 월카스트의 검을 연이어 가격했다. 손아귀가 터져나간 탓에 월카스트는 더 이상 검 손잡이를 쥘 수 없었다.

챙—!

장검이 허공으로 떠올랐다. 창백해진 얼굴로 뒤로 주춤주춤 물러서는 윌카스트. 이어 빛을 잃은 장검이 맥없이 바닥에 떨어졌다.

철그렁!

바닥에 나뒹구는 자신의 애검을 보며 윌카스트는 망연자실한 표정을 지었다.

"이럴 수가!"

도무지 자신의 패배가 믿어지지 않았다. 그러나 이것은 엄연한 현실이었다. 눈앞에는 자신을 무참히 패배시킨 블러디 나이트가 마치 천신처럼 버티고 서 있었다.

장내는 순식간에 조용해졌다. 오스티아의 자존심인 윌카스트가 트루베니아에서 건너온 블러디 나이트에게 패한 것이다. 사람들이 받은 충격은 제리코가 패했을 때보다도 더욱 컸다. 비록 초인선발전에서 우승하긴 했지만 제리코는 확실하게 검증을 받은 초인이 아니다.

반면 윌카스트는 당당히 초인대전에서 승리한 공인된 초인이다. 그런 윌카스트가 블러디 나이트에게 패해 버린 것이다.

"내, 내가 패하다니……."

윌카스트가 넋이 나간 듯 떠듬떠듬 내뱉었다. 지금껏 패해 본 적이 없었기에 충격이 더욱 컸다.

그의 시선은 바닥에 떨어진 검에 꽂혀 있었다. 망연자실한 그의 귓전으로 나지막한 음성이 파고들었다.

"승복할 수 없다면 다시 한 번 기회를 드리겠소. 검을 집으시오."

무의식적으로 손을 뻗으려던 윌카스트가 멈칫했다. 상대는 또 다시 싸우더라도 이길 수 없는 강자이다. 아귀가 찢어진 손으로 검을 잡아봐야 승산이 없었다.

손을 거둔 윌카스트가 눈을 감으며 침중한 음성으로 말했다.

"휴, 싸워봐야 결과는 뻔하오."

"……."

"내 실력이 당신에게 못 미친다는 것을 인정하리다."

눈을 뜬 윌카스트가 주변을 돌아보며 고함을 질렀다. 그의 음성에는 마나가 실려 있었기에 모든 사람들의 귀에 똑똑히 들렸다.

"나 윌카스트는 패배를 인정하오. 블러디 나이트의 실력은 나보다 윗줄이오."

오스티아 국왕을 비롯한 대신들의 얼굴은 딱딱하게 굳어 있었다. 가장 우려했던 일이 일어난 것이다. 오스티아가 자랑하는 초인이 하찮은 식민지 출신에게 패했다. 국가의 위신이 땅바닥에 떨어진 것이나 다름없었다.

연신 얼굴이 붉으락푸르락 하던 국왕이 고개를 돌려 누군가를 노려보았다. 그곳에는 궁내대신 알프레드가 어쩔 줄을 몰라 하고 있었다.

'빌어먹을 자식. 대결이 벌어지지 않게 하겠다고 호언장담을 하더니…….'

대신들 역시 궁내대신을 노려보고 있었다. 윌카스트가 패한 책임을 모두 알프레드에게 전가하려는 것이다.

알프레드의 얼굴에서는 식은땀이 주르르 흐르고 있었다.

'내가 미쳤지.'

애초에 블러디 나이트에게 악감정을 품은 것이 잘못이었다. 복수를 한답시고 일을 꾸몄다가 단단히 덤터기를 쓰게 되었으니…….

그때의 결정을 뼈저리게 후회했지만 이미 지나간 시간을 되돌릴 수는 없는 법이다.

착잡한 심경을 보여주듯 윌카스트의 안색은 무척이나 초췌했다. 국가의 명예가 걸려 있는 대결에서 패배했으니 더욱 그러했다. 지금껏 단 한 번도 패배를 겪어보지 않았기 때문에 더욱 뼈아팠다.

수치심으로 고개를 수그린 윌카스트의 귓전으로 나지막한 음성이 파고들었다.

"혹시 처음으로 패배를 경험하신 거요?"

살짝 안색이 경직되기는 했지만 윌카스트는 아무런 말도 하지 않았다. 그런 윌카스트의 마음을 다 안다는 듯 레온이 고개를 끄덕였다.

'마음의 상처가 크겠군. 자고로 첫 패배가 가장 뼈아픈 법이니……'

잠시 고민하던 레온이 입을 열었다.

"나는 이렇게 생각하오."

"……"

"기사에게 패배는 결코 수치스러운 것이 아니오. 앞으로 더 나아갈 수 있는 자극제라고 생각하오."

그 말에 윌카스트가 슬며시 고개를 들었다.

"그렇다면 당신도 패배를 경험해 보았소?"

레온이 서슴없이 고개를 끄덕였다.

"물론이오. 그것도 이루 헤아릴 수 없을 만큼 패배해 보았소. 하지만 난 패배를 수치라고 생각하지 않았소. 좋은 경험으로 삼아 정진했기에 이 자리에 왔다고 확신하오."

윌카스트의 눈빛이 심하게 흔들렸다. 그런 윌카스트를 향해 레온이 미소를 지어주었다.

"패배는 어떻게 극복하는 지가 더욱 중요하오. 이번 대결로 인해 당신도 많은 것을 깨달았을 것이오. 그 깨달음을 밑바탕으로 수련하면 더욱 높은 경지를 바라볼 수 있소."

묵묵히 레온을 쳐다보던 윌카스트의 입가에 미소가 맺혔다.

"정말 가슴에 와 닿는 위로구려. 고맙소."

"고마울 것 없소."

마주 미소를 지어준 레온이 돌연 음성에 마나를 실어 외쳤다.

"비록 패하기는 했지만 윌카스트 당신은 진정한 기사요."

그 뜻밖의 부르짖음에 윌카스트는 어안이 벙벙해졌다. 마나가 실려 있었기에 레온의 음성은 연무장에 모여 있는 사람들에게 똑똑히 들렸다.

"조국의 치부를 스스로 떠안는 대범함! 상대의 실력을 인정하는 결단력! 비록 실력으로는 나에게 패했을지언정 마음가짐만큼은 패하지 않았다고 생각하오. 나 블러디 나이트는 당신을 위대한 무인으로 인정하오."

술렁거리던 장내는 또 다시 조용해졌다. 레온의 시선이 다시 윌카스트에게로 향했다. 뜻밖의 상황에 윌카스트의 눈이 크게 뜨여져 있었다.

"진정한 무인과 겨루게 된 것을 영광으로 생각하오."

얼떨떨해 하던 윌카스트의 입가에 미소가 번져갔다.

"본인 역시 영광으로 생각하오. 그리고 언젠가는 오늘의 패배를 설욕할 것이오. 그때가 되면 내 도전을 받아주기 바라오."

레온이 당연하다는 듯 말을 받았다.

"그대라면 언제든지 도전을 받아주겠소. 당신에겐 충분히 그럴 만한 자격이 있소."

말을 마친 레온이 손을 내밀었다. 윌카스트가 얼굴이 벌겋게 상기된 상태로 그 손을 잡았다. 이어 장내에서는 박수갈채가 요란하게 울려 퍼졌다. 상황을 주시하던 귀족들이 자신도 모르게 박수를 치기 시작한 것이다.

짝짝짝짝—

열렬하게 박수갈채를 보내는 그 대열에는 오스티아의 국왕과 대신들도 끼여 있었다. 승패와 상관없이 서로를 인정해 주는 두 위대한 무인에게 감복한 것이다. 박수갈채는 한동안 이어졌다.

뚫어지게 레온을 쳐다보던 윌카스트가 살며시 머리를 흔들었다.

"마음 같아서는 술이라도 한 잔 나누고 싶지만 아무래도 힘들겠지요?"

"상황이 상황이니만큼 힘들 것이오. 하지만 오늘만 날이 아니지 않소?"

"술 생각이 나면 언제든지 찾아오시오. 지금 이 시간부터 나는 당신을 남으로 생각하지 않겠소."

"영광이오."

둘은 마주보며 씩 웃었다.

주위를 둘러본 레온이 창을 등에 비끄러맸다.

"그럼 본인은 이만 가보겠소."

"조심해서 가시오. 오스티아는 더 이상 당신을 적대시하지 않을 것이오. 그럴 경우 본인이 목숨을 걸고 막겠소. 부디 그대의 앞길에 무운이 깃들길 바라겠소."

고개를 끄덕인 레온이 몸을 돌렸다. 이미 일단의 사람들이 둘을 향해 다가오고 있었다. 개중에는 다른 왕국에서 온 사신들이 다수 섞여 있었다.

레온이 머뭇거림 없이 신법을 펼쳤다. 그의 몸이 쏜살같이 허공을 갈랐다.

"헉!"

"잠깐만, 잠깐만 기다리시오. 블러디 나이트."

하지만 레온은 들은 척도 하지 않고 몸을 날렸다. 사신들에게 붙들려서 좋을 게 없다는 사실을 알고 있는 것이다.

"이런."

레온에게 접근하려던 사신들의 얼굴에 낭패감이 떠올랐다. 하지만 개중에는 도리어 회심의 미소를 짓고 있는 자들도 있었다.

'어쩔 수 없군. 이미 본토로 향하는 여객선 열 척을 전세 내어 놓은 상태이니 블러디 나이트가 부디 그 배에 타기를 기원해야겠어.'

블러디 나이트는 사람들과의 접촉을 극구 꺼린다. 그 사실을 알기 때문에 사신들은 이곳으로 오며 이미 만반의 준비를 갖춘 상태였다.

그들은 우선 오스티아와 대륙을 왕복하는 여객선들을 죄다 전세내었다. 블러디 나이트가 오스티아를 떠나기 위해서는 반드시 여객선을 이용해야 한다. 만약 자신들이 전세낸 배에 블러디 나이트가 탑승할 경우 마음 편하게 접근할 수 있다.

이런 생각을 하는 사신들은 제법 많았다. 그로 인해 대부분의 여객선들은 꼼짝 없이 발이 묶여 버렸다. 블러디 나이트가 타기 전까지는 어떤 배도 출항할 수 없는 것이다.

정문에는 이미 다수의 병사들이 모여 길을 막고 있었다. 레온을 쫓아온 수도경비대 병사들이었다. 레온이 달려오자 그들이 당황해 하며 길목을 막으려 했다. 그때 윌카스트의 음성이 울려 퍼졌다.

"길을 열어 블러디 나이트를 보내드려라. 그분께 더 이상 무례를 범하지 말아야 한다."

누구의 명령인데 거역할 것인가? 병사들이 분분히 옆으로 비켜나며 길을 열었다. 그 사이로 파고든 레온의 신형이 금세 그곳에서 사라졌다.

블러디 나이트가 사라졌음에도 불구하고 윌카스트는 하염없이 그쪽을 쳐다보고 있었다.

✤

"생각보다 일이 잘 풀렸군."

오스티아 국왕의 얼굴에는 희색이 가득했다. 윌카스트의 패배로 말미암아 국가의 명예가 형편없이 실추될 것이라 생각했건만 상황은 예상을 빗나갔다.

블러디 나이트는 승패를 떠나 윌카스트를 진정한 무인으로 인정했다. 그 모습을 여러 왕국의 사신들이 빠짐없이 목격했다. 블러디 나이트의 이런 정중한 모습은 그 누구도 예상하지 못했다.

"뜻밖이로군. 거칠고 무례한 무인으로 생각했거늘……."

초인선발전에서 블러디 나이트는 제리코에게 시종일관 거만하고 무례하게 대했다. 그랬던 그가 윌카스트에게는 더없이 정중한 태도를 보인 것이다.

"더없이 이상적인 결과야. 윌카스트 경이 정말 존경스럽군."

흐뭇한 미소를 띠고 있던 국왕의 안색이 돌변했다. 잠시 잊고 있던 일을 떠올린 것이다. 그가 쳐다보는 방향에는 궁내대신 알프레드가 서 있었다. 몹시 불안했는지 그는 연신 안절부절못해하고 있었다.

국왕이 머뭇거림 없이 손가락을 뻗어 알프레드를 가리켰다.

"궁내대신을 즉각 포박하여 감옥에 수감하라. 국가의 명예를 실추시킨 책임을 물을 것이다."

알프레드의 얼굴이 사색이 되었다. 근위병들이 즉각 달려들어 그의 팔다리를 붙잡았다.

"저, 전하. 신은 억울합니다. 신이 할 수 있는 것은 다 했다고 자부합니다."

그가 필사적으로 불가항력이었음을 항변했다. 그러나 그의 편을 들어주는 대신은 아무도 없었다.

국왕이 대신들을 둘러보며 명을 내렸다.

"감옥에 갇혀 있는 용병들을 즉각 방면하도록 하시오. 그리고 갇힌 기간에 따라 적절한 보상금을 지불하는 것을 잊지 마시오."

내무대신 프라한의 얼굴에 미소가 떠올랐다. 국왕이 드디어 옳은 결정을 내린 것이다.

"지금 즉시 시행하도록 하겠습니다, 전하."

이번 국왕의 결정에는 대신들 그 누구도 반발하지 않았다.

III
다크 나이츠와의 조우

레온은 쏜살같이 대로를 달리고 있었다. 오가던 사람들이 겁먹은 눈빛으로 길을 비켜주었다.

상부에서 명령이 내려왔기 때문에 병사들은 더 이상 길을 막지 않았다. 그 사이를 빠져나간 레온이 한껏 공력을 불어 넣어 경공을 시전했다.

'어촌마을로 가야겠군. 알리시아님을 만난 다음에 배편을 알아봐야겠어.'

그는 미처 알지 못했다. 이미 여러 왕국의 사신들이 대륙과 오스티아를 오가는 여객선을 전부 전세내어 놓았다는 사실을……

레온은 금세 시가지를 빠져나왔다. 그의 몸이 마치 바람처럼 한적한 시골길을 내달렸다.

'조금 더 가서 마신갑을 풀어야겠군. 사람들의 눈에 띄면 곤란하니 말이야.'

그때 전방에서 갑자기 눈부신 빛무리가 일어났다.

깜짝 놀란 레온이 그 자리에 멈춰 섰다.

'뭐, 뭐야?'

빛무리는 세차게 빛을 내쏜 뒤 사그라졌다. 그리고 그 자리에는 여러 사람들이 표표히 서 있었다. 마치 그 자리에서 생겨난 듯 말이다.

레온의 눈이 살짝 커졌다.

'고, 공간이동?'

레온의 입이 딱 벌어졌다. 지금껏 공간이동 마법을 한 번도 본 적이 없었기 때문이었다.

트루베니아는 마나의 흐름이 극도로 불규칙한 대륙이다. 그 때문에 마법을 시전하는 것이 아르카디아보다 몇 배나 힘들다. 그 중에서도 특히 시전하기 힘든 것이 공간이동 마법이었다.

자칫 잘못하면 신체의 일부만 워프될 수 있었기 때문에 트루베니아에서 공간이동 마법을 전개하는 것은 철저한 금기사항이었다. 그러니 레온이 공간이동을 통해 등장한 자들에게 흥미를 가질 법도 했다.

마법진에서 나타난 이들은 번들거리는 검은 갑옷의 기사 다섯 명과 로브를 걸친 네 명의 마법사였다. 레온을 발견하자 그들의 눈빛이 빛났다.

"어서 오게, 블러디 나이트."

한 발 앞으로 나서는 이는 다크 나이츠의 분대장인 하워드였다. 계획이 여지없이 맞아떨어졌기에 그의 입가에는 회심의 미소가 걸려 있었다. 소필리아 시내에는 크로센 정보부 소속의 요원들이 좍 깔려 있었다.

그들이 수정구를 통해 레온이 향하는 방향을 실시간으로 보고했다. 모든 정보를 종합해 레온의 진로를 알아낸 다크 나이츠들이 정확히 공간이동에 성공한 것이다.

뜻밖의 상황에 레온이 눈을 가늘게 떴다.

"나를 기다렸나?"

레온의 반문에 하워드가 머뭇거림 없이 고개를 끄덕였다.

"물론이지. 긴히 볼일이 있어서 말이야?"

눈빛을 번들거리는 것을 봐서 좋은 의도는 아닌 것 같았다. 어떠한 일이 있더라도 쫓지 않겠다는 윌카스트의 말을 떠올린 레온이 조용히 입을 열었다.

"오스티아 소속인가?"

"물론 아니지. 우릴 고작 그 정도로 보았나?"

"나에게 어떤 용무가 있나?"

마치 레온의 그 질문을 기다렸다는 듯 하워드가 눈짓을 했다. 그러자 다크 나이츠들이 숙련된 몸놀림으로 레온을 포위했다. 마법사들은 조금 떨어진 곳에서 자리를 잡았다.

"물론 용무가 있지. 우린 자넬 잡아가야 하는 임무를 받고 왔다네. 가급적 저항하지 않기를 권고하는 바일세."

그 말을 들은 레온의 눈이 가늘어졌다.

"왜 나를 잡아가려는 거지?"

"굳이 알려고 하지 말게. 본국에 가면 모든 사정을 알 수 있을 테니 말이야. 순순히 따라간다면 서로에게 좋을 걸세."

하워드의 광오한 말에 레온이 비릿한 미소를 지었다.

"너희들 실력으로는 힘들 텐데?"

레온의 추정은 사실이었다. 그를 포위한 기사들은 기껏해야 소드 마스터 중급 정도의 실력이다. 그나마 우두머리가 조금 낫긴 하지만, 상급 수준에는 못 미쳤다.

마법사들 역시 문제가 되지 않았다. 레온은 드래곤 로드가 만들어 낸 마신갑을 걸치고 있다. 레온의 웅혼한 공력에다 마신갑의 수준을 감안하면 마법사들은 충분히 무시해도 될 터였다.

그럼에도 불구하고 레온은 뭔가 섬뜩한 느낌을 받았다.

'저 자신감은 어디서 나오는 거지?'

게다가 검은 갑옷의 기사들에게서는 말로 표현하기 힘든 이질감이 느껴지고 있었다. 마나에 유독 민감한 레온만이 느낄 수 있는 기운이다. 친숙하면서도 뭔가가 어그러지고 일그러진 듯한 느낌. 정신을 집중해서 살펴보았지만 알아내기가 쉽지 않았다.

레온의 말에 하워드가 그럴 줄 알았다는 듯 고개를 끄덕였다.

"순순히 따라가지 않아도 상관없다. 우린 반드시 널 데리고 갈 테니까."

하워드가 손짓을 하자 주위를 둘러싼 기사들의 몸이 움찔했다. 기혈을 역행시키라는 명령이었기 때문이다.

블러디 나이트는 기혈을 역행시키지 않고는 잡을 수 없는 강자이다. 문제는 잠력을 폭발시키고 나면 두 번 다시 마나를 다룰 수 없어진다는 점이다.

그러나 그들은 더 이상 고민하지 않았다. 지금 이 순간을 위해 키워진 것이 다크 나이츠의 운명. 기사들은 머뭇거림 없이 잠력을 폭발시켰다.

쿠우우우!

투구 사이로 드러난 기사들의 눈동자가 시뻘겋게 충혈되었다. 하워드 역시 마찬가지였다. 이어 그들의 몸에서 가공할만한 기운이 폭사되었다. 도저히 인간이라고 할 수 없는 기세였다.

"헉!"

레온은 깜짝 놀랐다. 포위한 기사들이 돌연 다른 사람이 된 것처럼 막강한 기세를 내뿜었기 때문이다.

그러나 놀랄 새도 없이 다크 나이츠들의 공세가 시작되었다. 시퍼렇게 오러 블레이드가 돋아난 장검이 레온의 전후좌우를 쪼개어왔다.

"헛!"

헛바람을 토해낸 레온이 급히 등에 비끄러맨 창을 들어 공세를 막아냈다.

푸캉—!

눈부신 섬광과 함께 레온의 육중한 몸이 눈에 띄게 휘청거렸다. 물론 공격을 가한 기사도 뒤로 주르륵 밀려났다.

레온은 경악으로 눈을 부릅떴다.

'어디서 이런 자들이……'

그러나 다크 나이츠들은 레온이 고민할 틈을 주지 않았다.

챵 촤챵 챵—

전후좌우에서 가해지는 공격을 레온은 사력을 다해 막아내야 했다. 자신을 포위한 기사들은 하나같이 윌카스트에게 뒤지지 않는 강자였다.

그 모습을 마법사들이 한가롭게 쳐다보고 있었다. 그들의 임무는 싸움에 가담하는 것이 아니다. 다크 나이츠들을 공간이동 시키고, 사로잡은 블러디 나이트를 크로센 제국으로 압송하는 것이 그들이 맡은 임무였다.

지금 그들이 해야 할 일은 블러디 나이트가 도주하는 것을 차단하는 것이다. 정말 철저한 역할분담이 아닐 수 없었다. 콧수염을 멋들어지게 기른 중년 마법사가 재미있다는 듯 블러디 나이트와 다크 나이츠들의 혈투를 쳐다보았다.

"블러디 나이트가 그리 오래 버티지 못할 것 같습니다. 승부가 곧 판가름 나겠는데요?"

그러나 노마법사의 생각은 달랐다. 전장에서 잔뼈가 굵은 워 메이지였기 때문에 그는 사정을 비교적 정확히 꿰뚫고 있었다.

"블러디 나이트는 세상에 알려진 것보다 월등히 강해."

그 말에 중년 마법사가 믿을 수 없다는 듯 눈을 크게 떴다.

"몇 합 지나지 않아 쓰러질 것 같은데요?"

"보기에는 위태로워 보이지만 실상은 그렇지 않아. 동작이 전혀 흐트러지지 않는 것을 보니 접전이 생각보다 길게 이어지겠어."

그가 근심 가득한 눈으로 블러디 나이트의 일거수일투족을 살폈다.

레온은 상당한 난관에 봉착해 있었다. 하나하나가 윌카스트와 맞먹는 초인 다섯 명이 합공을 하니 당연히 힘겨울 수밖에 없었다.

만약 레온이 평범한 그랜드 마스터였다면 결판이 났어도 벌써 났을 터였다. 제아무리 초인이라도 압도적인 무력 앞에 무릎을 꿇을 수밖에 없다. 그러나 레온은 스승으로부터 이계의 뛰어난 수법을 전수받았다.

보법과 경신법을 십분 활용한 덕분에 레온은 겨우겨우 버텨 나갈 수 있었다.

'믿을 수가 없군.'

레온은 이제 상황을 명확히 이해할 수 있었다. 상대의 정체를 어느 정도 파악했다는 뜻이었다.

포위공격을 가하는 기사들에게서는 더없이 친밀한 기운이 느껴졌다. 비록 이질감이 서려 있긴 하지만 알아보지 못할 정도는 아니었다.

'이들은 스승님께 전수받은 바로 그 마나연공법을 익혔어. 뭔가 어그러져서 완전하지 못하긴 하지만 말이야.'

그렇다면 저들은 카심 용병단원들로부터 유래된 마나연공법을 익혔다는 결론이 나온다. 헬프레인 제국의 미완성 마나연공법과 동일하거나 흡사한 경로를 통해 익힌 것이다. 비로소 레온은 저들이 일순간에 강해진 이유를 알아차릴 수 있었다.

'기혈을 역류시켰군. 몸속의 잠력을 일시에 뽑아내는 거야. 후유증이 엄청날 텐데?'

기혈역류의 비법은 레온도 익힌 바 있다. 그러나 그것은 스승으로부터 전수받은 정통의 방법이다. 저들처럼 강해지진 않지만 부작용이 거의 없다고 볼 수 있다.

레온의 눈빛이 날카롭게 빛났다.

'저들은 이미 한계를 넘어섰어. 모르긴 몰라도 전신의 경맥이 뒤틀어져 두 번 다시 마나를 운용하지 못하게 될 거야.'

겉으로 보기에는 더없이 위태로운 장면이 이어졌다. 레온은 필사적으로 보법을 펼쳐 기사들의 공세를 회피해 나갔다. 회피할 수 없는 것은 최소한의 힘으로 막아냈다. 레온은 지금 기사들의 잠력이 모두 소진될 때를 기다리고 있었다.

'지금 맞부딪히는 것은 자살행위야. 저들의 상태는 결코 오래 지속되지 못해.'

그것은 레온이 다크 나이츠가 익힌 심법의 비밀을 비교적 정확히 파악하고 있기 때문에 내릴 수 있는 결론이다. 비밀을 모르는 자라면 결코 이렇게 행동할 수 없다. 정신없이 몸을 날리는 와중에도 레온은 생각하고 또 생각했다.

'그렇군. 미첼님이 말한 자들이 바로 이자들이었어. 제럴드 공작을 격살한 자들. 도대체 이들이 어디 소속일까?'

하워드의 얼굴에는 초조함이 감돌고 있었다. 압도적인 무력을 동원했는데도 일이 잘 풀리지 않는 것이다. 블러디 나이트는 영악하게도 정면충돌을 회피하고 있었다.

기괴한 스텝을 밟아나가며 회피하는 통에 도무지 포위할 수가 없었다. 그 탓에 덧없이 시간만 가고 있었다.

'이대로 가다간 곤란한 일이 벌어져. 어떻게든 놈이 맞부딪히게 만들어야 해.'

생각을 굳힌 하워드가 입을 열었다. 상대의 자존심을 자극하려는 것이다.

"쥐새끼처럼 도망만 치는군. 정면으로 맞설 배포조차 없는 자였나?"

"……."

"그대는 트루베니아를 대표하는 초인이다. 물러서지 말고 정정당당히 겨뤄보자."

그러나 레온은 하워드의 격장지계에 쉽사리 넘어가지 않았다.

"다섯 놈이 덤비는 것이 과연 네가 말하는 정정당당한 대결인가?"

"……."

"한 놈씩 덤비면 상대해 주마. 그럴 의향이 있느냐?"

치열한 접전을 펼치는 와중에서도 블러디 나이트의 음성은 담담하기 그지없었다. 그 말을 들은 하워드가 입술을 질끈 깨물었다. 지금은 블러디 나이트의 제안대로 행동할 상황이 아니었다.

싸움에 가담하지 않는다고 잠력이 소모되지 않는 것은 아니다. 한계에 도달하기 전에 블러디 나이트를 제압해야 하는 것이 그들이 처한 입장이다.

하워드가 고함을 버럭 질러 부하들을 독려했다.

"훈련받은 것을 잊었나? 공세를 더욱 집중시켜라."

다크 나이츠의 공격이 더욱 날카로워졌다. 하나하나가 치명적이지 않은 공격이 없었다. 그러나 레온은 간발의 차이로 공격을 회피해 냈다.

생사의 고비를 셀 수 없이 넘나든 데다 난전을 지극히 많이 겪어보았기 때문에 지능적으로 기사들을 상대할 수 있었다. 궁지에 몰리거나 포위당할 여지를 미연에 차단했기 때문에 다크 나이츠로서도 속수무책이었다.

"이런 미꾸라지 같은 작자……."

하워드가 계속해서 심기를 자극했지만 레온은 신경 쓰지 않았다. 서투른 격장지계 따위에 넘어갈 레온이 아니었다.

마법사들의 얼굴은 점점 심각해지고 있었다. 노마법사가 창백한 얼굴로 중얼거렸다.

"곤란하군, 곤란해. 이러다간 가망이 없겠어."

그들이 지켜보는 사이에도 다크 나이츠의 힘은 급격히 소진되고 있었다. 가장 젊어 보이는 마법사가 조심스럽게 입을 열었다.

"아무래도 블러디 나이트는 다크 나이츠의 비밀을 알고 있는 것 같습니다."

"그게 무슨 소린가?"

"다크 나이츠는 많은 훈련을 받았기 때문에 포위공격에 더 없이 능숙합니다. 그런데 블러디 나이트는 지금껏 단 한 번도 정면으로 부딪히지 않았습니다. 포위당할 가능성을 미연에 차단하는 것이지요. 놈은 이리저리 회피하면서 시간만 끌고 있습니다. 다크 나이츠의 비밀을 알지 못한다면 저렇게 행동할 수 없습니다."

"음."

침음성을 흘리며 고개를 끄덕이던 노마법사가 정색을 했다.

"안되겠다. 우리도 가세한다. 마법을 최대한 펼쳐 블러디 나이트의 발목을 잡아야 한다!"

"알겠습니다."

기사들에게 포위공격을 당하는 레온에게 마법공격이 집중되었다. 수십 발의 매직 미사일이 레온을 목표로 날아왔다.

파파파팟―!

마법사들은 아무런 거리낌 없이 마법을 전개했다. 다크 나이츠가 입고 있는 갑옷에는 마법공격을 차단하는 대마법 방어진이 새겨져 있었던 것이다.

그것을 증명하듯 다크 나이트의 등판을 강타한 매직 미사일이 엷은 섬광과 함께 사라졌다. 하지만 그것은 레온도 마찬가지였다.

다크 나이츠가 착용한 것보다 월등히 우수한 마법갑옷이라

마법사들이 가한 마법공격은 아무런 성과도 거두지 못하고 스러졌다.

마법사들의 얼굴에 당혹감이 번져갔다.

"놈도 대마법 갑옷을 입고 있습니다."

"예상 밖이로군. 트루베니아에서 건너온 자가 마법 갑옷을 입고 있다니……."

마법이 통하지 않자 마법사들은 궁여지책으로 외부에서 작용하는 마법을 썼다. 끊임없이 넝쿨을 소환하고, 블러디 나이트가 이동하는 방향에 불기둥을 불러 일으켰다.

그러나 통하는 것은 아무것도 없었다. 상대의 몸놀림이 워낙 예측 불가능한데다 기껏 불러일으킨 불기둥이나 파이어 월은 마신갑에 차단당했다.

레온은 계속해서 정면대결을 피하며 방어에만 치중했다. 그러는 사이 다크 나이츠에게 마침내 한계가 찾아왔다.

"커어억!"

검을 찌르려던 기사 한 명이 돌연 몸을 파들파들 떨었다. 투구의 안면보호대 사이로 피가 주르르 흘러내렸다. 입과 코를 통해 피를 내뿜는 것이다. 간헐적으로 경련하던 다크 나이트의 몸이 맥없이 무너져 내렸다.

잠력을 모두 소진한 나머지 갑옷의 무게조차 감당하지 못한 것이다. 이어 나머지 기사들도 하나씩 무릎을 꿇었다. 잠력을 모두 소진한 여파는 그 정도로 지대했다. 마지막으로 하워드가 힘없이 바닥에 주저앉았다. 인간의 한계를 초월한 초인에서 한순간에 폐인이 되어 버린 것이다.

"이런!"

마법사들의 얼굴이 암울해졌다. 믿었던 다크 나이츠가 모두 쓰러졌으니 이번에는 자신들 차례였다. 운신하지조차 못하는 다크 나이츠를 두고 도망칠 수도 없었기에 마법사들은 어쩔 수 없이 마법을 전개했다.

그러나 캐스팅에 몰두하던 마법사들을 덮친 것은 무시무시한 기세였다. 블러디 나이트가 그랜드 마스터 특유의 비기를 이용해 마법사들을 공격한 것이다.

"쿨럭!"

노마법사가 가슴을 움켜쥐고 그 자리에 주저앉았다. 재배열되던 마나가 강제적으로 정형화되며 마나역류현상이 일어난 것이다.

옆에서 캐스팅하던 두 명의 마법사도 마찬가지였다. 게거품을 물고 바닥에 나뒹구는 것을 봐서 한동안은 정신을 차리지 못할 것 같았다.

그렇게 해서 급박하게 돌아가던 상황은 한순간에 종결되었다.

레온이 피로가 가득한 눈으로 턱에 고인 땀을 닦았다.

"정말 힘든 싸움이었어."

이번 싸움은 레온에게도 무척이나 버거웠다. 비슷한 수준의 초인 다섯 명과 장장 30분 동안 사투를 벌였으니 지치지 않았다면 그게 더 이상했다. 윌카스트와 한바탕 싸움을 벌인 다음이라 더욱 피로감이 몰려왔다.

쓰러진 마법사들과 기사들을 한동안 응시하던 레온의 안색이 살짝 굳어졌다.

'일단 이들의 정체를 밝혀야겠군.'

일단 널브러진 기사들은 심문할 만한 상태가 아니었다. 체내의 잠력을 소진한 탓에 모조리 의식을 잃고 혼절해 있었다. 마법사들 역시 마나역류현상으로 인해 정신을 차리지 못했다. 그러나 모두가 그런 것은 아니었다.

"으으으……"

비교적 젊어 보이는 마법사 한 명이 몸을 부들부들 떨었다. 막 캐스팅을 하려다 말고 레온의 공격을 받았기에 충격을 덜 받았던 것이다.

온전히 정신을 유지하고 있는 자는 오직 그 마법사뿐이었다. 레온이 느릿하게 걸음을 옮겨 마법사에게로 다가갔다.

"오, 오지 마시오."

파랗게 질린 얼굴로 마법사가 뒷걸음질 쳤지만 레온의 손을 벗어나기는 불가능하다.

레온의 안면보호대 사이로 스산한 음성이 흘러나왔다.

"무턱대고 날 공격했으니 그만한 각오는 되어 있겠지?"

싸늘한 레온의 말을 듣는 순간 마법사는 전신에 소름이 좍

끼치는 것을 느꼈다.

　레온은 어렵지 않게 마법사의 입을 열게 할 수 있었다. 스승으로부터 전수받은 분근착골을 펼치자 마법사는 몇 분도 버티지 못하고 모든 사실을 상세히 털어놓았다.

　그로 인해 레온은 자신을 습격한 기사들이 크로센 제국의 다크 나이츠 기사단이란 사실을 알 수 있었다. 그것은 레온에게 상당히 충격적인 사실이었다.

　'놀랍군. 이런 자들이 오십 명이나 있다니……'

　모든 사실을 캐낸 레온은 분노를 금치 못했다. 크로센 제국은 트루베니아에 제2, 제3의 블러디 나이트가 나오는 것을 방지하기 위해 다크 나이츠를 파견한 것이었다.

　'트루베니아를 오랫동안 식민지로 유지하겠다는 의도로군.'

　만약 이 사실을 알리시아가 알았다면 틀림없이 분노를 표출했을 것이다. 그러나 레온의 몸을 흐르는 피의 반은 엄연히 펜슬럿의 것이다.

　따라서 그의 반은 트루베니아, 반은 아르카디아라 볼 수 있었다. 차분히 마음을 가라앉힌 레온이 느릿하게 주위를 둘러보았다. 기사들과 마법사들은 아직까지 정신을 차리지 못했다.

　레온의 눈동자에 살짝 살기가 감돌았다.

'이들을 모조리 죽여 버릴까?'

저들을 모두 죽여 파묻어 버린다면 상황이 말끔히 해결된다. 목격자가 없으니 크로센 제국에서도 일의 연관관계를 알아낼 수 없을 터였다. 그러나 레온은 곧 그 생각을 지웠다.

마법사의 멱살을 잡아 일으킨 레온이 상대의 눈을 들여다보았다.

"생각 같아서는 네놈들을 모두 죽여 버리고 싶다."

"으으으……."

레온의 기세에 눌린 마법사는 식은땀만 흘려댔다.

"하지만 이번은 용서해 주겠다. 어차피 잠력을 모두 소진하여 폐인이 된 자들을 죽여 무엇 하겠는가? 하지만 추후에도 이런 일이 일어날 경우 그때는 용서하지 않는다. 알겠는가?"

마법사가 질린 표정으로 고개를 끄덕였다.

"아, 알겠소."

레온이 만족스런 표정으로 마법사를 놓아주었다. 서 있기조차 힘들었는지, 세차게 엉덩방아를 찧은 마법사의 눈가에 묘한 표정이 스쳐 지나갔다. 그러나 레온은 미처 그것을 알아차리지 못했다.

'서둘러 가야겠군. 알리시아님께서 기다리시겠어.'

레온은 기사들과 마법사들을 남겨둔 채 몸을 날렸다.

＊

　마법사들은 그로부터 한참이 지난 후에야 정신을 차렸다. 홀로 남았던 젊은 마법사가 필사적으로 힐링을 시전한 탓에 노마법사가 가장 먼저 깨어났다. 자세한 정황을 들은 노마법사의 눈이 커졌다.

　"블러디 나이트가 우리에게 아무런 위해도 가하지 않고 그냥 갔단 말이냐?"

　"그렇습니다. 하지만 앞으로 이런 일이 또 일어날 경우 그땐 용서하지 않겠다고 했습니다."

　"음⋯⋯."

　노마법사가 침중한 표정으로 미간을 모았다. 그때 젊은 마법사가 귀에 솔깃한 얘기를 해왔다.

　"아까 말씀드린 대로 블러디 나이트는 다크 나이츠의 비밀에 대해 잘 알고 있었습니다. 잠력을 모두 소진하여 폐인이 된 자를 죽여 무엇 하겠냐고 저에게 말했습니다."

　"그, 그게 정말이냐?"

　"그렇습니다. 제 두 귀로 똑똑히 들었습니다."

　노마법사는 정신이 번쩍 드는 것을 느꼈다. 젊은 마법사의 말이 사실이라면 이건 보통 일이 아니었다. 다크 나이츠의 문제점을 알고 있다면 블러디 나이트 역시 카심 용병단의 마나 연공법과 관련이 있다는 뜻이다.

"트루베니아에는 과거 카심 용병단원이었던 제럴드가 있다. 만약 블러디 나이트가 제럴드의 마나연공법으로 초인의 경지에 올랐다면……."

노마법사의 표정이 다급해졌다.

"이, 이 사실을 급히 상부에 알려야 해. 머뭇거릴 시간이 없어."

그가 서둘러 바닥에 마법진을 그렸다. 크로센 제국으로 곧장 공간이동할 수 있는 마법진이었다.

그 사이 젊은 마법사가 널브러진 기사들과 마법사들을 안아다 마법진으로 옮기고 있었다.

✤

다크 나이츠를 물리친 레온은 인적이 드문 곳에 가서 마신갑을 해제했다. 치열한 혈투로 인해 마신갑 곳곳에 흠집이 나 있었지만 마나를 집중시키자 곧바로 복원되었다.

착용자의 마나를 빨아들여 부서진 부위를 복원하는 마법이 걸려 있는 탓이었다. 그 상태로 레온은 운기조식에 들어갔다. 혈투로 인해 소모된 마나를 채우고 헝클어진 내기를 다스리기 위해서였다.

한동안 운기행공에 몰두한 레온은 깨어나자마자 곧장 길을 떠났다. 목적지는 알리시아와 함께 묵었던 어촌마을이었다.

휘이이익―!

레온의 몸이 대기를 가르며 밀림 속을 쏜살같이 내달렸다. 나뭇가지와 나뭇가지를 건너뛰며 질주하는 모습이 마치 날다 람쥐와도 같았다.

"서둘러야 할 것 같군."

왠지 모르게 알리시아의 아리따운 얼굴이 보고 싶었다. 이 틀 가량 떨어져 있었지만 마치 몇 달은 보지 못한 것 같았다.

레온의 뇌리에 왕궁 연무장에서 접근해 오던 여러 왕국의 사신들이 떠올랐다. 그들과 엮여서 좋을 것은 하나도 없었다.

"알리시아님을 데리고 서둘러 오스티아를 떠나야겠군."

IV
알리시아, 해적들에게
납치당하다

　레온은 불과 한나절 만에 밀림을 주파했다. 마르코와 알리시아를 데리고 꼬박 하루 반이 걸린 거리를 그 삼분지 일도 되지 않는 시간에 돌파한 것이다.

　마을에 도착한 레온은 머뭇거림 없이 알리시아가 묵고 있는 가옥으로 향했다.

　"저 돌아왔습니다."

　레온이 밝은 얼굴로 문을 열어젖혔다. 그러나 반색하며 맞이해야 할 알리시아의 모습은 보이지 않았다. 대신 마르코가 창백한 얼굴로 레온을 맞이했다.

　"오, 오셨습니까?"

레온이 눈을 휘둥그레 뜨고 방안을 둘러보았다.

"레베카님은?"

"그, 그게……."

"잠시 외출을 나가신 건가?"

마르코가 쉽사리 대답하지 못하고 머뭇거렸다. 그 모습을 본 레온이 이맛살을 지긋이 찌푸렸다.

"어서 말해보아라. 레베카님께 무슨 일이 생긴 건가?"

한참을 망설이던 마르코가 마침내 입을 열었다. 마르코에게 그간의 정황을 들은 레온의 안색이 딱딱하게 굳어졌다.

"레베카님께서 해적들에게 납치당했다고?"

"그, 그렇습니다. 저로선 도저히 막을 수가……."

그 사건이 벌어진 것은 바로 어제였다. 오스티아에서도 악명 높은 해적단 탈바쉬의 배가 어촌마을을 찾았다. 오스티아 해군의 눈을 피해 한밤에 정박한 것이다.

놀라운 것은 어촌마을에 탈바쉬 해적단의 밀정이 박혀 있었다는 점이다. 해적선은 어촌마을에서 보급품과 식량을 보충하기 위해 온 것이었다.

뜻밖의 사태에 레온의 얼굴에는 침울함이 감돌았다.

"그렇다면 해적선이 마을을 노략질 한 것인가? 레베카님은 그 와중에 잡혀갔고?"

마르코가 조용히 머리를 내저었다.

"그렇지 않습니다. 해적들은 어떠한 경우에도 마을을 노략

질하지 않습니다. 도리어 인심을 얻기 위해 애쓰지요. 오스티아 해군에 쫓기는 탓에 그들은 마을 주민들의 마음을 얻으려 혈안이 되어 있습니다. 오히려 시세보다 후한 가격을 지불하고 보급물자와 식량을 구입할 정도이니까요."

그 말을 들은 레온이 그럴 듯하다는 듯 고개를 끄덕였다. 마르코의 말대로 마을 사람들을 적대시 할 경우 운신의 폭이 대폭 줄어드는 것이 해적의 입장이다.

당장 마을 사람들이 오스티아 해군에 연락할 경우 종적이 발각되어 쫓길 우려가 높다.

"게다가 인근 마을 사람들은 대부분 해적들에게 호의적입니다."

오스티아는 예전에 해적의 천국으로 불렸다. 먹고 살길이 없는 주민들이 해적이 되는 길을 택하기 때문이다.

최근 들어 관광산업이 활성화되면서 그 수가 많이 줄었지만 그래도 해적이 되어 바다를 누비는 것은 아직까지 어촌마을 청년들의 로망이었다. 게다가 상당수의 마을 원로들이 과거 해적 출신이었으니……

"하지만 관광객들에겐 그렇지 않습니다. 보이는 대로 납치해서 몸값을 흥정하지요."

원래대로라면 해적선은 마을에서 조용히 물자를 보급한 뒤 떠날 계획이었다. 그런데 마을에 박혀 있던 해적 밀정이 알리시아의 얘기를 꺼낸 것이 화근이었다.

"해적들은 귀족들이라면 누구를 불문하고 납치합니다. 몸값을 후하게 받을 수 있기 때문입니다. 막으려고 애를 써 봤지만 애당초 이 마을 출신이 아닌지라……."

말을 마친 마르코가 고개를 푹 수그렸다. 알리시아가 잡혀가는 것을 막지 못한 데 대해 죄책감을 느끼는 모양이었다.

레온이 가만히 손을 뻗어 마르코의 어깨를 두드려 주었다.

"그만. 자넨 할 만큼 했어. 일단 이곳에 남아서 나에게 사실을 전해준 점에 대해 감사하네."

레온은 진심으로 마르코에게 감사하고 있었다. 사실 그들과 마르코는 별달리 특별한 사이가 아니다.

그저 은화 몇 닢에 고용된 인력거꾼일 뿐이었다. 만약 닳고 닳은 인력거꾼이었다면 구태여 이곳에 남아 고용주가 납치되었다는 사실을 알려줄 이유가 없다.

'생각보다 의리가 있는 젊은이로군.'

레온이 돌연 착잡한 표정을 지었다. 일단 해적들에게 잡혀간 알리시아를 구해내야 하지만 이미 마을을 떠난 해적선을 어디서 찾을 것인가?

'큰일이로군. 몸값을 받을 수 없다는 사실을 알게 되면 해적들이 알리시아님을 가만히 내버려두지 않을 텐데.'

알리시아의 신분패는 위조된 것이다. 타르디니아 왕국에는 스탤론 자작가가 존재하지 않는다. 해적들이 몸값 흥정을 위해 스탤론 자작가로 사람을 보내봐야 헛수고였다. 문제는 사실을 알게 된 해적들이 알리시아를 가만히 내버려 두지 않을 거라는 점이다.

최악의 경우 노예로 팔아 버릴지도 모르는 문제였다. 게다가 알리시아는 미모의 젊은 여성이다. 이성에 잔뜩 굶주린 거친 해적들이 그녀를 가만히 내버려 둔다는 보장이 없다.

시간이 지날수록 레온의 안색이 어두워졌다.

'많이 불안해하고 있을 텐데…….'

레온의 표정변화를 보던 마르코가 조심스럽게 입을 열었다.

"일단 마을을 벗어나신 다음 오스티아 해군에 협조를 요청하는 것은 어떻습니까?"

그 말에 레온이 고개를 들었다.

"……."

"하지만 해군에 신고한 사실을 마을 사람들이 알아선 안 됩니다. 그렇게 될 경우 저는 두 번 다시 이 마을에 올 수 없습니다. 그러니 레베카님이 해변에서 쉬시다 우연히 지나가던 해적선에 납치되었다고 신고하심이……."

레온이 살짝 고개를 내저었다. 오스티아 해군에 연락해 봐야 별 뾰족한 수가 있는 것은 아니다. 안 그래도 바쁜 오스티아 해군이 전력을 다해 수색활동을 펼쳐준다는 보장은 없다.

가슴이 답답했는지 레온이 한숨을 길게 내쉬었다.

'난감하군. 그렇다고 윌카스트에게 도움을 요청할 수도 없고.'

월카스트와는 대결을 통해 돈독한 관계를 맺어둔 상태. 만약 레온이 요청하면 월카스트는 두말없이 해군을 동원해 줄 것이다.

그러나 그렇게 되면 자신과 알리시아의 정체가 만천하에 드러난다. 아직까지 승부를 치러야 할 초인이 많이 남은 상태에서 정체가 밝혀지는 것은 그리 바람직하지 못했다.

'빌어먹을……. 해적선의 위치만 알아낼 수 있다면.'

시시각각 변하는 레온의 표정을 보다 못해 마르코가 재차 위로를 했다.

"너무 걱정하지 마십시오. 해적들은 인질들의 털끝 하나도 건드리지 않습니다. 몸값을 수월하게 받아내기 위해서입니다. 그러니 우선적으로 레베카님의 본가에다 연락을 하심이……."

레온이 굳은 표정으로 머리를 흔들었다.

"그럴 순 없네. 난 레베카님의 호위야. 같이 인질이 되는 한이 있어도 레베카님 옆에 있어야 하네."

"하, 하지만……."

레온이 정색을 하고 마르코를 쳐다보았다.

"해적선이 어디로 갔는지 알려주겠나? 만약 해적선의 위치를 알려주면……."

말을 마친 레온이 주머니 속의 금화를 모두 꺼냈다. 다행히 10골드 정도가 주머니에 들어 있었다.

"이것을 모두 주겠네."

뜻밖의 거금에 마르코의 눈이 휘둥그레졌다. 그러나 돈으로도 안 되는 것은 안 되는 것이다.

"저로서는 알 도리가 없습니다. 해적선의 이동경로 자체가 철저히 비밀에 붙여져 있는지라……."

레온은 낙심했다. 상식적으로 오스티아 해군을 피해 다니는 해적선의 경로를 한낱 인력거꾼이 알 리가 없다.

'도대체 어떻게 해야 한단 말인가? 지금 이 순간에도 알리시아님은 불안에 떨고 있을 터인데…….'

레온은 머리를 싸매고 고민에 빠졌다. 제아무리 인간의 한계를 벗어난 초인이라도 망망대해를 떠돌아다니는 해적선의 위치를 잡아낼 도리가 없다.

그때 나지막한 마르코의 음성이 귓전을 파고들었다.

"어쩌면 방법을 알아낼 수도 있을 것 같습니다."

그 말에 퍼뜩 정신을 차린 레온이 마르코의 손을 움켜쥐었다.

"어, 어떤 방법인가?"

조심스럽게 주변을 살핀 마르코가 입을 열었다.

"대신 이 사실은 철저히 비밀에 붙여주셔야 합니다."

"물론이네. 누구에게도 말하지 않겠네."

레온의 다짐을 받고 나서야 마르코가 입을 열었다.

"사실 저희 아버님은 해적이셨습니다. 그것도 잘 나가는 해적선의 항해사이셨죠."

마르코의 아버지는 블루 펄이라는 해적선의 항해사였다고 한다.

그가 탔던 해적선 블루 펄은 근방에 악명이 자자한 유명한 해적선이었다. 그는 젊은 시절의 대부분을 블루 펄에서 보냈다. 마르코의 어머니를 만나기 전까지 말이다.

"아버지는 어머니를 정말로 사랑하셨습니다. 그 때문에 큰 대가를 치르고 해적단을 퇴단했지요."

무릇 모든 범죄단체들이 그렇듯 해적단 역시 퇴단자를 혹독하게 관리한다. 모든 비밀을 지킬 것을 서약 받는 것은 물론이고 신체의 일부까지 요구한다.

그 때문에 마르코의 아버지는 한쪽 눈과 한쪽 귀를 잘라주고 나서야 겨우 해적단을 퇴단할 수 있었다. 한 여인을 위해 모든 것을 각오했으니 정말로 지고지순한 사랑이라고 할 수 있었다.

그러나 그 지고지순한 사랑에도 불구하고 마르코의 어머니는 오래 살지 못했다. 마르코가 열 살이 되던 해에 병에 걸려 세상을 떴던 것이다.

"그런데도 아버지는 재혼을 하지 않으셨습니다. 작은 어선을 홀로 모시며 저희들을 키우셨지요."

말을 마친 마르코가 레온을 쳐다보았다.

"아마 아버지라면 해적선이 어디쯤 있는지 아실 것 같습니다."

그 말을 들은 레온은 즉시 몸을 일으켰다.

"자네 고향마을로 가세. 자네 아버지를 꼭 만나 뵈어야겠네."

"하지만 장담할 수는 없습니다. 아버지는 모든 비밀을 지키겠다고 다짐하고 해적단을 퇴단하셨으니까요."

"그거야 내가 할 일이지. 이럴 시간이 없으니 바로 출발하지."

거듭 독촉하던 레온을 물끄러미 쳐다본 마르코가 몸을 일으켰다.

"지금 출발하면 밤 늦게 도착할 수 있을 것입니다."

✢

그 시각, 크로센 제국의 황궁에는 여러 인물들이 심각한 얼굴로 모여앉아 있었다. 거기에는 다크 나이츠 분대장 하워드의 창백한 얼굴도 끼여 있었다.

블러디 나이트를 체포하는데 실패한 뒤 그들은 공간이동을 통해 크로센 왕국으로 워프해 온 상태였다.

하워드의 표정은 지극히 어두웠다. 지금껏 갈고 닦아온 마나를 깡그리 잃은 데다 운신하기도 힘든 폐인이 되었기 때문이었다. 그런 대가를 치렀음에도 불구하고 그들은 임무를 완수하지 못했다. 그러니 그의 표정이 밝을 턱이 없었다.

회의를 주관하는 이는 크로센의 정보부장인 드류모어 후작이었다. 그가 상기된 표정으로 보고서를 훑어보았다.

"흠. 이게 사실이라면 보통 문제가 아니군."

미간을 잔뜩 찌푸린 드류모어 후작이 젊은 마법사를 쳐다보았다. 분근착골의 후유증 때문인지, 그의 얼굴은 몹시 창백했다.

"보고서의 내용이 사실인가?"

"그렇습니다. 블러디 나이트는 분명히 저에게 말했습니다. 체내의 잠력을 모두 소진하여 폐인이 된 자를 죽여서 무엇 하겠냐고 말입니다."

그 말을 들은 드류모어 후작이 하워드를 쳐다보았다.

"하워드 분대장. 블러디 나이트가 정면대결을 하지 않고 피하기만 했다는 것이 사실이오."

"그렇습니다. 이건 제 직감인데 아무래도 블러디 나이트는 전투에 참여한 경험이 많은 것 같습니다. 부하들에게 포위공격을 당하면서도 매우 노련하게 대처했으니까요."

"시간을 끌려고 하는 기색이 확실히 보였소?"

"아무래도 그런 것 같습니다. 방어에만 치중하며 단 한 번도 반격을 가하지 않았습니다."

하워드의 말을 들은 드류모어 후작이 침음성을 흘렸다. 그게 사실이라면 상황이 무척 복잡해진다.

'그렇다면 블러디 나이트가 카심 용병단의 마나연공법을 익혔다는 뜻인데? 그렇지 않고서야 부작용에 대해 알 리가 없을 테니…….'

만약 그의 추정이 정확하다면 문제가 더욱 심각해진다. 카심 용병단의 마나연공법은 그 어떤 마나연공법보다도 마나를 쌓는 속도가 빠르다.

게다가 다른 마나연공법으로 효과를 보지 못한 자들도 마나를 느끼게 만들 정도로 효용이 뛰어나다. 그러나 그것의 한계는 1회용으로밖에 활용할 수 없다는 점이다.

그가 살짝 고개를 돌려 하워드를 쳐다보았다. 그는 이미 10년 이상을 검술에 매진한 기사이다. 그랬던 그가 제대로 몸을 가누지도 못하는 폐인이 되어 버렸다.

'다크 나이츠 최대의 장점이자 단점이지.'

만약 마나연공법의 미비한 점을 보완하여 다크 나이츠의 부작용을 극복할 수 있다면 크로센 제국은 영원히 번영을 누릴 것이다.

바로 그 때문에 제리코를 시켜 용병 초인 카심을 생포해 오라는 명을 내리지 않았던가?

드류모어 후작의 눈빛은 예리하게 빛나고 있었다.

'어떤 일이 있어도 블러디 나이트의 신병을 확보해야 해. 그에게서 비밀을 밝혀낸다면 카심 용병단으로부터 전래된 마나연공법의 미비점을 보완할 수 있을지도 몰라.'

하지만 그것은 최대한 신중하게 추진해야 한다. 정확한 정보도 없이 일을 추진한 덕에 귀중한 전력인 다크 나이츠 다섯이 폐인이 되어 버렸다. 크로센 제국으로서는 상당히 크나큰 손실이 아닐 수 없었다.

드류모어 후작의 눈매가 지긋이 모아졌다.

'이번엔 철저히 계획을 짜는 거야. 블러디 나이트를 생포하는 것은 본 정보부의 사활이 걸린 문제이니까.'

✤

레온은 밤새 걸어 마르코의 고향에 도착했다. 원래대로라면 중간에 마련된 쉼터에서 쉬어가야 하지만 마음이 급했던 레온은 그냥 출발할 것을 종용했다.

'지금 이 순간에도 알리시아님은 모진 고초를 겪고 계실 거야. 조금이라도 서둘러야 해.'

레온의 다급한 마음이 전해졌는지 마르코는 묵묵히 밀림을 걸었다. 그리하여 그들은 꼬박 하루 만에 목적지에 도착했다.

그러나 도착했다고 모든 일이 해결된 것은 아니었다. 마르코의 아버지 엔리코 노인은 비밀을 밝히는 것을 완강히 거절했다.

"그럴 순 없소. 난 이미 모든 비밀을 가슴 속에 묻어놓겠다고 맹세한 사람이오. 상대가 누구이든 간에 비밀을 지킬 생각이오.”

마르코의 아버지는 상당히 꼬장꼬장해 보이는 노인이었다. 매부리코와 가는 눈매를 보니 고집이 보통이 아님을 알 수 있었다.

“그러나 저는 정말 절박한 입장에 놓여 있습니다. 반드시 레베카님을 구해내야 하는 것이…….”

“그래도 안 되는 것은 안 되는 것이오.”

엔리코의 태도는 단호했다.

“오스티아 해군도 내 입을 열지 못했소. 그러니 포기하는 것이 좋을 것이오.”

엔리코는 오스티아 해군에게 잡혀가서 고문까지 받았다고 한다. 해적선들이 정박하는 장소와 항로를 알아낸다면 근방에서 활약하는 해적선을 일망타진할 수 있기 때문이다.

그러나 그 모든 협박과 고문에도 엔리코는 입을 열지 않았다.

“목이 떨어지는 한이 있어도 비밀을 발설할 순 없소.”

결국 오스티아 해군은 노인을 방면할 수밖에 없었다. 이미 자수하여 형까지 살았던 엔리코를 더 이상 추궁할 수 없었기 때문이었다. 그 사실을 들은 레온의 얼굴에 난감함이 서렸다.

‘큰일이로군. 결코 강압적인 방법이 통하는 사람이 아니야. 이 일을 어떻게 한다?’

보다 못한 마르코가 옆에서 거들었다.

"아버지. 한 번만 더 생각해 보세요. 정말 좋으신 분들이세요."

"그래도 안 되는 것은 안 되는 것이다. 무릇 사내란 칼을 물고 죽는 한이 있어도 맹세를 지켜야 하는 법이다."

엔리코의 완강한 거절에도 불구하고 레온은 물러나지 않았다.

"그렇다면 이렇게 하는 것이 어떻겠습니까?"

"……."

"제 눈을 가린 상태에서 해적선이 정박해 있는 곳으로 데려다 주십시오. 뱃삯은 충분히 드리겠습니다. 그렇게 하신다면 맹세를 어기는 것이 아니지 않습니까?"

말을 마친 레온이 품속에서 금화를 꺼내 내밀었다. 엔리코가 놀랍다는 눈빛으로 레온을 쳐다보았다.

"도대체 무슨 짓을 하실 작정이시오?"

"저는 호위입니다. 그러나 저는 소임을 다하지 못했습니다. 잠깐 자리를 비운 사이 고용주가 납치당했기 때문입니다."

말을 마친 레온이 정색을 하고 노인을 쳐다보았다.

"그분의 곁을 지킬 작정입니다. 포로가 되어서라도 말입니다."

그 말에 엔리코는 생각에 잠겨 들어갔다. 사실 용병 하나가 해적선 전체를 상대로 싸우는 것은 말이 되지 않는다.

때문에 그는 레온이 해적선에 난입할 것이라곤 생각하지 않앉다. 그가 고민하는 문제는 다른 데 있었다. 용병과 귀족은 해적들이 해 주는 대우 자체가 달랐다.

귀족들이야 후하게 몸값을 받을 수 있으니 우대하지만 용병은 결코 그렇지 않다. 과거의 경험을 떠올려 본 엔리코가 차분히 입을 열었다.

"어리석은 생각이오. 그대의 고용주는 몸값을 지불하면 무사히 풀려나지만 당신은 그렇지 않소. 최악의 경우 노예로 팔릴 수도 있소."

"상관없습니다. 지금 제 머릿속에는 레베카님의 곁을 지켜야 한다는 생각뿐입니다."

"어허. 이 사람이……. 죽을 수도 있소. 어떤 해적들은 몸값을 치르지 못하는 인질을 상어밥으로 주기도 한다오."

그러나 레온은 추호도 물러서지 않았다.

"이미 죽음을 각오한 상태입니다."

"허, 참."

엔리코가 혀를 찼다. 고집이라면 누구에게도 뒤지지 않을 자신이 있지만 눈앞의 덩치 큰 용병도 결코 만만치 않았다.

"부디 부탁드립니다."

레온의 얼굴에서는 절박함이 묻어나오고 있었다. 그로 인해 엔리코는 고민을 거듭해야 했다.

사실 상대의 말대로 한다면 맹세를 어기는 것은 아니다. 눈을 가린 상태로 해적선이 정박해 있는 곳에 데려다 주면 끝나기 때문이다.

물론 노인은 탈바쉬 해적선이 어디쯤 가 있는지 어렴풋이 짐작하고 있었다. 과거 블루 펄 해적선의 항해사였기 때문에 해적선의 항로에 대해 훤할 수밖에 없었다.

'어떻게 한다? 데려다 주는 것은 그리 큰 문제가 아닌데……'

문제는 우직한 용병의 운명이었다. 상식적으로 귀족가에서 호위를 맡은 용병들의 몸값을 지불하는 경우는 거의 없다. 해적에게 잡힌 것 자체가 호위의 소임을 다하지 못한 것이기 때문이다.

엔리코는 그런 용병들의 운명을 수없이 지켜보았다. 이럴 경우 용병에게 다가오는 운명은 오직 세 가지 뿐이다. 해적이 되거나 노예로 팔린다. 그 외에는 모조리 상어밥으로 바다에 던져 버린다. 그렇게 될 것을 뻔히 알고 있는 만큼 고뇌할 수밖에 없다.

그러나 레온은 순순히 물러나지 않았다.

"어르신께서는 오로지 데려다 주기만 하면 됩니다. 그 뒤의 일은 제가 알아서 하겠습니다."

그 말을 들은 엔리코가 어쩔 수 없다는 듯 고개를 끄덕였다. 솔직히 말해 10골드의 돈이 탐나는 것도 사실이었다. 집에 돈이 없어서 둘째 마르코가 소필리아에 가서 인력거를 끄는 것이 아닌가?

이 돈이라면 충분히 마르코를 장가보낼 수 있을 터였다.

"알겠소. 그토록 원한다면 그렇게 하리다."

레온의 얼굴이 밝아졌다.

"정말 감사드립니다. 이 은혜 잊지 않겠습니다."

"이건 은혜가 아니라 거래요. 돈을 받고 당신을 배에 태워 주는 것이지."

말을 마친 엔리코가 옆에 앉아 있는 아들들을 쳐다보았다.

"준비를 하거라. 상당히 먼 거리를 배로 돌아봐야 할 테니 둘 다 승선해야 한다."

큰 아들이 무덤덤한 얼굴로 고개를 끄덕였다. 그러나 둘째 인 마르코의 얼굴에는 수심이 가득했다. 제 발로 해적의 포로 가 되겠다고 하니 걱정이 되지 않을 순 없다.

레온이 살짝 미소를 지으며 마르코의 어깨를 두드려 주었 다.

"걱정하지 마라. 레베카님의 가문에서 틀림없이 내 몸값까 지 지불해 주실 것이니……."

그 말에 살짝 고개를 끄덕이긴 했지만 마르코의 얼굴은 여 전히 풀리지 않았다.

그들이 타고 갈 배는 낡고 낡은 어선이었다. 길이가 기껏해 야 10미터 정도밖에 되지 않는 목선. 얼마나 오래되었는 지 선체가 검게 변색되어 있었다.

그러나 관리는 비교적 잘 되어 있는 것 같았다. 엔리코와 두 아들이 능숙하게 출항준비를 했다. 고기를 잡으러 가는 것이 아니기 때문에 그물 따위의 어구는 모두 내렸다. 무게가 조금이라도 줄어야만 배의 속도가 빨라진다.

노인이 진물이 주르르 흐르는 눈을 들어 어둠에 싸인 바다를 쳐다보았다.

"닻을 올려라. 출항한다!"

이윽고 네 명이 탄 소선이 물살을 헤치고 어둠 속으로 잠겨 들기 시작했다.

✤

오스티아에는 수많은 무인도가 있다. 무인도 중 일부에는 별장이 지어져 타국의 귀족들에게 대여된 상태였다. 그 수입으로 인해 오스티아가 부를 누릴 수 있다.

그러나 그렇지 못한 무인도도 많았다. 지금 보이는 무인도들이 바로 그런 종류의 것이었다.

사방에 암초가 즐비하고 섬의 대부분이 깎아지른 듯한 절벽으로 구성된 무인도들. 이런 곳은 관광지로 개발하지 못하는 쓸모없는 섬이었다. 그러나 이 섬을 이용하는 사람들도 분명히 있었다.

사방이 칼날 같은 바위 절벽으로 둘러싸인 조그만 섬에 배

한 척이 정박해 있었다. 오스티아 해군의 군함과 흡사하게 생긴 갤리선이었다.

양 옆으로 빽빽이 돋아 있는 노와 날씬한 동체를 보니 상당히 속도가 빠를 것 같았다. 선미 부분에 게양된 해골문양의 검은 깃발은 이 배의 정체가 범상치 않음을 보여주었다.

배의 후미에는 선실이 위치해 있었다. 여러 개의 창이 나 있었는데 그중 몇 개에는 튼튼한 철창이 쳐져 있었다. 창문 중 하나로 누군가가 밖을 내다보고 있었다.

초췌한 안색의 아름다운 아가씨였다. 그녀가 초점 없는 눈으로 멍하니 밖을 내다보고 있었다.

'해적에게 납치를 당하다니…….'

수심에 가득 찬 아가씨의 정체는 바로 알리시아였다. 해변 마을에서 레온을 기다리다 해적들에게 끌려간 그녀가 이곳에 갇혀 있는 것이다.

하염없이 창밖을 내다보던 알리시아가 몸을 돌렸다. 선실 안은 제법 깔끔하게 치장되어 있었다. 창문에 쳐진 쇠창살을 제외하면 마치 고급 여객선의 일등석 같았다.

알리시아가 조용히 걸어가서 한쪽에 놓인 의자에 앉았다.

'내 운명은 어떻게 되는 걸까?'

그녀는 잠자코 자신이 납치된 경위를 떠올려 보았다.

레온이 떠나간 뒤 그녀는 몸을 추스르는 데 몰두했다. 풍토병은 다 나았지만 약해진 체력이 회복되지 않았다. 때문에 알리시아는 푹 쉬며 몸을 회복시키는 데 몰두했다.

레온과 함께 아르카디아 전역을 떠돌아다니려면 우선 건강해야 했다. 그러던 와중에 해적선이 마을에 접근했다. 그 사실을 전해들은 마르코가 경고를 해 주었다.

"절대 집 밖으로 나가면 안 됩니다. 방 안에 숨어 있으십시오."

그 말을 들은 알리시아는 문을 걸어 잠그고 방 안에 숨어 있었다. 그러나 해적들은 이미 마을에 밀정을 박아놓은 상태였다. 그 밀정이 알리시아의 정체를 소상히 밝혔고 해적들은 마을 촌장에게 돈을 쥐어주어 입막음을 시켰다.

콰직!

문을 부수고 들어온 해적들을 본 알리시아는 절망에 빠져야 했다. 마을 사람들은 해적들에게 끌려 강제로 배에 태워지는 알리시아를 외면했다.

해적들에게 충분히 돈을 받았기 때문이었다. 마르코가 한쪽에서 안절부절못했지만 애당초 이 마을 출신이 아닌 그로서는 항의할 자격이 없다. 그렇게 해서 알리시아는 배에 태워진 채이곳까지 왔던 것이다.

해적들은 가장 먼저 알리시아의 신분을 물었다.

"나는 타르디니아 왕국의 스탤론 자작 영애예요."

그 말을 들은 해적들은 환호성을 질렀다. 귀족 신분이면 후한 몸값을 받을 수 있기 때문이다. 그로 인해 알리시아는 비교적 좋은 대우를 받을 수 있게 되었다.

좋은 선실에 좋은 음식이 제공되었다. 심지어 해적들은 그녀의 몸에 손가락 하나도 대지 않았다. 그것을 떠올린 알리시아의 안색이 어두워졌다.

'어쩌지? 머지않아 비밀이 탄로날 텐데…….'

해적들은 틀림없이 타르디니아의 스텔론 자작가로 사람을 보내 몸값을 협상할 것이다. 그러나 타르디니아 왕국에 스텔론 자작가는 존재하지 않는다.

이미 오래 전에 풍비박산이 나 버린 것이다. 만약 해적들이 사실을 알게 되면 어떻게 나올지 상상조차 되지 않았다. 최악의 경우 노예로 팔릴 수도 있었다. 물론 그 전에 여자로서 끔찍한 수모를 겪어야 할 테지만 말이다.

답답해진 알리시아가 머리를 감싸 안았다.

'이 일을 도대체 어떻게 해?'

물론 그녀의 뒤에는 인간의 한계를 벗어난 초인 블러디 나이트가 있다.

그의 힘이라면 충분히 자신을 구해낼 수 있다. 하지만 그것은 자신이 어디 있는지 알고 있는 상태에서만 가능한 것이다. 알리시아의 얼굴이 어두워졌다.

'그분이 날 찾아낼 가능성은 희박해.'

해적선은 오스티아 해군의 눈을 피해 밤에만 이동했다. 암초 밭을 항해하는 것도 마다하지 않았다. 그런 해적선을 레온이 어찌 찾아낸단 말인가? 고민을 거듭하는데 문이 열렸다.

덜컥.

험악한 해적들이 비틀거리는 한 여인을 끌고 들어왔다. 대략 20대 후반 정도 되어 보이는 금발의 여인은 제대로 걷지도 못했다.

별이 새겨진 로브를 걸친 것을 봐서 마법사 같았다. 양쪽에서 부축하고 들어온 해적들은 인정사정없이 여인을 바닥에 내팽개쳤다. 바닥에 나동그라진 여인이 이를 갈았다.

"이런 개자식들아! 숙녀를 이 정도밖에 못 대하냐?"

그 말에 해적 하나가 비릿하게 웃었다.

"흐흐흐, 숙녀 좋아하네. 조만간 팔려갈 년이 주둥이만 살아서."

말을 마친 해적이 음흉한 눈빛으로 여인을 훑어보았다.

"그래도 아랫도리 맛은 제법 괜찮은 편이더군."

그 말에 여인의 입 꼬리가 미묘하게 비틀어졌다.

"흥. 5분도 못 버틴 놈이 뭐가 어쩌고 어째. 손가락만한 것을 물건이라고 달고 있냐? 차라리 떼어 버려라."

입심이 대단한 여인이었다. 모멸감으로 인해 해적의 얼굴이 벌겋게 상기되었다.

"이년이 죽고 싶나?"

함께 들어온 해적 두 명이 정신없이 웃어댔다.

"맞아. 로코스란 놈 물건이 작긴 작지."

화가 나서 씨근거리던 해적이 휭하니 몸을 돌렸다.

"하긴 창녀로 팔려가서 걸레가 될 년에게 화낼 필요는 없지. 특별히 네년을 변태에게 팔아주마."

해적들이 왁자지껄하게 떠들며 선실을 나섰다.

철커덕.

자물쇠 채우는 소리가 알리시아의 귓전을 아프게 파고들었다. 한껏 앙칼진 표정을 짓던 여인이 얼굴을 찡그렸다. 하복부에서 전해지는 통증이 심한 모양이었다.

"개자식들……. 열두 명이나 달려들다니."

몸을 일으키려던 여인이 그 자리에 풀썩 주저앉았다. 그것을 본 알리시아가 재빨리 다가가서 여인을 부축했다.

"괘, 괜찮아요?"

"그럭저럭 견딜 만해요. 뭐 즐겼다고 생각하면 되니까요."

여인이 알리시아의 부축을 받으며 침대로 올라갔다. 말은 그렇게 했지만 잔뜩 몸을 웅크린 것을 보아 몹시 아픈 모양이었다.

그 모습을 본 알리시아가 눈 꼬리를 파르르 떨었다. 언제 자신도 저 여인처럼 될지 모르는 노릇이다.

여인은 알리시아와 같은 방에 갇힌 룸 메이트였다. 그러나 알리시아는 그녀와 깊은 대화를 나누지 못했다. 해적들이 틈만 나면 여인을 끌고 가서 성욕을 채웠기 때문이었다. 여러 명의 해적들에게 시달리다 온 여인은 그대로 곯아떨어졌고 그 탓에 몇 마디 대화를 나누지 못했다.

알리시아는 잠자코 여인에 대해 약간 알고 있는 정보를 떠올려 보았다.

그녀의 이름은 샤일라. 자그마한 규모의 용병단 일원이었다. 2서클 정도 되는 하급 마법사로서 동료들과 함께 귀족의 호위를 맡았다가 그만 해적선의 습격을 받은 것이다.

그러나 호위를 맡은 귀족은 지금 해적선에 남아 있지 않았다. 가문에서 몸값을 지불했기 때문에 풀려난 것이다. 호위하던 기사들 역시 몸값을 치르고 풀려났다.

그러나 용병들은 사정이 달랐다. 고용한 귀족가문에서 몸값 지불을 거절했기 때문에 그녀와 그녀의 동료들은 풀려나지 못했다.

그들에게 닥친 운명은 기구했다. 해적들은 포로들을 노예로 팔기로 결정했다. 유일한 여인인 샤일라는 창부로, 다른 동료들은 광산의 광부나 검투장의 검투사로 팔려가는 것이다. 그 사실을 떠올린 알리시아가 착잡한 표정을 지었다.

'나도 머지않아 샤일라처럼 노예로 팔리겠지?'

물론 그 전에 샤일라처럼 입에 담기조차 힘든 꼴을 당할 것은 두말할 나위가 없었다.

그나마 샤일라는 사정이 나은 편이었다. 그녀의 남자 동료들은 지금 지하의 수옥에 갇혀 있었다. 물이 가득 찬 곳에 목만 내밀고 묶여 있었는데 해적들은 틈만 나면 그들을 두들겨 팼다. 습격하는 과정에서 여러 명의 해적들이 그들의 손에 죽었기 때문이었다.

'이들의 운명도 정말 기구하군.'

착잡해진 알리시아가 샤일라의 옆을 파고들었다. 잠이 들면 고뇌에서 벗어날 수 있을 것 같았기 때문이었다. 그러나 잠은 좀처럼 오지 않았다.

연신 뒤척이는 알리시아의 기척에 샤일라가 정신을 차렸다. 잠에서 깨어난 샤일라가 인상을 한껏 찌푸렸다.

"아, 아파."

알리시아가 걱정스런 표정을 지었다.

"괜찮아요?"

"거, 걱정하지 말아요. 조금 쓰라릴 뿐이니까요."

목이 말랐는지 샤일라가 탁자 위에 놓인 물병을 들어 벌컥 벌컥 들이켰다.

알리시아가 묵묵히 샤일라를 쳐다보았다. 요염한 아름다움이 감도는 미녀였는데 무척 성깔이 있어 보이는 생김새였다. 알리시아의 시선을 느꼈는지 그녀가 고개를 돌렸다. 샤일라의 입가에 비릿한 미소가 맺혔다.

"귀족이라고 했죠?"

알리시아가 말없이 고개를 끄덕였다.

"몸값을 받으면 곧바로 풀려나겠군요. 휴, 부러워라."

알리시아가 자신도 모르게 입을 열었다.

"속한 용병단에서 몸값을 치러주지 않나요?"

"용병단 전체가 여기 잡혀 있어요."

"그래도 지금까지 모아놓은 돈이 있지 않나요? 그것을 지불하고라도……."

그 말에 샤일라가 씁쓸히 웃으며 고개를 가로저었다.

"하루 벌어 하루 먹고살기도 바쁜데 그럴 돈이 어디 있어요."

"그럼 고용한 귀족가에다 부탁을 하지 그랬어요?"

샤일라가 어처구니없다는 듯 눈을 크게 떴다.

"그게 말이 되는 소리예요? 해적들에게 잡힌 것만으로도 임무를 다하지 못한 것인데……. 세상에 용병의 몸값을 지불해주는 고용주는 없어요."

말을 마친 샤일라가 착잡한 표정을 지었다.

"뭐 사창가에 노예로 팔려가겠지만 걱정하진 않아요. 예전에 경험해 본 일이니까요."

알리시아의 눈이 살짝 커졌다. 그렇다면 샤일라가 창부 일도 해 봤다는 말인가? 그녀가 아랑곳없이 말을 이어나갔다.

"문제는 동료들이에요. 틀림없이 죽을 때까지 햇빛도 못 보고 광산에 박혀 있어야 할 텐데……."

"그래도 당신은 마법사잖아요? 그 정도의 고급 인력이 왜?"

그 말에 샤일라가 처연한 미소를 지었다.

"2서클은 마법사로 쳐주지도 않아요. 쓸 수 있는 게 고작해야 파이어 볼 정도고, 그것도 한참동안 캐스팅해야 하죠. 그걸 가지고 고급 인력이라 할 수 있나요?"

말을 마친 샤일라가 돌연 주먹을 부르르 떨었다.

"돈만 있었다면 제대로 된 교육을 받을 수 있었을 텐데……. 수업료가 없어서 마법학부에서 쫓겨나지만 않았더라도."

주먹을 꼭 쥐고 씨근거리던 샤일라의 눈이 스르르 감겼다.

"이만 자야 할 것 같아요. 너, 너무 졸, 려……요."

띄엄띄엄 말을 내뱉은 그녀가 푹 꼬꾸라졌다. 알리시아가 착잡한 눈빛으로 그녀를 쳐다보고 있었다. 왠지 그녀의 처지가 남의 일이라고 생각되지 않았다.

✤

칠흑같이 어두운 밤바다다. 먼 바다 저편이 서서히 밝아지고 있었다. 태양이 떠오르며 어둠을 밀어내는 것이다. 그러나 주위는 아직까지 어둑어둑했다.

바다 위를 조그마한 배 한 척이 느릿하게 움직이고 있었다. 바람이 거의 없었기 때문에 배 양쪽으로 튀어나온 노가 쉴 새 없이 움직였다.

배 위에는 네 명의 그림자가 있었다. 탈바쉬 해적선을 찾아

나선 레온 일행이었다.

레온이 놀란 눈빛으로 노를 젓는 세 사람을 쳐다보았다.

'정말 놀랍군. 밤새도록 쉬지 않고 노를 저을 수 있다
니…….'

오스티아 해는 거의 바람이 불지 않았다. 때문에 노를 저어
야만 배가 움직인다. 엔리코와 그의 두 아들은 밤새 쉬지 않고
노를 저었다.

그러니 입이 딱 벌어지지 않을 도리가 없다. 마르코와 그의
형은 배의 옆에서 노를 저었다. 호흡이 척척 맞는 것을 보아
한두 해 저어본 솜씨가 아니었다.

엔리코는 배 뒤에서 삿대를 움직였다. 단 세 사람이 힘을 썼
는데도 불구하고 배의 속도는 그리 느리지 않았다. 오스티아
로 건너오며 탄 평저선과 비슷한 속도로 움직였던 것이다.

그들은 지금껏 세 군데의 섬을 지나쳐왔다. 하나같이 해적
선들이 몰래 배를 정박하는 비밀 쉼터였다. 그러나 레온이 찾
는 탈바쉬 해적선은 없었다.

비밀 정박지 두 곳은 텅 비어 있었고 한 군데에 해적선이 있
긴 했지만 탈바쉬 해적선은 아니었다. 그렇게 되자 레온은 조
바심을 느꼈다.

"과연 찾을 수 있을까요?"

그 말에 늙은 엔리코가 진물이 흐르는 외눈을 들어 레온을
쳐다보았다.

"걱정 마시오. 해적들은 적어도 어촌마을을 두세 군데 들러 보급품을 확충한다오. 탈바쉬 해적선도 단시일 내에는 이곳을 떠나지 않을 것이오."

말을 마친 노인이 손을 들어 수평선 너머를 가리켰다.

"내 생각으론 저 너머에 탈바쉬 해적선이 정박해 있을 것 같소. 둘락 군도라고 불리는 곳이지. 지금 그곳으로 가고 있으니 조금만 기다려 보시오."

"알겠습니다."

작은 목선은 동녘이 터오는 바다를 느린 속도로 가로질렀다. 해가 뜨자 산들바람이 불기 시작했다. 손가락에 침을 발라 바람의 방향을 가늠해 본 엔리코는 돛을 활짝 펼쳤다. 그러자 배의 속도가 다소 빨라졌다. 마르코 형제도 밤새도록 젓던 노를 내려놓고 휴식을 취했다.

"아침을 먹을 시간이로군."

세 부자는 싸온 도시락을 꺼냈다. 집에서 싸온 빵과 치즈였다. 마르코가 빵 한 조각과 치즈 한 덩이를 레온에게 내밀었다.

"이것 좀 드시지요."

"고맙네."

시장했던 터라 레온은 사양하지 않고 빵과 치즈를 받아먹었다. 시장이 반찬이라고, 맛이 매우 좋은 편이었다.

식사를 마친 마르코 형제는 다시 노를 저었다. 바람을 한껏 안은 돛에 이어 노의 힘까지 더해지자 목선은 파도 한 점 없는 잔잔한 바다 위를 빠른 속도로 질주했다.

대략 두 시간 가량 항해하자 암초 밭이 모습을 드러냈다. 암초에 걸려 난파된 배의 잔해들이 여기저기 널려 있는 음산한 곳이었다.

엔리코는 머뭇거림 없이 배를 암초 밭 안으로 몰았다. 물 위로 비쭉비쭉 고개를 내민 암초를 본 레온이 불안한 표정을 지었다.

"위험하지 않습니까?"

"위험하기야 하지. 하지만 이런 곳에 고기가 많은 법이오. 가라앉은 선원들의 사체를 뜯어먹기 위해 물고기들이 모이니까."

엔리코의 말에 레온이 살짝 몸서리를 쳤다. 그 모습을 본 마르코가 씩 웃었다.

"너무 걱정 마세요. 우리 배는 작아서 웬만하면 암초에 걸리지 않으니까요."

엔리코의 배 모는 실력은 정말 대단했다. 암초 사이를 솜씨 있게 빠져나가며 배를 몰았다. 한때 해적선의 운항을 책임진 항해사다운 실력이었다. 레온이 놀란 눈으로 노인을 쳐다보았다.

'한낱 어선이나 몰기에는 아까운 실력이로군.'

암초 밭은 상당히 넓었다. 그곳을 가로지르고 나자 마침내 엔리코가 말한 둘락 군도가 모습을 드러냈다. 사방의 섬들은 하나같이 깎아지른 절벽으로 구성되어 있었다. 도무지 배를 댈 만한 곳이 없었다. 레온이 초조한 눈빛으로 주위를 둘러보았다.

"배가 정박할 만한 곳이 없지 않습니까?"

"조금만 더 들어가면 모래사장이 있소. 한두 대 정도는 댈 수 있는 곳이지. 이곳 역시 해적선의 비밀 정박지 중 하나요."

엔리코의 말은 정확했다. 깎아지른 듯한 절벽 사이를 요리조리 빠져나간 목선 앞에 곧 꽤 드넓은 해변이 모습을 드러냈다. 그곳에는 한 척의 배가 닻을 내리고 정박해 있었다. 레온이 눈을 지그시 뜨고 배를 쳐다보았다.

검은 바탕에 해골문양의 깃발을 내건 것을 봐서 해적선이 맞는 것 같았다. 레온이 긴장된 눈으로 엔리코를 쳐다보았다. 시선에 서린 뜻을 알아차린 듯 엔리코는 고개를 살짝 끄덕였다.

"맞게 왔군. 저 배가 바로 탈바쉬 해적선이오."

"어, 어떻게 알 수 있습니까?"

노인이 손가락을 뻗어 선수 부분을 가리켰다. 그곳에는 푸른색 청새치(황새칫과 바닷물고기의 일종)가 그려져 있었다.

"저것이 바로 탈바쉬 해적단의 문양이지. 탈바쉬 해적단도 내가 소속되어 있던 블루 펄 해적단만큼이나 전통이 있소. 지금은 모르겠지만 과거에는 무려 백이십여 척의 해적선이 소속

되어 있었지."

과거를 회상하는지 노인의 눈빛이 아련해졌다. 끓어오르는 조바심을 좀처럼 주체할 수 없었던 레온이 안색을 굳혔다.

"저를 저곳으로 데려다 주십시오."

그 말에 엔리코가 펄쩍 뛰었다.

"우리 부자를 모두 죽이고 싶은 거요? 비밀 쉼터로 안내했다는 사실이 밝혀지면 해적들이 우릴 가만히 내버려 두지 않을 거요."

"그럼 어떻게 해야 합니까?"

엔리코는 잠자코 배의 방향을 돌렸다.

"일단 섬의 반대쪽으로 갑시다. 그곳에는 절벽 사이로 올라갈 수 있는 길이 있소. 나와 몇몇 해적들만이 아는 길이지. 당신을 그곳에다 내려주겠소."

레온이 두말없이 고개를 끄덕였다.

"네, 그렇게 해 주십시오."

배는 섬 뒤쪽으로 돌아갔다. 완만한 앞부분과는 달리 뒷부분은 깎아지른 듯한 절벽으로 이루어져 있었다. 도무지 사람이 올라갈 만한 곳이라곤 보이지 않았다. 엔리코는 손가락을 뻗어 절벽 아래쪽 어느 한 지점을 가리켰다.

"저곳에 동굴이 하나 있소. 물에 반쯤 잠겨 있기 때문에 바로 앞에서 봐야 식별할 수 있소. 동굴을 지나가면 절벽 위로 올라갈 수 있는 소로가 있을 것이오."

레온이 격양된 표정으로 노인의 손을 덥썩 잡았다.

"정말 감사합니다. 이 은혜 잊지 않겠습니다."

그럼에도 불구하고 엔리코의 얼굴은 무표정했다.

"은혜가 아니라 거래라고 했소. 돈을 받았으니 감사해 할 필요 없소."

말을 마친 노인이 하늘을 쳐다보며 시간을 가늠해 보았다.

"우린 정확히 한 시간을 기다려 줄 것이오. 그러니 마음이 바뀌면 서둘러 돌아오시오."

"……."

"한 시간을 기다린 뒤 당신이 오지 않는다면 우린 그대로 출항할 것이오. 그리고 만에 하나 해적들에게 잡히더라도 우리가 태워줬다는 사실을 밝히면 안 되오."

"알겠습니다. 그 점에 대해서는 걱정하지 마십시오."

레온이 고개를 끄덕이자 엔리코는 배를 절벽 가까이 붙였다. 그의 말대로 절벽의 하단에 시커먼 음영이 보였다. 레온이 머뭇거림 없이 배에서 뛰어내렸다.

첨벙.

레온은 깜짝 놀랐다. 물이 생각보다 깊었기 때문이다. 레온은 비로소 자신이 수영을 못한다는 사실을 자각했다. 허우적거리던 레온의 몸이 물속으로 급격히 빨려 들어갔다.

'시간이 되면 수영을 배워둬야겠군.'

레온은 몸에 힘을 뺐다. 서서히 가라앉은 그의 몸이 바닥에 닿았다.

그 상태로 레온은 느릿하게 절벽 바닥 동굴을 향해 걸었다. 레온 정도 경지의 무사라면 오랫동안 호흡을 멈출 수 있다.

그때, 누군가가 레온의 어깨를 두드렸다. 고개를 돌린 레온의 눈에 걱정스러워 하는 마르코의 얼굴이 들어왔다. 레온이 가라앉자 덮어놓고 물로 뛰어든 모양이었다.

걱정하지 말라는 듯 손을 흔들어준 뒤 레온은 계속 걸었다. 이윽고 그의 고개가 물 밖으로 튀어나왔다. 앞에는 시커먼 동굴 입구가 입을 벌리고 있었다.

엔리코의 말대로 바로 앞에서 봐야 겨우 식별할 수 있을 정도로 은밀히 감추어져 있었다.

"그럼 갔다 오겠네."

"부디 몸조심하십시오."

마르코의 얼굴에는 걱정이 가득했다. 마음씀씀이가 고마워서 레온이 빙긋 미소를 지어주었다. 다른 손님들과는 달리 인간적으로 대해 주긴 했지만 정말로 순박한 젊은이였다.

손을 흔든 레온의 모습이 동굴 속으로 사라졌다. 그러나 마르코는 한참을 떠나가지 않고 그 자리에 서 있었다.

동굴을 벗어나자 폭이 좁은 오르막길이 보였다. 한 사람이 간신히 지나갈 수 있는 길이었다. 레온의 몸이 쏜살같이 소로를 질주했다.

"역시 해적선의 항해사다워. 이런 길을 알고 있다니 말이야."

알리시아에 대한 걱정 때문에 마음이 급했다. 소로는 상당히 긴데다 꾸불꾸불하기까지 했다. 수직으로 깎아지른 듯한 절벽 위로 올라가는 길이니만큼 그럴 수밖에 없다.

그러나 레온은 단숨에 소로를 통과해 절벽 위로 올라갔다. 절벽 위에 올라서자 섬의 정경이 한눈에 들어왔다.

섬은 한쪽은 절벽, 한쪽은 모래사장으로 되어 있었다. 겉으로 보이는 부분은 절벽이지만 뒤로 돌아 들어가면 배를 정박할 수 있는 구조였다.

모래사장은 둥그런 만(bay)의 형태로 되어 있었다. 해적선 탈바쉬는 만의 한가운데 정박해 있었다. 보트 두 척이 모래사장에 대어져 있고 일단의 해적들이 뭔가를 하고 있었다.

레온이 눈에 내력을 집중하자 해적들의 모습이 일목요연하게 들어왔다.

"바베큐 파티를 하고 있군. 팔자 좋은 해적 놈들이야."

레온이 조심스럽게 절벽을 내려갔다. 해적들의 눈에 띄면 안 되기 때문에 최대한 몸을 은폐한 상태였다. 다행히 절벽 곳곳에 수풀이 무성하게 자라 있어 은신이 그리 어렵진 않았다.

모래사장 끝자락에 내려간 레온이 그대로 물속으로 들어갔다.

텀벙.

레온의 몸이 물속으로 사라졌다. 그 상태로 레온은 귀식대법을 시전했다.

호흡을 끊어 오랫동안 숨을 쉬지 않고도 버틸 수 있게 하는 중원의 절기. 내공이 심후할수록 오랫동안 숨을 참을 수 있다. 그 상태로 레온은 바닥을 걸어 해적선으로 향했다.

열대의 바다 속은 너무나도 아름다웠다. 지극히 화려한 열대어들이 한가롭게 물속을 노닐었고 산호초는 곳곳에서 단아한 자태를 유유히 뽐냈다. 그러나 레온의 눈에는 들어오지 않았다. 알리시아에 대한 걱정 때문이었다.

한참을 걷자 마침내 머리 위에 해적선의 선저(船底; 배의 바닥)가 보였다.

'일단 알리시아님이 어디 있는지 알아내야 해.'

살짝 다리를 꾸부린 레온이 바닥을 박찼다. 이어 그의 몸이 쏜살같이 솟구쳐 올라 배의 바닥에 달라붙었다. 따개비가 잔뜩 달라붙어 있어 표면이 무척 거칠었지만 레온의 손을 다치게 할 순 없는 노릇.

마나를 한껏 머금은 레온의 손가락이 소금기에 절은 배의 동체를 파고들었다. 그렇게 매달린 상태로 레온은 이곳으로 오며 들은 해적선의 구조를 떠올렸다.

'통상적으로 선실이 선미 쪽에 있다고 했지?'

그의 몸이 배 뒤쪽으로 향하기 시작했다.

알리시아는 뜬눈으로 밤을 지새웠다. 어떻게 될지 모르는 운명 때문에 도무지 잠을 이루지 못한 것이다. 샤일라는 새벽부터 해적들에게 끌려 나갔다.

오랜 선상생활로 굶주린 해적들의 성욕을 풀어주기 위해서 말이다. 알리시아가 초점 없는 눈빛으로 샤일라가 끌려 나간 문을 쳐다보았다.

'나도 머지않아 그녀와 같은 신세가 되겠지?'

그녀는 아직까지 남자를 경험해 보지 못한 몸이었다. 언니인 세로나가 연회마다 참석하여 활약하는 동안 그녀는 도서관에 박혀 책을 읽었다.

게다가 아버지인 아르니아 국왕이 그녀를 끔찍이 보호했으니 여태껏 남자를 만나본 경험이 없는 것이다. 제법 성숙해졌을 때는 위기에 처한 아르니아를 구하기 위해 불철주야 노력하느라 다른 데 눈을 돌릴 겨를이 없었다.

'이럴 줄 알았다면……'

알리시아가 한숨을 쉬며 고개를 떨궜다. 타르디니아에 스탤론 자작가가 존재하지 않는다는 사실이 전해지는 순간 그녀에 대한 처우는 판이하게 바뀔 것이다.

답답해진 알리시아가 시선을 창으로 던졌다.

'레온님이 정말 보고 싶어.'

순간 그녀의 눈이 커졌다. 누군가가 쇠창살에 매달려 선실 내부를 들여다보고 있었기 때문이었다.

햇빛을 등지고 있었기 때문에 누구인지 전혀 식별이 되지 않았다. 잔뜩 겁을 집어먹은 알리시아가 뒷걸음질을 쳤다.

"누, 누구죠?"

그때 그녀의 귀에 익숙한 음성이 파고들었다. 조금 전까지 오매불망 그리워했던 바로 그 사람의 음성이었다.

"드디어 찾았군요."

알리시아의 눈에 눈물이 괴었다.

"……레, 레온님이신가요?"

"그렇습니다. 공주님을 구하기 위해 왔습니다. 이제 걱정하실 필요 없습니다."

"레온님!"

알리시아가 눈물을 뿌리며 달려갔다. 세상에서 가장 믿음직스러운 사람이 자신을 구하러 온 것이다.

쇠창살을 잡은 레온의 손을 그대로 부여잡은 알리시아. 그녀가 눈물이 그렁그렁한 눈을 들어 레온을 쳐다보았다.

"제가 있는 곳을 용케 찾으셨군요."

"마르코의 도움이 컸습니다. 그의 아버지와 형이 저를 이곳으로 데려다 주었습니다."

"그, 그게 가능한 일인가요?"

믿을 수 없어 하는 알리시아를 보며 레온이 빙긋이 미소를 지어주었다.

"마르코의 아버지가 과거 해적선의 항해사 출신이었습니다. 그래서 해적선이 숨어 있을만한 곳을 잘 알고 있었지요. 그의 도움이 없었다면 알리시아님을 찾지 못했을 것입니다."

"저, 정말 다행이로군요."

레온이 쇠창살을 살짝 훑어보았다. 제법 견고해 보이지만 레온의 손길을 버틸 수는 없다.

"일단 이곳을 빠져나가지요. 마르코와 그의 아버지가 기다리고 있습니다. 한 시간 동안 기다려 준다고 했으니 시간은 충분할 것입니다."

"잠깐만요."

알리시아가 잠시 뭔가를 생각했다. 생각 같아서는 당장 빠져나가고 싶었지만 억지로 그 마음을 억눌렀다. 그녀는 지금 일의 전후를 계산해 보고 있었다.

상황을 떠올려 본 알리시아가 차분한 어조로 입을 열었다.

"만약 레온님이 절 데리고 간다면 마르코와 그 아버지가 이상하게 생각하지 않을까요?"

"……."

"레온님은 대외적으로 평범한 용병으로 알려져 있어요. 그런 레온님이 절 무사히 구해서 돌아간다면 그들은 상당히 놀라워 할 거예요."

그 말에 레온이 얼떨떨한 표정을 지었다.

"그렇습니까?"

"일이 잘못될 경우 레온님의 정체가 탄로 날 가능성도 있어요. 그것을 방지하기 위해서는 마르코와 그의 아버지의 입을 막아야 하는데, 그러실 수 있나요?"

"어떻게 그럴 수가……."

레온이 황당하다는 표정으로 머리를 흔들었다. 그럴 줄 알았다는 듯 알리시아가 배시시 미소를 지었다.

"게다가 이건 해적들에게 들은 소문이에요. 지금 오스티아와 본토 간을 오가는 여객선은 죄다 발이 묶였다고 해요."

그 말을 들은 레온의 눈이 커졌다.

"아니, 도대체 왜?"

"정체가 드러나지 않은 누군가가 여객선을 전세내었다고 해요. 그래서 많은 관광객들이 오스티아에 발이 묶여 있어요."

"곤란하군요. 그런 일이 벌어지다니……."

레온의 얼굴에 난감한 표정이 떠올랐다.

"그렇다면 마르코의 배를 이용해 육지로 가는 것은 어떻습니까?"

"그럴 경우 적지 않은 돈을 줘야 할 텐데, 지금 저에겐 돈이 없어요. 해적들에게 죄다 빼앗겼죠. 게다가 작은 배로 육지까지 갈 수 있을지도 의문이고요."

알리시아의 얼굴에는 여유가 묻어나고 있었다.

세상에서 가장 강할지도 모르는 사람이 옆에 있는데 무얼 걱정하겠는가?

"그보다 더 좋은 생각이 있어요."

귀가 솔깃해진 레온이 재빨리 말을 받았다.

"어떤 계획입니까?"

"해적선을 통째로 탈취하는 거예요. 도둑길드에서처럼 블러디 나이트가 등장하여 해적선을 장악해 버릴 경우 무사히 육지까지 갈 수 있을뿐더러, 충분한 여비도 얻을 수 있죠."

그 말을 들은 레온의 얼굴이 밝아졌다.

"그것 정말 좋은 생각이군요."

알리시아의 뇌리에는 어느덧 샤일라와 그 동료들이 떠오르고 있었다.

"게다가 이곳에는 여러 명의 용병들이 잡혀 있어요. 저는 그들을 구해주고 싶어요."

"원하는 대로 하십시오. 저는 전적으로 알리시아님의 계획에 따르겠습니다."

그 말에 알리시아가 살포시 미소를 지었다.

"고마워요, 레온님. 언제나 제 계획에 찬성해 주셔서……."

"그거야 당연한 것 아닙니까? 저보다 알리시아님의 지략이 월등히 뛰어나니……."

알리시아가 형언할 수 없는 눈빛으로 레온을 쳐다보았다. 마치 사랑에 빠진 소녀의 눈빛 같았다. 그때 문이 덜컥 열렸다. 화들짝 놀란 알리시아가 급히 몸으로 창문을 가렸다.

문을 열고 들어온 이는 얼굴에 칼자국이 나 있는 해적이었다. 그가 눈을 가늘게 뜨고 알리시아를 쳐다보았다.

"오늘쯤이면 전갈이 올 것이오. 자작 영애이니만큼 틀림없이 몸값을 지불해 줄 테지. 그러니 조금만 참으시오."

말을 마친 해적이 고개를 갸웃거렸다. 알리시아의 태도가 조금 이상했던 것이다. 미간을 모은 해적이 다가와 알리시아를 와락 밀쳐냈다.

"왜, 왜 이래요? 답답해서 창밖을 내다보고 있었는데……."

그러나 해적은 일언반구도 하지 않고 창밖을 샅샅이 살폈다. 심지어 쇠창살 밖으로 고개를 내밀어 아래를 훑어보기도 했다.

"아무것도 없군."

몸을 돌린 해적이 매서운 눈빛으로 알리시아를 노려보았다.

"가문에서 몸값을 지불할 때까지 잠자코 있으시오. 허튼수작을 부릴 경우 용서하지 않겠소."

단단히 으름장을 놓은 해적이 선실 밖으로 성큼성큼 걸어 나갔다. 문이 닫히고 열쇠 채우는 소리가 들렸다.

철컹.

알리시아가 급히 창가로 달려갔다. 그러나 레온의 모습은 이미 거기에 없었다.

"레, 레온님."

그녀의 말이 끝나기도 전에 뭔가가 불쑥 모습을 드러냈다.

거꾸로 매달린 레온의 얼굴이었다.

이미 그는 누군가가 접근하는 사실을 간파하고 거기에 대비하고 있었던 것이다. 레온을 보자 알리시아의 얼굴에 안도의 표정이 스쳐지나갔다.

"무사하셨군요."

"저깟 해적들 따위가 어찌 블러디 나이트를 감당하겠습니까? 어림도 없죠."

레온의 익살에 알리시아가 실소를 머금었다.

"레온님도 참."

"그럼 저는 배가 있는 곳으로 가서 마르코에게 먼저 돌아가라고 하겠습니다."

"아니, 그러시면 안 돼요."

알리시아의 눈동자는 지혜롭게 빛나고 있었다.

"먼저 한 가지만 물어볼게요. 해적들에게 들키지 않고 배에 숨어계실 수 있나요?"

"충분히 가능합니다."

"그러시다면 마르코에게로 돌아가세요. 대신 그들 앞에 모습을 드러내시면 안 돼요. 먼발치에서 지켜보시다 그들이 떠나면 다시 배로 돌아오세요."

"그, 그러면 마르코가 걱정할 텐데……."

"그게 그들을 위해서도 나아요. 레온님이 해적들에게 붙잡힌 줄 알고 체념할 테니까요."

미간을 슬며시 모은 레온이 고개를 끄덕였다.

"그렇다면 알리시아님의 말씀대로 하겠습니다."

"그럼 다녀오세요. 해적들의 동태를 보아하니 한두 시간 정도는 이곳에 더 머물 것 같군요."

"알겠습니다. 그럼 다녀오겠습니다."

살짝 목례를 한 레온의 모습이 창문에서 사라졌다. 그럼에도 불구하고 알리시아는 하염없이 창밖을 내다보고 있었다. 초췌했던 그녀의 얼굴에는 어느새 희망의 빛이 일렁이고 있었다.

레온은 온 길을 되짚어 마르코가 있는 곳으로 갔다. 구태여 소로를 따라 내려갈 필요는 없었다. 절벽 끄트머리에 간 레온이 아래를 내려다보았다. 자신을 태우고 온 목선은 여전히 그 자리에 정박해 있었다.

'날 기다리고 있군.'

레온은 편하게 절벽에 걸터앉아 배의 동정을 살폈다. 확실히 한 시간은 지난 것 같은데 배는 도무지 떠날 생각을 하지 않았다. 레온의 얼굴에 겸연쩍은 빛이 서렸다.

'좋은 사람들이로군.'

두 시간이 지났지만 배는 움직이지 않았다. 이윽고 배 위에서 작은 실랑이가 벌어졌다. 배를 출발시키려는 아버지와 형에 맞서 마르코가 말다툼을 벌이는 모양이었다.

레온이 굳은 표정으로 마르코를 쳐다보았다.

'언제 한 번 찾아가마. 널 만나게 된 것이 우리에겐 정말로 행운이었어.'

실랑이가 끝나고 마침내 배가 움직이기 시작했다. 정확히 세 시간 만에 닻을 올린 것이다. 레온이 흔들리는 눈빛으로 떠나가는 배를 쳐다보았다. 그는 배가 섬의 그늘 사이로 사라지고 나서야 몸을 일으켰다.

"해적선으로 돌아가야겠군."

레온의 몸이 바람처럼 절벽 사이를 갈랐다.

V
알리시아 구출 대작전

그 사이 해적선은 떠날 채비를 갖추고 있었다. 두 척의 보트에 나눠 탄 해적들이 배로 향하는 것을 본 레온의 마음이 급해졌다.

'조금만 늦었으면 큰일 날 뻔했군.'

레온은 급히 물속으로 뛰어들었다.

첨벙.

다시 물속을 걸어 해적선에 도착한 레온이 배 바닥에 찰싹 달라붙었다. 그 사이 해적선은 닻을 끌어올리고 있었다.

좌라라락—

녹이 슬고 따개비가 잔뜩 매달린 닻이 끌려 올라갔다. 그것을 보며 레온은 배의 뒷부분으로 이동했다. 잠시 후 레온의 머리가 배 옆 수면 위로 솟구쳤다.

"푸우!"

해적선은 느린 속도로 움직이고 있었다. 배 옆으로 빽빽이 돋아난 노가 질서정연하게 움직였다. 점점 속도가 붙자 해적선은 매우 빨리 바다를 헤치고 나아갔다. 여객용 평저선과는 비교도 안 되는 속도였다.

"일단 올라가야겠군."

레온은 벽호공을 응용해 배의 선체를 타고 고양이처럼 날렵하게 올라갔다. 선미 쪽이라 그런지 곳곳에 창문이 나 있었다. 그는 조심스럽게 창문 내부를 살폈다.

들어가서 숨을 만한 곳을 찾는 것이다. 대부분의 선실들은 해적들이 머무르고 있었다. 레온은 수직으로 뻗은 선체를 따라 이동하며 내부를 샅샅이 살폈다.

선실의 한 창문을 들여다본 레온의 눈이 빛났다.

"이곳이면 적당하군."

그곳은 잡동사니들이 잔뜩 나뒹굴고 있는 선실이었다. 창고로 쓰는 장소인 모양이었다. 몸을 숨길만 한 곳이 많았기에 레온이 창문을 가로막은 쇠창살을 붙잡고 힘을 주었다.

콰지직!

쇠창살이 통째로 뜯어져 나왔다. 창문을 통해 창고 안으로 들어간 레온이 쇠창살을 원래대로 붙였다. 툭 밀어도 떨어져

나갈 정도로 망가졌지만, 겉으로 보기에는 아무런 이상이 없어 보였다. 레온은 은밀히 움직여 물건들이 쌓인 뒤쪽으로 몸을 숨겼다.

자욱하게 먼지가 쌓여 있었지만 먼지구름은 일절 일어나지 않았다. 그 상태로 레온이 살짝 눈을 감았다.

"잠깐 내기를 다스린 뒤 알리시아님을 찾아가야겠어."

레온은 눈을 감은 채 묵상에 빠져 들어갔다. 정신이 맑아지며 감각이 미치는 범위가 넓어졌다. 그런 레온의 귀에 다른 선실에서 말소리가 들려왔다.

무료했던 참이라 레온은 그 소리에 귀를 기울였다. 목소리는 레온이 숨은 선실의 아래쪽에서 들려왔다.

⚜

그리 크지 않은 선실은 반 정도가 물에 차 있었다. 벽면에 방수처리가 된 것을 보니 침수된 것이 아니라 일부러 물을 채워놓은 것 같았다.

그런데 세 명의 사내가 쇠사슬에 묶인 채 물 위로 머리를 드러내놓고 있었다. 하나같이 얼굴에 멍이 들고 퉁퉁 부어오른 것을 봐서 몹시 구타를 당한 모양이었다.

그들 중 얼굴에 칼자국이 난 날카로운 인상의 중년인이 입을 열었다.

"이봐, 트레비스. 괜찮아?"

트레비스라 불린 사내는 20대 중반 정도 되어 보이는 잘생긴 청년이었다. 눈두덩이가 시퍼렇게 멍이 들어 있지만 잘생긴 용모를 감추지 못했다. 그가 신음을 내뱉으며 간신히 입을 열었다.

"끄응. 괜찮을 리가 있어요? 죽도록 두들겨 맞았는데……."

트레비스가 돌연 이를 우두둑 갈아붙였다.

"빌어먹을 해적 놈들……. 비겁하게 묶어놓고 구타를 하다니, 일 대 일로 붙으면 상대도 안 될 놈들인데 말이야."

처음에 말을 꺼낸 중년인이 실소를 지었다.

"어쩔 수 없잖아? 우리 손에 일곱 명의 해적이 죽었어. 너라면 동료를 죽인 자들을 가만히 내버려 둘 것 같아?"

"하긴."

중년인의 말에 수긍했다는 듯 트레비스가 고개를 끄덕였다. 돌연 그의 얼굴에 노기가 떠올랐다. 옆에 묶여 있던 대머리 덩치의 몸이 부르르 떨린 것을 본 것이다.

"쟉센, 이 빌어먹을 놈아. 이곳에다 오줌을 누면 어떻게 해?"

쟉센이라 불린 대머리 장한이 지지 않고 맞받았다.

"젠장. 그럼 어떻게 하냐? 오줌이 마려운데?"

"빌어먹을, 내가 네놈의 오줌 속에 뒹굴어야겠냐?"

"열 받으면 너도 싸면 될 것 아냐?"

얄센은 덩치가 무척 당당했다. 다른 사람들은 목까지 잠겨 있는데 비해 그만은 젖꼭지 부근에서 물이 찰랑이고 있었다.

머리카락 한 올 없이 깨끗이 밀어버린 대머리가 유난히 번들거렸다. 그 역시 실컷 얻어맞아 얼굴이 퉁퉁 부어 있었다.

트레비스가 또다시 이빨을 갈아붙였다.

"개자식들, 이곳을 나가기만 해 봐라."

"미안하지만 그럴 가능성은 없을 거야. 해적 놈들이 어떤 놈들인데⋯⋯."

중년인의 얼굴이 어두워졌다. 노예로 팔려갈 자신들의 운명이 떠오른 것이다.

"그나저나 샤일라는 괜찮은지 모르겠네? 해적 놈들이 가만히 내버려두지 않을 텐데."

트레비스가 그 말을 받았다.

"뭐 샤일라는 걱정 안 해도 될 거야. 워낙 그걸 즐기는 편이니까 말이야. 이번 기회에 실컷 하게 되었으니 도리어 좋아할 걸?"

중년인, 그들의 리더인 맥스가 인상을 썼다.

"헛소리 하지 마라. 아무리 샤일라가 남자를 좋아하더라도 강제로 당하는데 뭐가 좋겠나? 그런 소린 하지도 마라."

맥스의 꾸중에 트레비스가 꼬리를 말았다.

"그나저나 우린 어떻게 되는 거지?"

그 말을 받은 것은 얄센의 빈정거리는 음성이었다.

"뭐 맥스님이나 나는 기껏해야 광산의 광부로 팔려가겠지? 하지만 넌 그렇지 않을 거야. 생김새가 번듯하니 남자를 좋아하는 변태에게 팔릴 가능성이 높지 않을까?"

그 말을 들은 순간 트레비스의 눈가에 불똥이 튀었다.

"너 이 개자식. 뭐라고 했어? 죽고 싶어?"

"사실을 말한 것뿐인데 뭘 그렇게 흥분하고 그래?"

쟉센이 실소를 지으며 씨근거리는 트레비스를 외면했다.

"그나저나 이번 임무가 끝나면 고향에 가려고 했는데, 글러 버렸군. 과연 갈 수 있을 런지……."

말꼬리를 흐리는 쟉센을 맥스가 위로해 주었다.

"너무 걱정하지 마라. 빠져나갈 기회가 있을 테니까. 그나저나 루첸버그 교국은 살기가 어떤가?"

"북부에 위치해 있어서 상당히 추운 곳이죠. 사람 잡아먹는 아이스 트롤이 지척에 널려 있는……. 하지만 사람들은 무척 순박해요."

"그곳에 사는 사람들은 전부가 베르하젤 신자라면서?"

쟉센이 묵묵히 고개를 끄덕였다.

"네. 종교라기보다는 아예 생활의 일부가 되어 버린 거죠."

듣고 있던 트레비스가 한 마디 거들었다.

"거기에는 대륙의 십대 초인 중 한 명이 있다면서? 혹시 봤어?"

쟉센이 어처구니없다는 듯 머리를 흔들었다.

"미쳤냐? 내 주제에 테오도르 공작님을 도대체 어떻게 볼 수 있겠어? 뭐 성기사라면 몇 번 보긴 했지만……."

그 대목에서 레온은 귀가 솔깃해지는 것을 느꼈다. 루첸버그 교국의 테오도르 공작이라면 윌카스트 바로 위에 랭크되는 초인이었다. 레온이 다음으로 맞서 싸울 순서의 그랜드 마스터인 것이다.

그들 패거리들은 상당히 쾌활했다. 심하게 구타당한 다음 노예로 팔려가기 위해 갇혀 있었지만 전혀 기가 죽지 않았다.

레온의 입가에 미소가 걸렸다.

'재미있는 작자들이로군. 이들이 알리시아님께서 말한 그 용병들인가?'

레온이 용병들의 대화를 듣다 말고 몸을 일으켰다. 마침내 알리시아에게 찾아갈 시간이 된 것이다.

⚜

알리시아는 완전히 여유를 되찾은 상태였다. 레온을 만나기 전까지만 해도 운명이 어떻게 될지 몰라 공포에 떨어야 했다. 그러나 레온이 찾아온 이상 무서울 것이 있을 리가 없었다.

그녀의 변한 기미를 샤일라가 가장 먼저 알아차렸다. 변함없이 해적들에게 시달리다 녹초가 되어 들어온 그녀가 알리시아를 보고 고개를 갸웃거렸다.

"좋은 일이 있나 봐요? 가문에서 몸값을 지불했나 보죠?"

역시 여인의 직감은 무서웠다.

알리시아가 살포시 웃으며 머리를 가로저었다.

"아니에요. 그걸 제가 어찌 알 수 있겠어요."

"하긴 자작가에서 몸값을 지불하지 않을 리가 없을 테니까."

비틀거리며 침상으로 걸어간 샤일라가 풀썩 쓰러졌다. 알리시아가 안쓰러운 눈으로 그녀를 쳐다보았다. 바로 어제까지만 해도 남의 일 같지 않아 도무지 잠이 오지 않았다. 하지만 지금은 아니었다.

세상에서 가장 든든한 구원병이 와 있는 것이다. 샤일라에게 이불을 덮어준 알리시아가 창가로 갔다. 창밖으로 주변 정경이 순식간에 스쳐지나갔다. 해적선이 빠른 속도로 달리고 있는 것이다.

쇠창살 사이로 고개를 내민 그녀가 나지막이 뇌까렸다.

"레온님, 와 계시나요?"

"네, 여기 있으니 걱정하지 마십시오."

대답을 듣자 알리시아의 눈 꼬리가 파르르 떨렸다. 그는 변함없이 자신의 옆을 지켜주고 있었다. 그녀는 지체 없이 머릿속으로 그려놓은 계획을 털어놓았다.

"이처럼 배가 빠른 속도로 달리는 것을 보니 머지않아 해변 마을에 들를 것인가 봐요. 레온님께서는 바로 그때 등장하셔야 해요. 마르코 부자에게 의혹의 눈길이 쏠리지 않게 하려면 그렇게 하는 것이 나을 거예요."

레온은 두말없이 승낙했다.

"알겠습니다. 그렇게 하겠습니다. 그런데……."

창밖 선체에 매달린 상태로 레온은 조금 전에 들은 얘기를 해 주었다. 수옥에 갇혀 있는 용병들의 이야기를 들은 알리시아의 얼굴이 환히 밝아졌다.

"안 그래도 루첸버그 교국으로 갈 계획이었는데, 정말 잘되었군요."

사실 루첸버그 교국은 이곳에서 아주 멀리 떨어져 있다. 대표적인 북방 왕국인 카토 왕국에서도 한참을 올라가야 하는 것이다.

✤

루첸버그 교국은 대표적인 정교일치의 왕국이었다. 즉 종교 지도자가 국왕을 겸하고 있는 종교왕국인 것이다. 불과 얼마 전까지만 해도 베르하젤 교단은 형편없이 몰락한 상태였다. 성기사와 신관들이 거의 신성력을 쓸 수 없으니 그럴 수밖에 없었다.

그러나 그런 베르하젤 교단에 쇄신의 바람이 불었다. 썩어 빠진 부패를 척결하고 초심으로 돌아가자는 개혁이 시작된 것이다. 그 개혁이 가장 활발하게 단행된 곳이 바로 루첸버그 왕국이었다.

루첸버그 왕국은 자연환경이 혹독한 북부의 최 끝단에 위치해 있다. 농사도 지을 수 없을뿐더러 광산도 개발할 수 없다. 너무나도 추웠기 때문에 그곳 사람들은 도무지 경제활동을 할 수 없었다.

기껏해야 곰이나 아이스 트롤을 잡아 그 털가죽을 팔아 생계를 이어나가는 것이 전부였다.

베르하젤 교단의 성직자들이 대거 루첸버그 왕국으로 향했다.

"자애와 봉사는 베르하젤 교단의 가르침을 실천하는 그 첫걸음이다."

그들이 북부로 간 이유는 아래로부터 봉사를 행하는 교단의 가르침을 실천하기 위해서였다. 북부로 향한 이들은 신관뿐만이 아니었다.

피 끓는 젊은 성기사들까지 대거 북부로 향했다. 그들은 그곳에서 혹독한 자연환경에 맞서 싸우며 원주민들에게 가르침을 설파했다. 동토의 몬스터들과 맞서 싸우고 얼마 안 되는 신성력을 쏟아 부어 밭을 개간했다.

그런 그들의 노고를 주신이 알았는지 기적이 일어났다. 루첸버그에서 활약하는 신관과 성기사들에게 과거의 신성력이 고스란히 주어졌던 것이다.

"오오, 주신이시여."

감복한 신관과 성기사들은 더욱 더 봉사활동에 전념했다. 그리고 그 일로 인해 루첸버그 왕국은 일약 베르하젤 교단의 성지로 승격되었다.

과거의 신성력을 고스란히 발휘할 수 있는 신관과 성기사들 덕택에 루첸버그 왕국은 점점 사람이 살 수 있는 윤택한 곳으로 변모해갔다.

소문을 들은 신관과 성기사들이 속속 모여들었고, 그들로 인해 북부를 지배하던 몬스터와 혹한은 점점 세력을 잃어갔다. 그렇게 되자 변화가 일어났다.

지금껏 루첸버그 왕국을 다스리던 국왕은 아무런 조건도 달지 않고 베르하젤 교단에 왕좌를 봉헌했다. 신관과 성기사들이 없다면 루첸버그 왕국이 더 이상 존립할 수 없기 때문이다.

그것이 바로 루첸버그 교국이 생겨난 이유였다. 그리고 루첸버그 교국이 더욱 위용을 떨치게 된 또 다른 이유는 초인의 등장 때문이었다.

교단의 성기사 중 하나가 인간의 한계를 넘어선 그랜드 마스터가 된 것이다. 그가 바로 테오도르 공작이었다.

비록 신성력을 기반으로 탄생한 그랜드 마스터였지만 그래도 초인은 초인이었다. 그리하여 루첸버그 교국은 초인을 보유한 강대국들과 당당히 어깨를 나란히 할 수 있었다.

책에서 읽은 루첸버그 교국의 탄생 비화를 떠올린 알리시아가 입을 열었다.

"그곳은 길잡이가 없으면 찾아가기 힘들다고 해요. 그러니 용병들을 구해주어 길잡이로 삼는 게 어떨까요? 그들 중 한 사람이 그곳 태생이라고 하니까요."

레온은 흔쾌히 찬성했다.

"좋은 생각입니다."

"그럼 이렇게 하도록 하세요."

알리시아가 진지한 얼굴로 레온이 앞으로 할 일을 가르쳐 주었다. 레온은 묵묵히 고개를 끄덕이며 경청했다.

탈바쉬 해적선은 꼬박 반나절을 항해하여 조그마한 어촌으로 들어갔다. 보급품을 채운 다음 대해로 나가기 위해서였다. 현재 바다는 오스티아 해군이 장악하고 있다.

그들의 눈을 피해 움직여야 했기 때문에 조금이라도 서둘러 보급물자를 확충해야 했다.

마을 근처에 닻을 내린 뒤 해적들은 다섯 척의 보트에 나눠 타고 마을로 향했다. 다가오는 해적선을 보고 마을 사람들이 대거 해변으로 나왔다.

그러나 그들의 얼굴에는 아무런 두려움도 보이지 않았다.

해적들이 아무런 해를 끼치지 않는다는 사실을 알고 있는 것이다.

해변에 상륙한 해적들은 즉시 주민들과 흥정을 시작했다. 가격을 후하게 쳐주었기 때문에 주민들은 창고에 쌓아 놓은 물자를 아낌없이 꺼내왔다.

레온은 움막의 그늘에 숨어 그 모습을 지켜보고 있었다. 배가 정박하는 순간 물속에 잠수하여 해변으로 건너온 것이다.

"이쯤에서 시작해 볼까?"

감각을 끌어올려 주위를 살핀 레온이 아무도 없음을 확인한 뒤 마신갑을 착용했다.

좌라라라락.

쇠 부딪히는 음향과 함께 레온의 모습이 변했다. 붉은 빛 중갑주를 차려입은 블러디 나이트로 변모한 것이다. 투구의 안면보호대 사이로 섬뜩한 안광이 흘러나왔다. 그 상태로 레온이 해적들에게로 저벅저벅 걸어갔다.

일단의 해적들이 흥정을 벌이는 사이 배를 저어온 해적들은 한가롭게 휴식을 취하고 있었다. 그런데 그들 중 한 명의 눈이 휘둥그레졌다.

"저건 뭐야?"

그 말에 해적들의 시선이 일제히 한곳으로 몰렸다. 그들의 눈동자가 경악으로 가득 찼다. 시뻘건 중갑주를 입고 등에 장창을 비끄러맨 기사. 바보가 아닌 다음에야 누구라도 그의 정체를 추정할 수 있다.

"브, 블러디 나이트?"

"믿을 수가 없군. 이런 곳에 블러디 나이트가 어찌?"

물론 해적들이 블러디 나이트를 모를 리가 없다.

오스티아 해군의 이목을 피하기 위해서는 정보에 밝아야 하는 법. 소필리아에 밀정을 박아두고 있는 만큼 오스티아 전체를 떠들썩하게 만든 블러디 나이트를 그들 역시 잘 알고 있었다.

"이, 이 일을 어쩌지?"

해적들은 어찌해야 할 바를 모르고 쩔쩔맸다. 주민들과 흥정을 벌이던 해적들도 레온을 발견하고 다급하게 달려왔다.

주민들 역시 눈을 크게 뜨고 붉은 갑주의 레온을 쳐다보고 있었다. 그러나 그들의 반응은 해적들과는 달랐다.

어업으로 생계를 유지해 나가는 어촌마을 주민들이 어찌 블러디 나이트를 알고 있겠는가?

"기사인 모양인데, 덩치 한 번 당당하군."

"해적들에게 볼일이 있는 건가?"

레온이 가까이 다가오자 해적들이 다급히 병장기를 뽑아들었다.

촹 촤촹!

블러디 나이트는 아랑곳하지 않고 다가왔다. 병장기를 빼들

긴 했지만 해적들은 섣불리 휘두를 엄두를 내지 못했다. 상대
는 인간의 한계를 벗어던진 그랜드 마스터. 이미 오스티아의
초인 월카스트를 꺾은 사실을 알고 있기에 섣불리 적의를 드
러낼 수 없는 것이다.

해적들이 주춤주춤 뒤로 물러났다.

해적들의 발이 물가에 닿아 더 이상 물러서지 못할 무렵, 블
러디 나이트가 입을 열었다.

"나를 배로 안내하라."

짤막한 음성이었지만 해적들은 흠칫 몸을 떨었다. 음성과
동시에 심신을 강하게 억누르는 듯한 기세가 뿜어져 나왔기
때문이었다. 그것이 마공 특유의 마기라는 사실을 해적들이
알 턱이 없었다.

"어, 어떻게 하지?"

해적들이 난감한 표정을 지으며 시선을 교환했다. 사실 그
들은 말단 해적들일 뿐이었다. 선장이나 항해사, 갑판장처럼
중대한 결정을 내릴 수 있는 고급 선원들은 죄다 배에 머무르
고 있었다.

해적들 중 한 명이 어쩔 수 없다는 듯 머리를 끄덕였다.

"일단 배로 가세. 어차피 선장님께서 이 사실을 아셔야 할
테니까."

해적들은 전혀 망설이지 않고 보트를 바다에 띄웠다. 사실
육지에서는 블러디 나이트가 무적일지 모르지만 바다에서만

큼은 그렇지 않다.

그랜드 마스터도 물에 빠지면 익사할 수밖에 없다. 자신들에게 유리한 공간으로 가는 만큼 해적들은 전혀 고민하지 않았다. 블러디 나이트가 올라타자 보트가 움직이기 시작했다.

레온은 오연하게 팔짱을 낀 채 정박해 있는 해적선을 지긋이 응시했다.

VI
블러디 나이트,
해적선을 점령하다

배가 비교적 가까운 데 정박해 있었기 때문에 보트는 금방 목적지에 도착했다. 보트가 다가가자 배에서 줄사다리가 내려왔다.

차르르륵—

레온은 느긋하게 줄사다리를 잡고 올라갔다. 뱃전에 오르자 갑판을 빽빽하게 메운 해적들이 눈에 들어왔다. 그들은 완전무장을 한 채 레온을 지켜보고 있었다. 불청객을 맞을 채비를 완전히 갖춘 상태였다.

'보트에 노란 깃발을 내건 것이 신호였나 보군.'

상념을 접은 레온이 한 발 앞으로 나섰다. 순간 폭풍 같은 기세가 해적들을 강타했다.

"우욱!"

"이, 이런!"

해적들의 안색이 돌변했다. 인간에게서 이런 기세가 뿜어질 줄은 꿈에도 예상하지 못했다. 하지만 그뿐, 해적들은 한 발짝도 물러서지 않았다.

피가 나도록 입술을 깨물며 블러디 나이트의 가공할 기세에 저항하는 것이다. 하나같이 인생의 막장을 굴러본 거친 자들이라서 순순히 굴복하지 않았다.

이윽고 해적들의 대열이 갈라지더니 누군가가 앞으로 걸어 나왔다.

저벅저벅.

모자를 눌러쓴 건장한 체구의 사내였다. 그 양 옆으로 쌍둥이처럼 닮은 사내가 칼을 가슴에 품은 채 따라왔다.

그들이 가슴에 안고 있는 칼은 둥글게 휘어진 시미터였다. 여간해서는 보기 힘든 칼이라서 레온의 시선이 그쪽으로 쏠렸다.

모자를 쓴 사내의 눈매가 꿈틀거렸다.

"그대가 소문이 자자한 블러디 나이트인가?"

"……."

레온의 시선이 느릿하게 모자를 쓴 사내에게로 향했다.

"난 선장인 트레모어다. 무슨 일로 내 배를 찾은 건가?"

해적 선장 트레모어의 말은 거침이 없었다. 오스티아를 떠들썩하게 만든 초인을 앞에 두고서도 눈썹 하나 꿈쩍하지 않았다. 그것을 보니 생각보다 배짱이 두둑한 인물인 것 같았다.

레온의 안면보호대 사이로 묵직한 음성이 흘러나왔다.

"물론, 볼일이 있어서 왔지."

"무슨 볼일인가? 설마 해적이 되고 싶어서 찾아왔나?"

그 말이 끝나자마자 해적들이 왁자지껄하게 웃음을 터뜨렸다.

"그럼. 해적이야말로 남자의 로망이지."

"블러디 나이트 정도라면 해적으로 받아줄 수도 있지 않을까?"

기선을 제압했다고 생각했는지 트레모어의 입가에 미소가 번져갔다.

'제 놈이 제아무리 그랜드 마스터라 해도 내 배에서만큼은 통하지 않는다.'

그의 자신감은 오랜 경험을 통해 나온 것이다. 통상적으로 해적들은 기사와 맞닥뜨릴 기회가 잦다. 여행하는 귀족들은 반드시 호위 기사들을 대동하기 마련이다.

그 중에는 마나를 다루는 소드 엑스퍼트들도 많았다. 그들과 싸우며 해적들은 나름대로 기사를 상대하는 방법을 터득했다.

사실 해적들 중에서 마나를 다룰 수 있는 자는 지극히 드물었다. 그런 능력자가 뭐가 아쉬워 해적이 되겠는가? 해적들이 기사를 상대하는 방법은 바로 주위환경을 이용하는 것이었다. 협소한 배에서 싸움을 벌이는 만큼 충분히 통용되기 마련이다.

기사가 있을 경우 해적들은 일제히 그물을 던진다. 그런 다음 육탄으로 돌격하여 기사의 몸을 붙잡는다. 물론 그 과정에서 선두에 선 자들은 몸이 갈가리 찢길 수밖에 없다.

그러나 해적들은 하나같이 죽음을 두려워하지 않았다. 어떻게든 달라붙어 기사의 몸을 붙잡은 뒤 바다로 몸을 던지는 것이다.

그렇게 되면 기사는 금세 무력화될 수밖에 없다. 상식적으로 두터운 판금갑옷을 입은 채 수영을 할 순 없는 노릇이니까. 판금갑옷은 혼자서 벗을 수 있을 정도로 만만한 갑옷이 아니다.

결국 기사는 실컷 물을 먹고 인사불성이 될 수밖에 없다. 해적들은 그렇게 해서 무력화시킨 기사를 끌어올려 유유히 포박하는 것이다.

몸값을 흥정해야 하기 때문에 죽이지는 않는다. 이것이 바로 해적들이 기사를 상대하는 방법이었다.

트레모어가 눈을 가늘게 뜨고 블러디 나이트를 쳐다보았다.

'제아무리 초인이라도 숨은 쉬어야 할 터. 충분히 승산이 있다.'

공교롭게도 블러디 나이트는 바로 뱃전 옆에 서 있었다. 일제히 달라붙어 밀어붙인다면 충분히 바다에 떨어뜨릴 수 있다. 그 때문에 트레모어는 더욱 의기양양했다.

"놀랍군. 천하의 블러디 나이트가 해적이 되고자 하다니 말이야."

그의 귓전으로 묵직한 음성이 흘러들어왔다.

"지금 이 시간부로 해적선은 내가 접수한다!"

그 말을 들은 순간 트레모어는 자신의 귀를 의심했다.

"뭐라고?"

"해적선을 내가 접수하겠다고 했다."

트레모어의 눈가에 서서히 살기가 떠올랐다. 자신의 배를 접수하겠다는 말에 화가 나지 않으면 정상이 아니다.

"허, 완전히 정신이 나간 놈이로군. 그래 내 배를 빼앗겠다고? 능력이 있으면 한번 빼앗아봐라."

그는 생각할 것도 없이 해적들에게 명령을 내렸다.

"저놈을 바다에 처박아 버려라. 해적들이 그리 만만하지 않다는 사실을 보여줘야 한다."

그 말이 끝나는 순간 해적들이 일제히 몸을 날렸다. 제아무리 무위가 뛰어난 기사라도 바다에 빠뜨리면 힘을 쓰지 못한다는 사실을 그들도 잘 알고 있는 것이다.

뒤쪽에 서 있던 해적들이 들고 있던 그물을 일시에 집어던졌다. 묵직한 무게추가 달린 그물이 시커멓게 하늘을 가리더니 블러디 나이트의 몸을 덮었다. 촘촘한 그물에 뒤덮인 레온을 향해 해적들이 꼬리에 꼬리를 물고 달려들었다.

해적들이 흉흉하게 살기를 내뿜으며 달려들었지만 레온은 미동조차 하지 않았다.

심지어 불리한 자리를 바꾸려고도 하지 않았다. 해적들의 손이 막 닿으려는 순간, 갑옷에서 시뻘건 안개가 쭉 뿜어져 나왔다. 호신강기가 발현된 것이다.

화르르르—!

몸을 뒤덮은 그물이 그대로 불타올랐다. 삼으로 꼰 그물이 순수한 마나의 집약체를 버텨낼 순 없는 노릇이다. 이어 레온의 몸에 손을 댄 해적들이 마치 몸에 불이라도 붙은 듯 펄쩍펄쩍 뛰었다.

"크아아악!"

레온의 팔뚝을 잡은 해적이 손을 움켜쥐고 펄쩍 뛰었다. 그 해적의 두텁던 손바닥은 훌렁 벗겨져 있었다. 레온의 다리를 얼싸안은 해적은 팔의 피부가 송두리째 타버렸다.

그곳은 곧 아비규환의 난장판이 되어버렸다. 호신강기가 서린 마신갑은 마치 시뻘겋게 달아오른 쇳덩이와 같았다. 레온과 접촉한 해적들은 마구 울부짖으며 바다로 뛰어들었다.

첨벙 첨벙—

그렇게 되자 해적들은 더 이상 달려들 엄두를 내지 못했다.

그들의 눈은 경악으로 크게 뜨여져 있었다.

"저, 저게 사람인가?"

해적들이 망연자실하게 보고 있는 사이, 레온이 느릿하게 걸음을 내디뎠다.

저벅저벅.

갑판을 울리는 소리가 해적들의 가슴을 고동치게 만들었다. 그 모습에 트레모어가 입술을 깨물었다. 상황이 순식간에 역전되어 버린 것이다.

'역시 그랜드 마스터가 다르긴 하군.'

하지만 트레모어에겐 애당초 순순히 배를 넘겨줄 생각이 전혀 없었다. 그 모든 역경과 난관을 극복하고 이 자리에 선 그가 아니던가?

그는 해적들의 생사여탈권을 쥐고 있는 절대자. 설사 죽는 한이 있어도 카리스마를 보여야 했다.

"흐흐흐, 큰소리 칠만한 능력은 있군. 하지만 우리 모두를 죽이기 전에는 배를 차지하지 못할 것이다."

그가 손을 들자 해적들이 일제히 병장기를 뽑아들었다.

창 촤촹─!

잡다하고 다양한 병장기들이 햇빛을 받아 날카롭게 빛났다. 레온은 눈을 가늘게 뜨고 트레모어를 쳐다보았다.

흰자위가 유난히 번들거리는 것을 보아 수도 없이 사람을 죽여 본 자가 틀림없었다. 트레모어의 뒤에 시립해 있는 쌍둥이 칼잡이도 마찬가지였다.

레온은 이미 이런 경우를 숱하게 겪어보았다. 한 세력을 책임지는 자들은 순순히 고집을 꺾지 않는다. 그것을 해결하는 방법은 단 한 가지뿐이었다.

레온의 눈동자에 서서히 살기가 떠올랐다.

"순순히 배를 내놓지 않겠다는 소린가?"

"두말하면 잔소리. 우리들을 모조리 죽이기 전에는 배를 차지할 수 없……."

그 말이 끝나기도 전에 냉혹한 음성이 장내에 울려 퍼졌다.

"그렇다면 더 이상 이야기할 필요가 없군."

슈가각!

날카로운 음향과 함께 눈부신 섬광이 대기를 일직선으로 갈랐다. 이어 둔탁한 파육음이 세 번 터져 나왔다. 섬광으로 인해 눈을 감았다 뜬 해적들의 눈이 경악으로 물들었다.

"이, 이건……."

트레모어가 떨리는 손을 들어 가슴으로 가져갔다. 그의 왼쪽 가슴에는 어느새 주먹이 들어갔다 나올 정도로 큰 구멍이 뚫려 있었다.

마치 두부에다 손가락을 찔러 넣은 것처럼. 구멍에서 핏줄기가 세차게 뿜어져 나왔다. 심장이 파열된 것이다.

"이, 이렇게 빠르다니……."

트레모어의 눈이 서서히 뒤집히더니 맥없이 그 자리에 허물어졌다. 이어 둔탁한 음향이 두 번 터져 나왔다.

꽈당!

그의 뒤에 시립해 있던 쌍둥이 칼잡이들이 쓰러지는 소리였다. 그들의 가슴에도 주먹이 통째로 들어갈 만한 구멍이 뚫려 있었다. 갑판은 곧 그들의 몸에서 뿜어져 나오는 피로 붉게 물들었다.

해적들은 완전히 그 자리에 얼어붙어 버렸다. 누구 하나 입을 열어 말할 엄두를 내지 못했다. 그들의 선장인 트레모어는 이렇게 쉽게 제압될 인물이 아니다.

잔인함과 카리스마로 해적들을 완전히 휘어잡은 거물급 해적 선장이었다. 그런 그가 이토록 무력하게 저승으로 가 버리다니…….

그들의 귓전으로 묵직한 음성이 다시 파고들었다.

"이자는 나와 대화할 준비가 안 되어 있었다. 또 누가 나와 대화를 하겠는가?"

부들부들 떨던 해적들 사이로 누군가가 모습을 드러냈다. 해적선의 항해사였다. 선장의 유고시 배를 책임지는 항해사가 레온의 앞에 섰다.

그는 선장의 처참한 죽음에도 전혀 겁을 먹지 않았다. 좍 찢어진 눈동자에서 독기가 새어나오고 있었다.

"이게 도대체 무슨 짓이오. 트레모어 선장이 대관절 당신에게 무슨 죄를 지었다고?"

그러나 이어지는 레온의 말에 항해사는 꿀 먹은 벙어리가
되어야 했다.

"그럼 너희들이 노략질한 상선은 대관절 너희들에게 무슨
죄를 지었느냐?"

투구 사이로 흘러나오는 눈빛은 더없이 싸늘했다.

"너희들의 논리대로라면 납치해서 노예로 팔아버린 자들도
죄다 너희들에게 죄를 지어서 그랬던 것이었겠구나?"

레온의 말을 들은 항해사가 입술을 깨물었다.

"우리에게 바라는 것이 대관절 무엇이오?"

레온이 느릿하게 손가락을 들어 바다 저편을 가리켰다.

"나는 본토로 건너갈 생각이다. 그러려면 해적선을 장악해
서 바다를 건너는 것이 가장 낫지. 그 때문에 나는 너희들의
배를 접수하고자 한다."

그 말에 항해사의 눈이 좍 찢어졌다. 악명 높은 탈바쉬 해적
선을 고작 여객선 취급하는 데 열불이 뻗친 것이다.

"고작 그런 이유로 배를 습격해 선장과 그 호위를 죽인 것
이오?"

"그와는 대화가 통하지 않았다."

항해사가 입술을 질끈 깨물었다. 해적의 자존심상 블러디
나이트의 요구를 순순히 들어 줄 순 없었다.

"나도 마찬가지요. 설사 죽는 한이 있어도 당신을 본토로
데려다 줄 순 없소."

"그렇다면 죽으면 되겠군."

냉혹한 일성과 함께 눈부신 섬광이 대기를 갈랐다.

콰직!

항해사의 머리통이 산산이 부서지며 사방으로 흩뿌려졌다. 완전히 박살이 나버린 것이다. 머리를 잃은 항해사의 몸통이 비틀거리다 바닥으로 푹 꼬꾸라졌다.

"세, 세상에……."

해적들의 안색은 완전히 백지장과 같았다. 그들 역시 사람을 적지 않게 죽여 보았지만 저처럼 무감각하게 죽여본 적은 없다.

마치 닭의 날개를 뜯어버리듯 간단히 사람을 죽이는 것은 공포 그 자체였다. 그것도 머리통을 통째로 박살내는 참혹한 방법으로…….

몸을 부들부들 떨고 있는 해적들의 귓전으로 스산한 음성이 파고들었다.

"이자 역시 대화할 준비가 안 되어 있었다. 다음은 누군가?"

그 말에 해적들의 시선이 일제히 한곳으로 쏠렸다. 항해사 다음 서열의 선원을 쳐다보는 것이다. 항해사 다음 서열인 갑판장이 울상을 지었다.

만용을 부리다 살해된 두 선임자와는 달리, 그의 다리는 후들후들 떨리고 있었다. 그는 완전히 레온의 기세에 제압당해 있었다.

'이, 이자에게는 만용을 부려봐야 소용이 없어.'

투구의 안면보호대 사이로 흘러나오는 섬뜩한 안광이 그를 시시각각 짓누르고 있었다.

"너는 어떻게 할 것인가?"

조심스럽게 해적들을 둘러본 갑판장이 입을 열었다. 선장과 항해사가 죽은 이상 그가 탈바쉬 해적선의 최고 책임자였다.

"보, 본토에만 데려다 드리면 되는 것입니까?"

레온이 서슴없이 고개를 끄덕였다.

"그렇다. 거기에 동의하느냐?"

갑판장의 시선이 슬며시 해적들과 교환되었다. 해적들은 불안한 시선으로 갑판장의 시선을 맞받았다.

해적들 대부분은 블러디 나이트의 제안을 받아 들이라는 듯 미미하게 고개를 끄덕이고 있었다. 블러디 나이트는 단지 바다를 건너가기만 하면 된다. 구태여 버텨봐야 갑판 위에 시체만 더 늘어날 뿐이었다.

침을 꿀꺽 삼킨 갑판장이 레온을 쳐다보았다.

"도, 동의하겠습니다."

"내가 배에서 내리는 순간까지 이 배의 모든 것은 나의 것이다. 거기에도 동의하느냐?"

갑판장은 잠시 고민했지만, 어차피 대답은 정해져 있었다.

"도, 동의합니다."

"좋다. 그럼 지금 이 순간부터 이 배는 나의 것이다."

갑판장이 침음성을 흘리며 눈을 감았다. 해적선이 단 한 사람에게 의해 점령당하는 초유의 사태가 벌어진 것이다.

그러나 상대는 인간의 한계를 벗어난 초인. 해적들에겐 불가항력이나 마찬가지인 존재인 것이다. 잠시 후 눈을 뜬 갑판장이 해적들에게 지시를 내렸다.

"모두 각자 맡은 위치로……. 지금 즉시 출항한다. 목적지는 본토. 서둘러라."

명령이 떨어지자 해적들이 재빨리 움직였다. 각자 맡은 위치를 찾아 움직이는 모습이 지극히 일사 분란했다. 노잡이들은 재빨리 선창으로 내려갔고 망꾼은 줄사다리를 타고 돛대 위로 올라갔다.

바다에 빠진 해적들은 이미 보트에 타고 있던 자들이 구해낸 상태였다. 그들이 겁먹은 눈빛으로 배에 올라왔다. 구매해 온 물자가 올라오자 해적들이 달려들어 창고로 지고 갔다.

보트가 배 옆구리에 매달린 것을 본 갑판장이 손을 뻗어 피로 물든 갑판을 가리켰다.

"갑판 위를 정리하라."

해적들이 즉각 달려들었다. 불과 얼마 전까지만 해도 해적들의 삶과 죽음을 관장하는 절대자였지만, 지금은 고깃덩이로 변해 버린 트레모어의 시신이 바다에 던져졌다.

첨벙!

이어 그의 두 심복과 머리를 잃은 항해사의 시체마저 떨어지며 바닷물을 붉게 물들였다. 물고기들이 너덜거리는 살점을 뜯어먹기 위해 모여들었다.

해적들의 눈동자에는 아무런 감정도 떠올라 있지 않았다. 죽음은 그 정도로 그들에게 친숙한 존재였다. 몇몇 해적들이 걸레로 흥건한 핏자국을 닦아냈다.

모든 항해준비를 마친 것을 본 갑판장이 고함을 질렀다.

"돛을 올려라. 출항한다."

해적선이 느린 속도로 움직이기 시작했다.

배가 움직이자 갑판장이 레온에게 다가와 고개를 숙였다.

"저를 따라오십시오. 선장실로 안내해 드리겠습니다."

해적들의 세상은 힘의 논리가 지배하는 세계다. 갑판장은 레온을 완연히 임시 선장으로 대우해 주고 있었다.

레온이 잠자코 갑판장의 뒤를 따랐다. 선장실은 해적선의 선미 위쪽에 위치해 있었다.

'응?'

선장실에 들어선 레온의 눈이 휘둥그레졌다. 도저히 배의 선실로 보이지 않을 정도로 화려했기 때문이었다. 탁자 위에 놓인 도자기는 하나같이 최상급이었고 바닥에는 지극히 부드러운 융단이 깔려 있었다.

소파 위를 덮은 모피는 북부에 서식한다는 백곰의 털가죽이었다. 벽면에는 여러 동물들의 머리가 박제되어 걸려 있었다. 순록을 비롯해서 호랑이 따위의 희귀한 동물들이 레온을 내려다보았다.

'한낱 해적선장이 엄청난 호사를 누렸군.'

살짝 고개를 돌리자 들뜬 듯한 갑판장의 얼굴이 들어왔다. 지극히 호화로운 선장실을 보고 흥분되는 모양이었다. 그도 그럴 것이, 레온이 떠나고 나면 선실은 고스란히 자신의 것이 된다.

선장과 항해사 바로 다음 서열이기 때문에 그가 신임 선장이 될 가능성이 컸다. 그 모습을 본 레온이 실소를 지었다. 물론 안면보호대에 가려 겉으로 드러나지 않았지만 말이다.

'어차피 내가 상관할 바는 아니니….'

레온이 더 이상 볼일이 없다는 듯 몸을 돌렸다.

"다른 곳으로 가자."

갑판장이 화들짝 놀라 되물었다.

"어, 어디로?"

투구에서 섬뜩한 안광이 뿜어져 나왔다.

"벌써 잊었나? 내가 이곳에 있는 한 해적선의 모든 것은 전부 내 것이다."

뚜벅뚜벅.

말을 마친 레온이 아래층으로 통하는 계단을 따라 내려갔다. 살짝 안색을 굳힌 갑판장이 얼른 뒤를 따랐다.

아래층에는 여러 개의 선실이 위치해 있었다. 몇 명의 해적이 레온을 보고 벌떡 몸을 일으켰다.

그들의 눈망울에는 공포감이 역력히 배어 있었다. 갑판 위에서 레온의 가공할 무위를 직접 경험한 자들이었다.

선실 앞에 선 레온이 갑판장을 돌아보며 명을 내렸다.

"문을 열어라!"

머뭇거리던 갑판장이 어쩔 수 없다는 듯 문을 열었다. 첫 번째 선실 안은 텅 비어 있었다.

"다음!"

그 말에 갑판장이 난색을 표했다.

"이, 이 안에는 몸값을 받아낼 인질이 갇혀 있습……, 크윽."

갑판장이 돌연 가슴을 움켜쥐고 주춤주춤 뒤로 물러났다. 블러디 나이트로부터 견디기 힘들 정도의 기세가 뿜어졌기 때문이다.

몸을 움츠린 갑판장의 귓전으로 스산한 음성이 파고들었다.

"이 배의 모든 것이 내 것이라는 것을 벌써 잊은 모양이구나."

"아, 알겠습니다."

갑판장은 하얗게 질린 얼굴로 두말없이 손짓을 했다. 선실 문은 자물쇠로 굳게 잠겨 있었다. 옆에 서 있던 해적 중 하나가 다가가서 자물쇠를 땄다.

철컥!

문이 열렸다. 레온이 열린 문을 통해 저벅저벅 걸어 들어갔다.

✛

선실 안에는 아리따운 여인이 의자에 앉아 있었다. 그녀는 물론 알리시아였다.

고개를 돌린 알리시아의 눈빛이 가늘게 떨렸다. 기다리고 기다리던 사람과 조우한 것이다. 그러나 그녀는 억지로 흔들리는 마음을 다잡았다. 레온과는 철저히 모르는 사람으로 꾸며야 하기 때문이다.

"누구시죠? 어머, 당신은?"

레온의 시선이 알리시아에게로 향했다.

'철저히 모르는 사이처럼 행동하라고 하셨지? 연기를 잘 해낼지 모르지만, 하는 만큼 하는 수밖에······.'

마음을 차분히 가라앉힌 레온이 입을 열었다.

"당신은 누구요? 날 아시오?"

"아르카디아를 떠들썩하게 만드는 블러디 나이트를 제가 왜 모르겠어요. 참, 제 소개를 하겠어요. 전 타르디니아 스탤론 자작가의 레베카라 해요. 만나 뵙게 되어 영광이에요."

말을 마친 알리시아가 공손히 예를 올렸다. 어디 하나 흠잡을 데 없는 완벽한 예법이었다.

레온이 짐짓 무뚝뚝하게 말을 받았다.

"자작 영애께서 어찌 해적선에 있는 것이오?"

"오스티아에 휴가를 왔다가 해적들에게 붙잡혔답니다. 몸값을 받아내기 위해 해적들이 인질로 잡은 것이지요."

그 말을 들은 레온이 싸늘한 눈빛으로 갑판장을 쳐다보았다. 시선을 받은 갑판장의 몸이 움찔했다.

"이 여인의 처우를 내가 결정해도 이의가 없겠지?"

갑판장의 이마에서 식은땀이 흘러내렸다. 물론 그가 할 수 있는 대답은 한정되어 있었다.

"워, 원하시는 대로 하십시오."

살짝 고개를 끄덕인 레온이 다시 알리시아를 쳐다보았다.

"그래도 명색이 기사인데 위기에 처한 레이디를 방관할 수 없는 노릇이지. 구해드리겠소. 육지에 도착하면 나와 함께 해적선을 떠납시다."

그 말에 알리시아가 생긋 미소를 지었다.

"자상하신 배려에 감사드립니다. 그런데 부탁을 하나 더 드려도 되겠습니까?"

둘의 연극은 척척 맞아떨어졌다.

"이 배에는 저 말고도 몇 명의 용병들이 감금되어 있습니다. 몸값을 치를 여력이 없어 노예로 팔려 갈 자들이지요. 그들에게도 은혜를 베풀어주시면 안 되겠습니까?"

뒤에 서 있던 갑판장이 잡아먹을 듯한 시선으로 알리시아를 노려보았다.

'이런 빌어먹을 계집.'

해적들의 입장에선 뼈를 발라도 시원치 않을 발언이다. 그러나 레온의 시선이 닿자 그들은 꼬리를 내릴 수밖에 없었다.

"용병들이 갇혀 있는 곳으로 안내하라."

블러디 나이트의 앞이라 눈을 부라릴 수도 없었다. 해적들이 어깨를 축 늘어뜨린 채 방을 나섰다.

"아, 안내하겠습니다."

알리시아도 레온을 따라 선실을 나섰다.

샤일라는 알리시아의 선실과 같은 층에 있었다. 문을 열고 들어가자 알몸으로 침상에 누워 있는 여인의 모습이 눈에 들어왔다. 샤일라는 사람이 들어왔어도 알지 못할 정도로 곯아떨어져 있었다.

"세, 세상에……."

알리시아가 얼른 달려가 이불을 덮어주었다. 그때 인기척을 느꼈는지 샤일라가 부스스 눈을 떴다. 그녀의 얼굴에 지겹다는 기색이 서렸다.

"또 시작이야? 아니, 당신은?"

알리시아를 본 샤일라가 흠칫 놀랐다. 선실에 갇혀 있어야 할 그녀가 여긴 웬일이란 말인가? 고개를 돌려본 그녀의 눈이 커졌다. 검붉은 갑주를 걸치고 등에 장창을 비끄러맨 장대한 체구의 기사가 입구에 버티고 서 있었다. 바보가 아닌 다음에야 누구인지 익히 알 수 있었다.

샤일라의 입술을 비집고 놀란 음성이 흘러나왔다.

"브, 블러디 나이트?"

귓전으로 알리시아의 음성이 파고들었다.

"걱정하지 말아요. 샤일라, 블러디 나이트께서 저희들을 구해 주신다고 했어요."

"그, 그게 사실인가요?"

묵직한 저음이 방안에 울려 퍼졌다. 트루베니아 억양이 배어 있는 음성이었다.

"이 해적선은 현재 내가 접수한 상태요. 그대들에 대한 처우 역시 내 마음대로 할 수 있다는 뜻이지. 육지에 도착하면 같이 해적선을 떠납시다."

그 말을 듣자 샤일라의 눈에 눈물이 괴었다. 창부로 팔려갈 운명에서 벗어날 수 있으니 기쁘지 않을 수가 없다. 알리시아가 방 한구석에 구겨져 있는 그녀의 옷을 집어 들었다.

"잠시 나가 계시겠어요? 옷을 입어야 하니까요."

잠시 후 옷을 갈아입은 샤일라가 알리시아와 함께 나왔다. 그녀의 얼굴에는 희망의 빛이 일렁이고 있었다. 그 모습을 훑어본 레온이 갑판장을 쳐다보았다.

"이제 다른 용병들이 있는 곳으로 안내하라."

"아, 알겠습니다."

어깨를 축 늘어뜨린 갑판장이 앞장섰다.

그들은 계단을 타고 아래층 선실로 내려갔다. 위의 선실과
는 달리 그곳은 어두컴컴한 데다 몹시 지저분했다. 창고와 수
옥으로 쓰는 선실인 만큼 그럴 수밖에 없었다.

갑판장이 바닥에 있는 문을 가리켰다.

"이곳입니다."

"열어라."

해적들이 달려들어 문을 열었다. 안쪽에는 물이 찰랑찰랑했
다. 자세히 보자 구석에 누군가가 쇠사슬에 묶여 있었다.

세 명의 사내가 물 위로 목만 내밀고 잠겨 있었다. 그 모습
을 본 샤일라가 목청껏 고함을 질렀다.

"맥스 대장, 트레비스, 쟉센, 모두 괜찮아?"

"샤, 샤일라?"

사내들의 고개가 위로 향했다. 돌연 그들의 눈이 휘둥그레
졌다. 샤일라의 옆에 서 있는 붉은 갑옷의 기사를 본 것이다.
용병인 그들이 블러디 나이트를 모를 리가 없다.

"브, 블러디 나이트?"

어깨를 으쓱인 레온이 해적들에게 명령을 내렸다.

"저들을 풀어주어라."

해적들이 잠시 머뭇거렸지만, 레온이 기세를 내뿜자 즉시

수옥으로 뛰어들었다.

첨벙!

뛰어내린 해적들이 용병들을 옭죄고 있던 쇠사슬을 풀었다. 위에 있는 해적들이 줄사다리를 내려주었다. 용병들은 해적들의 부축을 받으며 위쪽으로 올라왔다.

물에 잠겨 있던 탓에 그들의 몸은 퉁퉁 불어 있었다. 여기저기 난 상처가 보기 흉하게 부풀어 있었다.

그들이 사나운 시선으로 해적들을 노려보았다. 그토록 구타를 당했으면서도 전혀 기가 죽지 않은 패거리들이다.

"이런 개자식들……."

해적들의 눈빛도 흉흉해졌다. 성정이 거친 해적들이 욕설을 듣고 참아낼 리가 없다.

일촉즉발의 순간, 레온이 끼어들었다. 그는 우선 용병들의 리더에게 말을 걸었다.

"그대가 무리의 리더인가?"

맥스가 공손히 대답했다. 자신들을 구해준 은인이란 사실을 자각한 것이다.

"네, 그렇습니다. 맥스라 불러주십시오."

"나는 그대들에게 한 가지 청부를 하고자 한다. 용병들이니 의당 청부를 하는 것이 마땅하겠지?"

뜻밖의 청부였지만 맥스는 전혀 당황하지 않았다.

"어떤 내용인지 알 수 있겠습니까?"

"내용은 간단하다. 내가 배에 있는 동안 날 보좌하고 호위하는 것이다."

그 말에 용병들의 눈이 커졌다. 인간의 한계를 넘어선 초인에게 무슨 호위가 필요하단 말인가? 그러나 이어진 말을 듣자 그들은 납득했다는 듯 고개를 끄덕였다.

"초인이라고 항상 무적인 것은 아니다. 잠을 잘 때 칼침을 맞는다면 죽을 수밖에 없지. 솔직해 말해 난 해적들을 믿지 않는다. 언제 뒤통수를 칠지 모르는 작자들이니까."

꽤나 모욕적인 말이었지만 해적들은 반박하지 않았다. 이미 그들은 레온을 감히 범접할 수 없는 존재로 인식하고 있었다. 상식적으로, 상대가 되어야 분노를 표출할 수 있는 게 아닌가?

레온의 눈에서 섬뜩한 광망이 뿜어져 나왔다.

"저들에게 무기와 소지품을 가져다주어라."

누구의 명령인데 거부할 것인가. 해적들이 창고에 들어가 압수했던 용병들의 무기와 소지품을 가져다주었다. 무기를 되찾자 용병들의 얼굴에 안도의 표정이 떠올랐다.

"육지에 도착하면 그대들과 함께 해적선을 떠날 것이다. 그러니 해적들에게 먼저 시비를 거는 일이 없도록 하라."

리더인 맥스가 조용히 고개를 숙였다.

"알겠습니다, 블러디 나이트."

그들은 즉각 선장실로 올라갔다. 워낙 넓어서 여섯 명이 들

어가도 넉넉했다. 레온은 갑판장으로 하여금 식사를 준비하게
했다.

수옥에 갇혀 있는 동안 거의 음식물을 섭취하지 못했기 때
문에 용병들은 기진맥진한 상태였다.

⚜

음식을 차리라는 말이 전해지자 조리실에 있던 해적들의 눈
이 빛났다. 특히 요리장은 회심의 미소를 짓고 있었다.

"제아무리 초인이라도 독을 먹으면 죽기 마련이지."

요리장이 서랍 깊숙이 숨겨 놓은 푸른 가오리의 독을 꺼내
어 음식에 풀었다. 가오리의 독은 한 마리 분량으로 수십 명을
독살시킬 수 있는 극독이다.

그들은 독을 사용해 블러디 나이트를 제거하려 하고 있었
다. 물론 요리사는 주방에 있느라 레온의 신위를 보지 못했던
자였다. 동료들의 말을 듣고 분노하고 있던 차에 좋은 기회를
잡은 것이다.

"우린 탈바쉬 해적단이다. 그 어떤 존재도 우릴 굴복시킬
순 없다."

잠시 후 음식이 장만되었다. 해산물과 육류가 곁들어진 풍
성한 만찬이었다. 온갖 양념을 가미했기에 푸른 가오리의 독
특유의 냄새가 완벽히 사라진 상태였다.

요리장이 휘하의 해적들을 대동한 채 직접 음식을 들어 날랐다.

음식이 올라오자 용병들이 머뭇거림 없이 달려들었다. 잔뜩 굶주린 상태라서 더 이상 참을 수 없었던 것이다. 그때 레온이 손을 내밀어 만류했다.

"잠시 기다리도록……."

용병들이 멈칫했다. 고용주가 먼저 음식에 손을 대야 한다는 사실을 떠올린 것이다. 레온은 음식을 조금씩 덜어 맛을 보았다. 그 모습을 보던 요리장의 얼굴에 긴장감이 서렸다.

음식에는 극독이 첨가된 상태. 레온은 모든 접시에서 골고루 음식을 덜어먹었다. 그것을 본 용병들이 음식을 향해 손을 뻗으려 했지만, 레온이 손을 뻗어 재차 만류했다.

"음식을 먹지 말도록!"

비로소 용병들도 음식에 뭔가 이상이 있다는 사실을 알아차렸다. 옆에서 시중을 들던 해적들의 얼굴도 서서히 굳어가고 있었다. 잠시 후 싸늘한 음성이 실내에 메아리쳤다.

"음식에다 장난을 쳤군. 혀가 얼얼한 것을 보니 상당한 극독이야."

말을 마친 레온이 건틀릿을 벗었다. 그의 손가락 중지가 시커멓게 물들어 있었다. 잠시 후 손가락에서 검은 물이 뚝뚝 떨어졌다. 운기행공을 통해 독을 체외로 배출시키는 것이다.

치이익!

검은 액체가 떨어진 은제 접시가 시커멓게 변색되었다. 그 모습을 본 해적들이 질린 표정을 지었다.

그들이 쓴 것은 푸른 가오리의 독이다. 먹는 순간 중독되는 최고의 절독인 것이다. 그런 독을 손가락을 통해 배출하다니…….

레온의 섬뜩한 눈빛이 갑판장의 얼굴로 향했다.

"음식에다 독을 탄 이유는?"

갑판장이 영문을 모르겠다는 듯 요리장을 쳐다보았다. 슬며시 시선을 외면하는 요리장을 본 그가 마침내 어떻게 된 연유인지 알아차렸다.

갑판장이 창백해진 얼굴로 다급히 머리를 흔들었다.

"저, 저는 모르는 일입니다. 요리장이 도, 독단으로……."

레온의 시선이 요리장에게로 향했다. 입술을 질끈 깨문 요리장이 숨겨온 단검을 꺼내들었다.

시퍼런 단검의 날이 창문을 통해 들어온 햇빛을 받아 날카롭게 빛났다. 따라온 조리실의 해적들도 덩달아 병장기를 꺼냈다.

"이판사판이다. 탈바쉬 해적은 결코 굴복하지 않는……."

그러나 그의 음성은 중도에 끊겨졌다. 눈부신 섬광이 선실 내부를 가득 채웠기 때문이다.

서걱!

요리장의 얼굴에는 믿을 수 없다는 빛이 떠올라 있었다. 그 것은 함께 음식을 들고 들어온 해적들도 마찬가지였다.

쩡!

그들이 들고 있던 단검이 두 토막 나며 맥없이 바닥에 떨어졌다. 이어 요리장과 부하들의 상체가 스르르 미끄러져 바닥에 나뒹굴었다. 정확히 허리를 중심으로 몸이 토막나 버린 것이다. 동시에 핏줄기가 폭죽처럼 솟구쳤다.

"꺄아악!"

지극히 잔인한 장면을 본 알리시아가 비명을 지르며 눈을 가렸다. 샤일라의 얼굴도 백지장처럼 창백해졌다.

네 명의 인간이 한순간에 상체와 하체가 분리되는 장면은 전장을 뒹군 용병 출신인 그녀조차도 견디기 힘든 참상이었다.

레온의 손에서는 시뻘건 빛줄기가 돋아나 있었다. 고기를 써는 나이프로 오러 블레이드를 발출해 요리장과 그 부하들을 베어버린 것이다.

"세, 세상에……."

해적들의 안색은 극히 창백했다. 인간의 목숨은 생각보다 질기다. 물 한 모금 주지 않고 돛대에 거꾸로 매달아 놓아도 너끈히 며칠을 견디는 것이 인간의 목숨이다.

그런데 블러디 나이트 앞에서 인간의 목숨은 파리 목숨이나 다를 것이 없었다. 마치 병아리의 목을 비틀 듯 너무도 간단히 목숨을 거둬 버렸다.

"음식에다 장난을 치면 이 꼴이 난다. 다시 준비하라."

갑판장이 부들부들 떨던 몸을 간신히 추슬렀다. 마치 목이 자신의 것이 아닌 것 같았다.

"으, 음식을 준비해라. 이, 이번 음식은 내가 지, 직접 시식할 것이다."

그의 명령에 이어 레온의 음성이 나지막하게 울려 퍼졌다.

"음식은 식당에 가서 먹을 것이다. 시체를 앞에 두고 먹을 수는 없지 않은가?"

"워, 원하시는 대로 하십시오."

다행히 이번 음식에는 독이 섞여 있지 않았다. 해적들은 감히 다시 독을 탈 엄두를 내지 못했다. 다시 차려진 음식을 용병들이 게걸스럽게 먹었다.

레온이 먼저 한 입씩 시식했으니 꺼림칙할 이유가 없다. 알리시아도 모처럼 배불리 음식을 먹었다. 그동안은 불안감 때문에 잠도 못 잤을 뿐더러 음식도 제대로 먹지 못했다. 의지할 사람이 생기자 식욕이 돋은 모양이었다.

해적들에게 시달리느라 녹초가 된 샤일라도 실컷 먹고 배를 두드렸다.

넓은 식당 안은 오직 그들밖에 없었다. 해적들은 그들 주변에 얼씬도 하지 않았다. 그 정도로 레온에게 겁을 집어먹은 것이다.

샤일라가 상기된 얼굴로 레온을 쳐다보았다.

"정말 믿을 수가 없군요. 대륙을 떠들썩하게 만든 블러디 나이트와 한 자리에 앉아 식사를 하다니 말이에요."

"……"

"만나 뵙게 되어 정말 영광이에요, 블러디 나이트."

배시시 미소를 지은 샤일라가 살짝 윙크를 했다.

"혹시라도 밤이 적적하시거든 절 불러주세요. 최선을 다해 봉사해 드릴게요."

그 도발적인 말에 식당 내부의 분위기가 삽시간에 가라앉았다. 용병들은 질렸다는 눈빛으로 샤일라를 외면했다. 아무리 남자를 좋아하더라도 블러디 나이트에게까지 꼬리를 칠 줄은 몰랐다. 그것도 해적들에게 한껏 시달린 상태에서…….

알리시아의 얼굴도 딱딱하게 굳어 있었다. 그녀의 눈동자에서 새어나오는 빛은 틀림없는 질투의 빛이었다.

레온의 얼굴은 당혹감에 벌겋게 물들어 있었다. 그러나 그 표정을 본 사람은 아무도 없었다. 투구에 완전히 가려져 있었기 때문에.

잠시 후 레온의 나지막한 음성이 흘러나왔다.

"그럴 일은 없을 것이다."

가늘게 떨리는 것이 억지로 평온을 유지하려는 기색이 역력했다. 그것을 알아차린 샤일라가 회심의 미소를 지었다.

'호호 그랜드 마스터도 역시 남자는 남자로군. 내 말에 당황하다니······.'

레온이 느릿하게 몸을 일으켰다. 식사를 마쳤으니 선장실로 향하는 것이다. 알리시아가 재빨리 따라붙었고, 용병들도 일제히 일어나 뒤를 따랐다.

✛

선장실은 말끔히 치워져 있었다. 피가 묻은 융단도 교체했는지 바닥이 말끔했다. 갑판장의 태도는 한결 더 공손해져 있었다. 레온을 도저히 어찌 할 수 없는 존재로 인정한 것이다.

'세상에 푸른 가오리의 독을, 그것도 손가락을 통해 배출하다니, 저게 도대체 인간인가?'

배불리 식사를 한 탓인지 용병들의 혈색은 다소 나아보였다. 퉁퉁 불어 있던 몸도 원래대로 돌아갔다.

레온이 슬며시 그들의 무위를 가늠해 보았다.

'리더라서 그런지 맥스라는 자의 실력이 제일 낫군. 어느 정도 마나를 다스릴 수 있는 것 같기도 하고.'

레온은 한눈에 맥스의 무위를 정확히 꿰뚫어보았다. 맥스의 몸속에는 상당량의 마나가 농축된 상태였다. 물론 오러를 전개할 수 있는 수준은 아니었다.

기껏해야 마나로 신체적 능력을 높이는 정도의 수준밖에 되지 않았다. 그래도 용병으로선 대단한 실력이라고 봐야 했다.

'A급 랭커 정도는 되겠군.'

나머지 둘은 맥스보다 못해 보였다. 레온이 잠자코 머리를 흔들며 상념을 지워 버렸다.

'어차피 저들과는 러프넥의 신분으로 접촉해야 할 테니……'

레온의 시선이 갑판장에게 향했다.

"옆에 있는 선실은 누구의 것인가?"

"그곳은 죽은 항해사의 선실입니다."

"잘 되었군."

말을 마친 레온이 용병들을 둘러보았다.

"그대들은 그 방을 쓰도록 하라. 그리고 순번을 정해 내 방 문 앞에서 불침번을 서야 한다는 사실을 명심하도록……."

맥스가 머뭇거림 없이 고개를 끄덕였다.

"알겠습니다."

그때 샤일라가 끼어들었다.

"저는 블러디 나이트님과 함께 방을 쓰고 싶어요. 방이 넓으니 그래도 괜찮죠?"

그 당돌한 말에 방안의 분위기는 또다시 싸늘하게 식어 버렸다. 아무래도 샤일라가 레온에게 단단히 눈독을 들인 모양이었다. 알리시아의 눈동자에 불똥이 튀려는 순간, 레온이 입을 열었다.

"그럴 순 없소."

"아니 왜요?"

투구의 안면보호대 사이로 섬뜩한 안광이 뿜어져 나왔다. 지금 이 순간 투구를 쓰고 있다는 것이 레온으로서는 정말 다행일 수밖에 없었다.

"나는 자작 영애님과 같이 방을 쓸 것이오."

그 말에 샤일라의 표정이 샐쭉해졌다. 블러디 나이트에게 정식으로 퇴짜를 맞은 것이다.

용병들이 놀란 눈으로 알리시아를 쳐다보았다. 목덜미까지 붉게 물든 알리시아가 고개를 푹 수그렸다. 주변 사람들이 심각하게 오해하겠지만 어쩔 수 없는 노릇이다.

"워, 원하시는 대로 하세요."

용병들은 생각보다 눈치가 빠른 편이었다. 맥스가 트레비스와 쟥센에게 눈짓을 한 뒤 슬며시 몸을 일으켰다.

"그럼 저희들은 방으로 가 보겠습니다."

그러나 샤일라는 순순히 물러나지 않았다.

"다시 한 번 생각해 봐요. 뭐 미모는 좀 딸릴지 모르지만 그 방면으론 더 잘할 자신이 있다고요…… 읍, 읍."

쟥센이 솥뚜껑만한 손으로 샤일라의 입을 막은 채 안아들었다. 마구 발버둥치는 그녀를 데리고 용병들이 방을 나섰다. 맥스가 방문 앞에서 공손히 허리를 꺾었다.

"그럼 오늘부터 불침번을 서도록 하겠습니다."

그 모습을 본 갑판장도 해적들을 데리고 방을 나갔다. 방안에는 둘만 남겨졌다. 알리시아가 조용히 가서 문을 잠궜다.

철컥.

알리시아의 얼굴은 아직까지 붉게 상기되어 있었다. 부끄러움 때문이었다. 그 모습을 본 레온이 마신갑을 해제했다.

좌르르르르.

기분 좋은 소리와 함께 위압적인 블러디 나이트가 사라지고, 그 자리엔 순박한 얼굴의 레온이 나타났다.

알리시아의 눈가에 살짝 눈물이 비쳤다. 그녀의 꽃잎처럼 붉은 입술을 비집고 모기 소리만한 음성이 흘러나왔다.

"수, 수고 많으셨어요."

레온의 입가에 미소가 걸렸다.

"굳이 작게 말씀하지 않으셔도 됩니다. 방안의 소리가 밖으로 새어나가지 않을 테니까요."

레온은 이미 마나를 통제해서 방의 외부를 철저히 격리한 상태였다. 긴장이 풀렸는지 알리시아가 침대에 털썩 걸터앉았다.

그녀의 얼굴에 돌연 장난기가 서렸다.

"아깐 많이 난감하셨죠?"

레온의 얼굴이 참담하게 일그러졌다.

"그런 경험은 처음입니다. 아마도 투구를 쓰지 않았다면 무척 곤란했을 것입니다."

"샤일라도 그렇게 나쁜 사람은 아니에요. 아무래도 자라온 환경 때문에 그런 것 같아요."

레온이 묵묵히 고개를 끄덕였다. 흥분이 가라앉지 않았기에 그들은 한동안 침묵을 지켰다. 그런 다음 그들은 조용히 대화를 시작했다.

앞으로 해야 할 일을 준비해야 했기 때문에 나눌 얘기는 많고도 많았다. 그러나 외부 사람들은 아무도 그 소리를 듣지 못했다. 레온이 철저히 마나를 통제해 소리가 새어나가지 않도록 막았기 때문이었다.

"그나저나 아까는 정말 섬뜩했어요."

알리시아가 진저리를 쳤다. 사람의 몸이 순간적으로 토막 나는 모습은 그녀로서는 참기 힘든 참상이다. 비록 작전참모로 전장을 전전해 온 그녀이긴 하지만 바로 눈앞에서 사람이 죽는 장면을 본 적은 없다.

레온이 살짝 안색을 굳혔다.

"해적들의 기를 꺾기 위해서는 어쩔 수 없었습니다."

"그래도 다른 방법이 있었을 텐데……."

"그게 저에게는 최선이었습니다. 적게 죽이기 위해서는 본보기로 몇 명을 처참히 죽이는 것이 가장 현명한 방법이지요."

그 말에 알리시아가 고개를 끄덕였다.

"하긴 그 점에 대해서는 저보다 월등히 경험이 많으신 분이
니까."

알리시아는 레온에게 소필리아에서의 일을 물었다. 레온은
잠자코 경과를 설명했다.

수많은 방어선이 구축되어 있었지만 모두 돌파하고 윌카스
트와 대면한 일과 그의 의연한 대응을 설명하자 알리시아의
눈이 빛났다.

"윌카스트는 진정한 기사였군요. 명예를 존중하는……."

"네. 그의 무혼은 전혀 나무랄 데 없었습니다."

이어 대결에서 레온이 승리한 일과 이후의 일들이 설명되었
다.

알리시아가 활짝 웃으며 미소를 지었다.

"정말 잘 하셨어요. 사실 저는 그 점을 걱정했었어요."

"네? 무슨 말씀이신지?"

"레온님은 가급적 이곳의 초인들과 원만한 관계를 유지해야
할 필요가 있어요. 훗날 펜슬럿에 남으시려면 말이에요."

레온이 조용히 머리를 내저었다.

"괜찮습니다. 펜슬럿에 가더라도 일절 정체를 드러내지 않
을 작정이니까요. 블러디 나이트란 사실을 밝히지 않고 어머
니와 함께 조용히 살 생각입니다."

그 말을 들은 알리시아의 얼굴에 안타까움이 서렸다. 레온
정도의 실력자가 은거한다는데 아깝지 않을 도리가 없다. 블

러디 나이트가 도와준다면 어쩌면 아르니아를 재건할 수 있을지도 모른다. 그러나 그녀는 섣불리 속내를 드러내지 않았다.

'레온님은 그 어떤 왕국에 가셔도 공작 이상의 작위를 받으실 수 있는 초인이야. 그런 분이 굳이 이미 패망한 아르니아를 도와줄 이유가 없어.'

게다가 레온은 이곳에 남아야 하는 사람이다. 어머니가 펜슬럿에 살고 있으므로 트루베니아로 건너갈 이유가 없다. 가족이 전부 트루베니아에 있는 자신과는 입장 자체가 다르다. 사실 알리시아는 레온에게 매우 끌리고 있었다.

그러나 가야 할 길이 다르기 때문에 억지로 연심을 억제하고 있는 것이다.

레온은 계속해서 자신이 겪은 일들을 설명했다. 크로센 제국의 다크 나이츠와 맞닥뜨렸다는 말을 듣자, 알리시아의 눈이 커졌다.

"크로센 제국의 기사들이 공격해 왔다고요?"

"그렇습니다. 심문해 본 결과 트루베니아에 제2, 제3의 블러디 나이트가 나오는 것을 방지하기 위해 절 습격했다고 하더군요."

알리시아의 얼굴이 참담하게 일그러졌다. 크로센 제국의 속내가 짐작되었기 때문이다. 크로센 제국은 트루베니아를 계속해서 식민지로 유지하려 한다.

트루베니아 사람들의 피와 땀을 바탕으로 아르카디아 대륙은 계속 번영을 누리려는 것이다. 그러니 알리시아의 기분이 좋을 턱이 없다.

'과연 그들이 아르니아의 재건을 지원해 줄까?'

지금으로써는 가능성이 지극히 희박했다. 그러나 알리시아는 억지로 머리를 흔들었다. 일단 부딪혀 봐야 할 일이기 때문이다.

⚜

그들의 옆방에서도 한참 이야기가 진행되고 있었다.

맥스가 얼굴을 잔뜩 찌푸린 채 샤일라를 야단치고 있었다. 옆에는 트레비스가 재미있다는 듯 쳐다보았다. 쟉셴의 모습이 보이지 않는 것을 보니 불침번을 서는 모양이었다.

"너 도대체 제 정신이냐? 도대체 어쩌려고 블러디 나이트님께 꼬리를 치는 것이냐?"

샤일라 역시 한 걸음도 물러서지 않고 대들었다.

"블러디 나이트도 엄연히 남자라고요. 그게 뭐가 어때서요? 그랜드 마스터와 한 번 자보려는데, 도대체 왜 방해해요?"

"그러다가 블러디 나이트께서 화내시면 어쩌려고 그래? 그분이 어떤 분이냐? 저 거친 해적들을 단숨에 휘어잡으신 분이야."

그 대목에서 샤일라가 살짝 눈웃음을 쳤다. 상당히 매력적인 눈웃음이었다.

"블러디 나이트도 생각보다 순진하더군요. 제 말에 동요하는 기색이 역력했어요."

맥스가 못 말리겠다는 듯 한숨을 내쉬었다.

"할 말이 없군. 아무튼 조심하도록 해. 그는 언제든지 우리 모두의 목숨을 거둬갈 수 있는 실력자야."

"아무튼 내 일에 더 이상 개입 말아요. 반드시 블러디 나이트와 자보고 말 테니까."

말을 마친 샤일라가 인상을 쓰며 배를 움켜잡았다. 해적들에게 당한 후유증이 아직까지 남아 있는 모양이었다.

"이런 개새끼들, 그렇게 떼로 덤비다니⋯⋯."

그 모습을 보고 있던 맥스가 혀를 찼다.

"쯔쯔. 그 몸으로 블러디 나이트를 유혹하려 하다니⋯⋯. 그건 그렇고, 정말 운이 좋군. 블러디 나이트가 하필이면 우리가 잡혀 있는 해적선을 노리다니."

"정말 운이 좋았지. 그런데 결과가 어떻게 되었을까요?"

트레비스가 의아한 듯 되물었다.

"해적들에게 잡히기 전 블러디 나이트가 초인 윌카스트와 겨루기 위해 오스티아로 온다는 소문을 들었어."

그 말을 들은 트레비스가 씩 웃었다.

"그거야 뭐 뻔한 것 아닙니까? 윌카스트가 이겼다면 블러디 나이트가 이곳으로 오지 못했겠지요. 이겼으니 해적선을 장악하여 본토로 건너가려 하지 않겠습니까?"

"하긴 그렇군. 아무튼 놀라워. 식민지인 트루베니아에서 초인이 나왔다는 사실이……."

이후로도 용병들은 두런두런 대화를 나눴다. 그러나 그들은 몰랐다. 옆방의 블러디 나이트가 그들의 대화를 낱낱이 엿듣고 있다는 것을…….

✤

옆방의 대화를 엿듣던 레온이 쓴웃음을 지었다.

'정말 대책이 안 서는 아가씨로군.'

이미 샤일라는 레온에게 요주의 인물로 낙인찍힌 상태였다.

'접근할 만한 틈을 일절 주지 말아야겠어.'

생각을 접은 레온이 몸을 일으켰다. 상반신의 흉갑이 보푸라기처럼 일어나더니 레온의 몸을 친친 휘감았다.

촤르르륵.

마신갑을 착용해 블러디 나이트로 변모하는 것이다. 의자에 앉아 있던 알리시아가 살짝 몸을 일으켰다.

"뭘 하시려고요?"

"여비를 되찾아야죠. 해적들이 돈을 모두 털어갔다면서요?"

알리시아의 입가에 살짝 미소가 걸렸다.

"이자까지 쳐서 받아오세요. 넉넉하게 말이에요."

"걱정 마십시오. 금리를 복리로 적용하겠습니다."

문가로 다가간 레온이 문을 탕탕 두드렸다.

덜컥.

문이 열리고 당당한 근육질의 대머리가 머리를 들이밀었다. 불침번을 서고 있는 쟉셴이었다.

"무슨 일이십니까?"

"갑판장을 불러와라. 할 말이 있다."

잠시 후 갑판장이 모습을 드러냈다. 쟉셴이 근처를 지나가던 해적들에게 블러디 나이트의 명령을 전한 것이다.

"부르셨습니까?"

레온은 거두절미하고 갑판장에게 보물창고의 위치를 물었다.

"약탈한 보물을 보관하는 창고가 어디인가?"

"그, 그건……."

갑판장은 일순 대답하지 못하고 망설였다. 상선으로부터 약탈한 보물은 해적들 전체의 재산이다. 그가 마음대로 할 수 있는 것이 아니다.

그러나 레온이 때맞춰 강렬한 기세를 내뿜었다. 그 기세를 정면으로 받자 갑판장의 얼굴이 창백해졌다.

"벌써 잊었나? 이 배의 모든 것은 나의 것이야. 떠나기 전까지……."

"하지만 보물은 보통 무인도의 으슥한 장소에 보관합니다. 그곳은 엄청나게 멀리 떨어져 있습니다."

"답답한 소릴 하는군. 약탈할 때마다 매번 무인도로 가진 않을 것 아닌가? 분명 배 안에 임시로 보관하는 장소가 있을 것이다. 나는 그곳을 물어보는 것이다."

"아, 알겠습니다."

더 이상 버틸 수 없었던 갑판장이 손가락을 뻗어 선장실의 벽면을 가리켰다. 그곳에는 바다를 묘사한 그림이 걸려 있었다.

"저곳이 선장의 비밀금고입니다. 하지만 열쇠는 없습니다. 열쇠의 위치는 오직 선장만이 알고 있습니다."

물론 그것은 거짓말이었다. 금고의 열쇠는 죽은 선장 트레모어가 항상 허리에 걸고 다녔다. 이미 갑판장은 트레모어의 시체를 바다로 던지며 암암리에 열쇠를 챙긴 상태였다. 그러나 열쇠의 유무는 레온에게 그리 중요하지 않았다.

"이곳이 금고란 말이지?"

레온이 성큼성큼 다가가서 그림을 떼어냈다. 그러자 벽면에 제법 단단하게 생긴 금고가 모습을 드러냈다. 레온이 테이블 위에 놓여 있던 과도를 집어 들었다.

"열쇠 따위야 있어도 그만, 없어도 그만이지."

말이 끝나는 순간 과도에서 시뻘건 불기둥이 솟구쳤다. 오러 블레이드가 뿜어진 것이다.

레온이 머뭇거림 없이 오러 블레이드가 솟구친 과도를 금고의 경첩 부분에 찔러 넣었다.

치이이익.

자욱한 연기와 함께 금고의 경첩 부분이 그대로 잘려나갔다. 이어 레온은 금고의 자물쇠 부분까지 마저 잘라냈다.

몹시 두터운 금고의 문이 그대로 떨어져나갔다. 그 모습을 갑판장이 조마조마한 눈빛으로 쳐다보았다.

텅.

금고 안을 들여다 본 알리시아의 얼굴에 실망감이 서렸다. 악명이 자자한 해적선의 금고로 보기엔 안의 보물이 영 변변찮았다.

고작해야 금붙이 몇 개와 도자기 따위가 들어 있었다. 값나가는 보석이나 금화는 눈을 씻고 보아도 없었다.

갑판장이 떠듬떠듬 변명을 했다.

"이곳으로 오기 전 무인도의 비밀창고에 넣어 두고 왔기에 금고에 보물이 없습니다. 그곳은 배를 타고 보름을 넘게 항해해야 갈 수 있을 정도로 멉니다."

혹시라도 블러디 나이트가 비밀창고로 가자고 할까봐 갑판장의 얼굴에서는 삐질삐질 식은땀이 흘러내렸다.

그 보물이 어떤 보물인가? 해적들이 목숨을 바쳐가며 긁어모은 보물이 아니던가? 설사 죽는 한이 있어도 빼앗길 순 없었다.

레온이 날카로운 눈빛으로 금고 내부를 샅샅이 살폈다.

'아무래도 이상하군.'

그의 감각에 뭔가가 걸렸다. 금고 깊숙이 처박혀 있는 조그마한 자루에서 마나의 흐름이 느껴진 것이다. 레온이 손을 뻗어 자루를 꺼냈다. 순간 갑판장의 얼굴이 사색이 되었다.

'빌어먹을……'

레온이 끄집어낸 자루에다 손을 집어넣었다. 놀랍게도 레온의 팔이 어깨까지 쑥 들어갔다. 고작해야 주먹 두 개 합친 것보다 약간 큰 자루였는데, 내부는 그렇지 않았다.

"마법 주머니였군."

레온의 눈가에 득의의 빛이 스쳐지나갔다. 손가락에 걸리는 감각은 틀림없는 보석과 금화 종류였다. 양도 엄청나게 많았다.

아무래도 해적들이 값나가는 보물을 모두 이 주머니에 보관하고 있는 모양이었다. 경량화와 공간왜곡이 걸린 마법 주머니라서 들어 있는 보물의 양도 천문학적이었다.

만족스런 표정으로 고개를 끄덕인 레온이 주머니를 품속에 집어넣었다.

"이것은 내가 접수하겠다. 나머지 잡동사니는 남겨두지. 너희들도 먹고 살아야 하니……"

갑판장이 눈을 질끈 감았다. 목숨을 걸고 긁어모은 보물을 몽땅 털려 버린 것이다. 그러나 감히 반발할 수는 없었다. 블러디 나이트에게 달려 들어봐야 시체만 늘어날 뿐이었다. 그러나 이대로 물러날 순 없었다.

"이만 나가보도록."

질끈 입술을 깨문 갑판장이 방을 나섰다. 그 모습을 레온이 유심히 쳐다보고 있었다.

선장실을 나선 갑판장은 즉각 구석진 선실로 갔다. 그곳에는 여러 명의 해적들이 앉아 있었다. 딱딱하게 굳은 갑판장의 얼굴을 보자 그들의 얼굴도 경직되었다.

"무슨 일입니까? 혹시?"

갑판장이 느릿하게 고개를 끄덕였다.

"가장 우려했던 일이 일어났다. 블러디 나이트가 금고 속의 마법 주머니를 챙겼다."

그 말을 듣는 순간 해적들의 안색이 새하얗게 변했다. 성질 급한 해적 하나가 벌떡 몸을 일으켰다.

"그걸 가만히 보고만 계셨습니까? 보물을 이대로 빼앗길 수는 없습니다. 형제들이 목숨을 바쳐가며 긁어모은 보물입니다."

"가만히 보고 있지 않으면 어떻게 할 것인가? 달려 들면 승산이 있다고 생각하나?"

입을 연 해적은 꿀 먹은 벙어리가 되어 버렸다. 갑판장의 말대로 달려들어 봐야 개죽음만 당할 뿐이었다. 블러디 나이트는 해적들 전체가 달려들어도 손가락 하나 건드릴 수 없는 강자였다. 그러나 해적들은 순순히 물러나지 않았다.

"그렇다고 보물을 빼앗길 수는 없지 않습니까? 놈이 자는 틈을 노려 기습한다면……."

갑판장이 어두운 표정으로 고개를 흔들었다.

"그것도 불가능한 방법이야. 풀려난 용병 놈들이 눈을 시퍼렇게 뜨고 불침번을 서고 있다. 블러디 나이트가 모르게 제압하는 것은 불가능해."

"아무리 그래도 블러디 나이트가 보물을 가지고 가는 것을 방관할 수는 없습니다. 형제들의 피와 땀이 배어 있는 보물입니다."

그 말에 동의한다는 듯 갑판장이 고개를 끄덕였다.

"두 눈 시퍼렇게 뜨고 보물을 빼앗길 수야 없지. 누구 좋은 방법 없나?"

해적들은 생각에 잠겨 들어갔다. 그 어떤 희생을 치르고서라도 보물을 되찾아 와야 했다.

잠시 후 한 해적이 상기된 표정으로 고개를 들었다.

"이렇게 하는 것은 어떻습니까?"

해적들의 시선이 일제히 그에게로 쏠렸다.

"일단은 계획했던 대로 뭍으로 데려다 줍니다. 물론 장소를 잘 선정해야겠지요. 수심이 최소 10미터는 되는 곳으로 골라야 합니다."

해적들이 신중하게 경청했다. 목숨보다 소중한 보물이 걸려 있는 문제이기 때문이다. 계획은 그리 어렵지 않았다.

해변에 도착하면 블러디 나이트는 용병들을 데리고 하선할 것이다. 물론 큰 해적선을 바로 뭍에 댈 수 없다. 조금 떨어진 곳에서 보트를 이용해 뭍으로 가야 한다. 의견을 낸 해적이 심각한 표정으로 설명을 이어나갔다.

"배와 뭍의 중간 정도의 거리에서 보트를 뒤집는 것입니다. 수심이 최소한 10미터 이상 되는 곳을 골라서 말입니다."

그 말을 들은 해적들의 얼굴이 환히 밝아졌다. 그들이 보기에도 괜찮은 방법이었기 때문이다.

"맞아. 그렇게 하면 되겠군. 제아무리 수영을 잘 하는 사람도 풀 플레이트 메일을 입고 물 위에 뜰 수는 없지."

"기사들의 경우를 보지 않았나? 제아무리 날고 뛰는 기사라도 물속에 처박아 버리면 아무런 힘도 쓰지 못하지."

물론 실패하더라도 위험부담이 적다. 파도 때문에 뒤집힌 것이라고 우기면 블러디 나이트가 어떻게 하겠는가?

"정말 좋은 방법이로군. 그렇게 해서 블러디 나이트를 익사시켜 버린 뒤 보물을 되찾는 거야. 물론 귀족 계집과 용병들도 다시 잡아들일 수 있지."

그 대목에서 갑판장이 우두둑 이를 갈아붙였다.

"그 계집에게서 몸값을 받아내는 것을 포기한다. 철저히 농락한 뒤 노예로 팔아 버리는 거야. 어떻게 생각하나?"

해적들이 이구동성으로 그 계획에 찬성했다.

"좋은 생각입니다. 철없는 계집에게 탈바쉬 해적의 무서움을 가르쳐줘야 합니다."

"단단히 쓴 맛을 보여줘야 합니다."

그때 의견을 제시한 해적이 조심스럽게 입을 열었다.

"혹시 블러디 나이트를 사로잡는 것은 어떻게 생각하십니까?"

그 말에 갑판장이 진저리를 쳤다.

"말도 안 되는 소리야. 호랑이는 기회가 있을 때 죽여야 하는 법이지. 그놈이 순순히 갇힌다는 보장이 없지 않나? 게다가 그런 무서운 놈을 살려둬서 뭐하게?"

그러나 의견을 낸 해적은 호락호락 물러서지 않았다.

"잘하면 큰돈을 벌 수도 있을 것 같습니다."

그 말에 해적들의 관심이 일시에 집중되었다.

"아니 어떻게 블러디 나이트로 돈을 번다는 말인가?"

"지금 오스티아 해를 오가는 여객선은 죄다 발이 묶여 있습니다. 몇몇 큰 손들이 배를 모조리 전세낸 것이지요. 조사해 본 결과 그들은 여러 왕국에서 파견된 사신들로 판명 났습니다. 그들이 배를 전세낸 이유는 단 한 가지, 블러디 나이트와 접촉하기 위해서라고 합니다."

해적들이 믿을 수 없다는 듯 눈을 크게 떴다. 고작 그런 이유로 그 많은 배를 전세냈단 말인가?

갑판장이 황당한 표정으로 눈을 끔뻑거렸다.

"단순히 블러디 나이트와 접촉하기 위해서 배를 통째로 세 냈단 말인가?"

"그렇습니다. 그들은 블러디 나이트를 자국으로 끌어들이 기 위해 혈안이 되어 있다고 합니다. 생각해 보십시오. 블러디 나이트는 어디에도 소속되어 있지 않은 초인입니다. 실력 또 한 확실하게 검증되었습니다. 각 국가에서 어찌 탐을 내지 않 겠습니까?"

"흠……."

갑판장이 손을 턱에 괴고 생각에 잠겨 들어갔다.

"블러디 나이트를 제압해 구금해 놓은 뒤 여러 왕국에 사람 을 보내 협상한다면 천문학적인 거금을 손에 쥘 수 있습니다. 초인 한 명을 얻을 수 있으니만큼 각 왕국에서는 돈을 아끼지 않을 것입니다."

"하지만 위험부담이 너무 커. 저 무서운 놈을 도대체 어떻 게 가둔단 말인가?"

"방법은 있습니다."

의견을 제시한 해적이 차갑게 미소를 지었다.

"예전에 페르니스 해적단이 소드 마스터를 사로잡았다고 합 니다."

"그 사실은 나도 알고 있다."

갑판장이 묵묵히 고개를 끄덕였다. 페르니스 해적단이 소드

마스터를 붙잡아 소속된 국가로부터 엄청난 몸값을 받고 풀어
준 사실은 해적들 대부분이 알고 있었다.

"페르니스 해적단은 그 소드 마스터를 바다에 빠뜨려 물을
실컷 먹인 뒤 붙잡았습니다. 몸값을 받을 때까지 약 보름 가량
구금해 두었는데, 다행히 저는 그들이 어떤 방법을 써서 소드
마스터를 감금했는지 알고 있습니다. 페르니스 해적단에 친구
가 있어서 들을 수 있었죠."

해적들의 이목이 일시에 그에게로 쏠렸다.

"방법은 간단합니다. 소드 마스터를 강철로 된 케이지에 넣
은 뒤 도르래에 매달아 수옥에다 넣었답니다. 수상쩍은 행동
을 할 경우 곧바로 물에 처넣었기 때문에 소드 마스터는 꼼짝
도 하지 못하고 갇혀 있었다고 합니다."

듣고 있던 갑판장이 무릎을 쳤다.

"그것 좋은 방법이로군. 제아무리 그랜드 마스터라도 무기
가 없으면 쇠창살을 자를 수 없지. 케이지에 넣은 뒤 수옥에
담그고 여러 명이 감시한다면, 제 놈도 별 뾰쪽한 수가 없을
거야."

갑판장이 상기된 표정으로 결론을 지었다.

"좋다. 일단은 뭍까지 데려다 준다. 그런 다음 보트를 뒤집
는 거야. 형제들의 피와 땀이 서린 보물을 반드시 되찾아야
해. 그런 다음 블러디 나이트를 사로잡는 거야. 이번 기회에
화끈하게 돈을 벌어보자."

"좋은 생각입니다."

해적들의 눈동자는 이글이글 타오르고 있었다.

✤

그 사실을 아는지 모르는지, 레온은 선장실에서 두문불출했다. 노골적으로 유혹하는 샤일라를 피하기 위해서였다. 알리시아 역시 선장실 밖으로 거의 나오지 않았다. 그럼에도 불구하고 용병들은 매일같이 불침번을 섰다.

항해는 순탄한 편이었다. 해적들은 최대한 신경 써서 배를 몰았다. 오스티아 해군에게 걸리면 곤란해지기 때문에 계속해서 항로를 바꾸었다. 그렇게 해서 탈바쉬 해적선은 이틀 만에 목적했던 장소에 도착할 수 있었다.

갑판장이 저 멀리 거뭇하게 보이는 육지를 가리켰다.

"저곳이 바로 렌달 국가연방입니다. 저곳에 내려드리면 되겠습니까?"

레온이 묵묵히 고개를 들어 바다를 쳐다보았다.

"왜 이렇게 먼 곳에 배를 정박시켰나?"

"저곳은 암초가 많아서 더 들어갈 수 없습니다. 보트를 이용해서 가야 합니다."

이미 해적들이 달라붙어 배 옆에 매달린 보트를 내리고 있었다. 그 모습을 레온이 묵묵히 쳐다보았다. 보트가 물 위에

뜨자 여러 명의 해적들이 줄사다리를 타고 내려갔다. 해안까지 노를 저어갈 노잡이들이었다.

레온이 고개를 돌린 사이 갑판장은 보트에 탄 해적들과 은밀히 눈짓을 교환했다. 그들은 해적들 중에서 가장 헤엄을 잘 치고 수전에 능한 자들이었다.

'틀림없이 해라. 반드시 보물을 되찾아야 한다.'

'걱정 마십시오. 제아무리 초인이라고 해도 물속에서는 우리들의 적수가 되지 못할 겁니다.'

눈짓을 나눈 갑판장이 손가락을 뻗어 줄사다리를 가리켰다.

"줄사다리를 타고 보트로 가십시오. 노잡이들이 해변까지 모시고 갈 것입니다."

레온이 묵묵히 고개를 끄덕였다.

"수고들 많았다. 이제 배를 다시 너희들 소유로 넘겨주마."

"감사합니다."

말은 그렇게 했지만 갑판장의 얼굴엔 고마워하는 빛이 전혀 보이지 않았다.

레온이 용병들에게 눈짓을 했다.

"먼저 타라."

고개를 끄덕인 용병들이 하나 둘 줄사다리를 타고 보트로 내려갔다. 샤일라에 이어 알리시아도 보트에 탑승했다. 해적들의 시선이 레온에게로 향했다. 그러나 그는 보트에 타지 않았다.

"먼저 출발시켜라. 난 다음에 건너가겠다."

"보트에 여유가 있습니다. 타셔도 괜찮은데……."

"나는 저들이 무사히 건너가는지 확인한 다음 건너갈 생각이다. 노를 저어라."

해적들의 얼굴에 난감함이 서렸다. 블러디 나이트가 배에 타지 않으면 작전을 수행할 수 없다. 보트에 탄 해적들이 갑판장을 쳐다보았다.

'종잡을 수 없는 놈이로군.'

암암리에 이를 갈아붙인 갑판장이 살짝 고개를 흔들었다. 보트를 뒤집지 말라는 신호였다. 블러디 나이트가 탑승하지 않았으니 보트를 뒤집을 수 없다.

갑판장의 얼굴에 체념의 빛이 서렸다.

'어쩔 수 없다. 잔챙이를 놓치더라도 블러디 나이트만 사로잡으면 된다.'

결국 보트는 알리시아와 용병들만 태우고 떠나갔다. 해적들이 열심히 노를 저어 보트를 몰고 갔다. 그동안 레온은 뱃전에 버티고 선 채 멀어지는 보트를 쳐다보았다.

보트는 오래지 않아 해변에 도착했다. 용병들이 먼저 바닷물로 뛰어들었다.

첨벙.

그들의 얼굴엔 기쁨이 역력했다. 오랫동안 배에 갇혀 있었기에 땅을 밟으니 정말 살 것 같았다. 이어 알리시아가 샤일라의 부축을 받고 육지로 올라갔다.

해적들이 뭐 씹은 표정으로 그들을 쳐다보았다. 블러디 나이트만 아니었다면 거금의 몸값을 받고 팔아넘길 수 있는 자들이다. 그런 자들을 이토록 허무하게 놓아 주어야 하다니……

해적들에 대한 감정이 좋지 않았던 트레비스가 이빨을 우두둑 갈아붙였다.

"이런 개자식들아! 땅 위에서 한 번 덤벼 보지 그래?"

해적들의 눈에서도 살광이 치솟았다. 그러나 경거망동할 수 없는 것이 그들의 입장이었다.

블러디 나이트가 빤히 쳐다보는 앞에서 저들에게 손을 쓸 수 없다.

"운이 좋은 놈들이로군. 다음에 보자."

해적들이 노를 저어 보트를 돌렸다. 보트가 다시 배 쪽으로 물살을 헤치며 나아갔다. 용병들은 해안가에 우두커니 서서 멀어져가는 보트와 정박해 있는 해적선을 번갈아 쳐다보았다.

보트는 금세 해적선에 도착했다.

갑판장이 손을 뻗어 보트로 내려가는 줄사다리를 가리켰다.

"자, 타시지요."

"그러지."

살짝 고개를 끄덕인 레온이 줄사다리를 타고 보트로 내려갔다. 그 모습을 본 해적들의 이마에 식은땀이 맺혔다. 상대가 그랜드 마스터이니 만큼 긴장하지 않을 도리가 없다.

'진정해야 해. 어차피 실패하더라도 큰 부담이 없다. 파도 때문에 뒤집힌 것이라 우기면 놈이 어찌 하겠는가?'

심호흡을 한 갑판장이 줄사다리를 타고 내려갔다. 갑판장 역시 수영이라면 누구에게도 뒤지지 않는다고 자부하는 몸이다. 이런 중요한 상황에서 빠질 수는 없었다.

"그대도 같이 갈 것인가?"

"중요한 분이신 만큼 제가 직접 모셔야지요."

살짝 고개를 끄덕인 갑판장이 해적들에게 손짓을 했다.

"노를 저어라. 해안으로 간다."

그때 레온이 손을 뻗어 만류했다.

"아니, 그럴 필요 없다."

"네? 무슨 말씀이신지……."

"여기서부터는 나 혼자 건너가겠다."

갑판장의 눈이 커졌다. 여기서 무슨 수로 혼자 건너간단 말인가? 해적들이 의아해 하는 사이 레온이 머뭇거림 없이 보트에서 뛰어내렸다.

첨벙.

해적들의 눈이 경악으로 물들었다. 도저히 믿을 수 없는 일이 벌어진 것이다.

"세, 세상에……."

블러디 나이트는 두터워 보이는 중갑주를 걸치고 있다. 그런 차림으로 물로 뛰어든다면 물보라와 함께 가라앉아야 정상이다.

하지만 그들의 상식으로 도저히 믿을 수 없는 일이 벌어지고 있었다.

파파파팟—!

놀랍게도 블러디 나이트는 물 위를 달렸다. 물보라를 자욱하게 뿜어내며 수면 위를 질주하는 것이다. 해적들이 입을 딱벌린 채 그 모습을 쳐다보았다.

갑판장이 믿어지지 않는다는 눈빛으로 고개를 절레절레 흔들었다.

"세, 세상에! 저게 인간인가? 물 위를 달리다니……."

레온은 한껏 내공을 끌어올려 신법을 펼치고 있었다. 그는 지금 등평도수를 시전하고 있었다. 신법으로 몸을 최대한 가볍게 만든 뒤, 내공을 발끝에 폭발시켜 그 반발력을 이용해 물 위를 달리는 기법.

물론 등평도수는 아무나 할 수 있는 기법이 아니다. 몸을 물위로 띄우기 위해서는 엄청난 양의 마나가 필요한 법이다. 그러나 레온은 인간의 한계를 벗어난 초인. 이 정도 거리라면 충분히 등평도수를 시전할 수 있다.

물 위를 달리는 레온의 입가에는 옅은 미소가 떠올라 있었다. 이미 그는 해적들이 꾸민 계략을 눈치챈 상태였다.

갑판장의 반응이 수상쩍다고 생각하고 은밀히 뒤를 밟은 끝에 그들의 대화를 모조리 엿들은 레온이었다. 그러니 호락호락 넘어갈 리가 없었다.

'얄팍한 수작이야. 역시 목숨보다 보물을 아끼는 해적다워. 그러나 너희들의 계획을 내가 몰랐다고 하더라도 통하진 않았을 것이다.'

레온은 물속에서 오랫동안 버틸 수 있다. 보통사람의 몇 배에 달하는 시간 동안 숨을 쉬지 않고 참을 수 있다는 뜻이다.

해적들이 제아무리 수공에 능하더라도 결국 보통사람일 뿐이다. 그런 레온이 곤란에 처할 까닭이 없는 것이다.

그의 눈가에 싸늘한 빛이 스쳐지나갔다.

"예전의 나였다면 너희들을 가만히 내버려 두지 않았을 것이다. 하지만 이번은 너그럽게 넘어가도록 하겠다. 보물을 죄다 빼앗긴 그 심정을 익히 이해하니 말이다."

레온의 품속에는 해적들이 피땀 흘려 모은 보물이 가득 들어 있는 마법 주머니가 있었다. 그 돈이면 아무런 걱정 없이 아르카디아를 여행할 수 있을 터였다.

해변의 용병들 역시 입을 딱 벌린 채 레온을 지켜보고 있었다.

"세, 세상에! 물 위를 걸을 수 있다니……."

"초인은 역시 초인이로군."

그들이 눈을 크게 뜨고 지켜보는 사이 레온이 뭍으로 올라왔다.

"어, 어서 오십시오."

용병들의 환대를 받으며 대지에 땅을 디딘 레온이 뒤를 돌아보았다.

해적들은 낙심한 표정으로 보트를 끌어올리고 있었다. 보물을 되찾는 것을 완전히 포기한 모양이었다.

'어차피 죄 없는 상선으로부터 빼앗은 보물. 내가 유용하게 잘 쓰도록 하겠다.'

고개를 돌린 레온의 시선이 알리시아와 마주쳤다. 이미 그들은 이후의 계획을 논의해 놓은 상태였다.

일단 용병들을 고용해 북부의 루첸버그 교국으로 가기로 합의해 놓은 상태. 하지만 블러디 나이트의 신분으로 갈 수는 없다.

용병 러프넥으로 변신해 우연을 가장해서 만나는 것이 그들이 세운 계획이었다. 그러려면 지금 떠나야 한다.

그때 샤일라가 다가와서 말을 걸었다.

"정말 대단해요. 물 위를 달릴 수 있다니…….'

레온의 고개가 무심코 그녀에게로 돌아갔다. 샤일라가 살짝 눈웃음을 쳤다.

"절 안은 상태로 다시 한 번 물 위를 달려주시겠어요? 부탁이에요."

레온은 들은 척도 하지 않고 리더인 맥스를 쳐다보았다.

"이로써 계약이 모두 끝났다. 나는 이만 갈 길을 가도록 하겠다."

"네? 네."

맥스가 얼떨떨한 표정으로 대답한 순간, 레온이 몸을 돌렸다. 그의 몸이 빛처럼 빠르게 질주하기 시작했다. 샤일라가 급히 부르짖었지만 레온은 일절 신경 쓰지 않았다.

"이, 이봐요. 한 번만요? 정말로 물 위를 달려보고 싶다고요."

그러나 레온의 몸은 금세 그들의 시야에서 사라졌다. 눈 깜짝할 사이에 언덕을 넘어가 버린 것이다.

샤일라가 분기를 참지 못해 씨근거렸다.

"흥. 더럽게 비싸게 구는군. 용병 따위하곤 어울리기 싫다이건가?"

화를 내는 그녀의 팔을 맥스가 잡아끌었다.

"그만하고 출발하도록 하지. 해적들이 추적해 올 우려가 있으니 가급적 빨리 이곳을 뜨는 게 좋아."

말을 마친 맥스가 알리시아를 쳐다보았다.

"함께 가시지요. 가까운 마을까지 모셔다 드리겠습니다."

알리시아가 살포시 미소 지으며 고개를 끄덕였다.

"그럼 부탁드리겠어요."

그들은 즉각 해변을 떠났다. 그러나 용병들은 알지 못했다. 떠난 줄 알았던 블러디 나이트가 그들 주위를 맴돌며 암암리에 살피고 있다는 사실을 말이다.

❖

그들은 쉬지 않고 걸었다. 머뭇거리다 해적들에게 다시 붙잡힐 경우 생사를 장담할 수 없기 때문이다. 그들은 결국 해변이 보이지 않는 곳까지 이동하고 나서야 안도의 한숨을 내쉴 수 있었다.

"이 정도면 해적들도 쫓아오지 못하겠지?"

쟉센이 얼굴에 질펀하게 흘러내리는 땀을 훔쳐내며 맥스를 쳐다보았다.

"그런데 대장. 우린 이제 어떻게 해야 하지?"

맥스의 표정도 그다지 밝지 않았다. 그들의 수중에 돈이 한 푼도 없었기 때문이다.

얼마 되지 않던 여비는 죄다 해적들에게 빼앗겼다. 당장 한 끼의 끼니도 해결할 돈이 없으니 난감할 수밖에 없었다.

'고민이로군.'

맥스가 이맛살을 찌푸리며 대원들을 쳐다보았다. 그들의 옷은 하나같이 남루했다. 해적들에게 붙잡히는 과정에서 갈가리 찢어진데다 여기저기 핏자국까지 묻어 있었다. 겉으로 보기에는 거지 패거리나 다름없었다.

맥스가 느릿하게 머리를 흔들었다.

'우선 돈을 좀 마련해야겠군.'

머릿속으로 생각을 정리한 맥스가 입을 열었다.

"일단 가장 가까운 마을로 간다. 막일이라도 해서 옷을 장만한 뒤 길드에 가서 일거리를 찾도록 하자."

용병들은 별 이견 없이 고개를 끄덕였다. 그런데 샤일라가 여기서 또 초를 쳤다.

"그런데 블러디 나이트 정말 너무하지 않아요? 불침번으로 고용해 이틀 동안 부려먹고도 대금을 하나도 안 치르다니…… 그 돈만 있었어도 이렇게 어렵진 않을 텐데."

맥스가 어처구니없다는 듯 머리를 절레절레 흔들었다.

"멍청한 소리 하지 마. 우리들을 구해준 것만 해도 충분히 대금을 치르고 남은 거야. 지금은 그렇게 배부른 소리 할 때가 아니야. 자자 일어서라. 서둘러 인근 마을로 가야 하니까……."

용병들이 툴툴거리며 몸을 일으켰다. 그 사이 알리시아에게로 다가간 맥스가 조심스러운 태도로 말을 걸었다.

"혹시 돈 가지신 것 있습니까?"

돈을 빌려서 대원들의 주린 배를 채워주려는 심산이었다. 그러나 알리시아는 어두운 표정으로 머리를 흔들었다.

"해적들에게 다 빼앗겼는데 제게 무슨 돈이 있겠어요."

"아, 알겠습니다."

어깨를 축 늘어뜨린 용병들이 터덜터덜 걸음을 옮겼다. 그 뒤를 알리시아가 말없이 뒤따랐다.

마을은 그곳에서 제법 멀리 떨어져 있었다. 용병들의 얼굴에는 피로가 역력했다. 배도 고팠고 목도 말랐다. 수옥에 갇혀 있던 후유증이 아직까지 회복되지 않아 몸 상태가 말이 아니었다.

트레비스가 이마의 땀을 닦아내며 오만상을 찌푸렸다.

"이런 몸으로 막일을 할 수나 있을까요?"

"그래도 어떻게 하겠어. 당장 목에 풀칠이라도 하려면."

마을에 가까워져서 그런지 지나다니던 사람들이 심심찮게 눈에 띄었다. 그들은 마치 거지를 보는 듯한 눈빛으로 일행을 쳐다보았다.

하나같이 남루한 옷에 피가 까맣게 말라붙어 있으니 그럴 수밖에 없었다. 특히 샤일라는 로브가 갈가리 찢어져 속살이 훤히 드러나 보였다. 해적들에게 겁탈당하는 과정에서 찢어진 것이다. 해적선에 여자가 입을 만한 옷이 있을 턱이 없었기에 그녀는 찢어진 로브를 그대로 입어야 했다.

그나마 알리시아의 차림새가 가장 봐 줄만 했지만 지저분한 것은 마찬가지였다. 노골적으로 쳐다보는 사람을 향해 트레비스가 눈을 부라렸다.

"뭘 보는 거야? 사람 처음 봐."

상인으로 보이는 중년인이 찔끔하며 시선을 돌렸다. 거지 차림새였지만 하나같이 병장기를 착용하고 있는 자들이다.

괜히 시비가 붙어봐야 좋을 것이 없었다. 일행은 인상을 쓰며 사람들의 시선을 외면했다.

그때 어디선가 큼지막한 음성이 울려 퍼졌다.

"아니 레베카님?"

그 말에 용병들이 깜짝 놀라 고개를 돌렸다. 함께 가는 귀족 여인의 이름 정돈 알고 있었기 때문이었다.

장대한 체구의 사내 하나가 눈을 크게 뜨고 이쪽을 쳐다보고 있었다. 좍센과 거의 맞먹을 정도의 거구였다.

먼지투성이의 가죽갑옷을 걸쳤고 등에는 큼지막한 배틀엑스를 메고 있었다. 묵직해 보이는 메이스가 두 자루나 허리춤에 매달려 있었다.

맥스의 뒤에서 뾰쪽한 음성이 울려 퍼졌다.

"러프넥님? 어떻게 여길?"

용병들은 놀란 눈으로 덩치와 알리시아를 번갈아 쳐다보았다. 눈치를 보니 둘이 잘 아는 사이 같았다.

물론 나타난 자는 레온이었다. 은밀하게 일행의 뒤를 따르다 마을에 가까워지자 모습을 드러낸 것이다.

우연을 가장한 만남으로 꾸며야 하기 때문에 그들은 철저히 각본을 짜 놓은 상태였다.

레온은 즉시 알리시아가 사전에 준비한 각본에 따라 연기를 시작했다.

"아니 어떻게 되신 겁니까? 해적들에게 납치되신 분이 여긴 어떻게? 그리고 이자들은 도대체 누구입니까?"

알리시아가 차분히 대답했다.

"해적선에서 극적으로 탈출했어요. 이분들은 저와 함께 잡혀 있던 분들이죠."

그 말을 들은 레온이 감탄사를 토했다. 그의 연기실력은 이미 수준급에 올라 있었다.

"정말 운이 좋으셨군요. 그토록 잔인한 해적들의 손아귀에서 벗어나시다니……."

"운이 좋긴 정말 좋았죠. 그런데 러프넥님은 어떻게 이곳에……."

레온이 차분한 태도로 대사를 읊었다.

"레베카님께서 납치되신 뒤 저는 자작님을 만나러 갔습니다. 해적들이 몸값을 흥정하기 위해 사람을 보낼 테니까요."

"사람이 왔었나요?"

"네, 해적들은 레베카님의 몸값으로 오천 골드를 요구했습니다."

그 말을 들은 용병들의 눈이 커졌다. 아무리 귀족의 영애라지만, 상식을 벗어나는 금액이었기 때문이었다.

'세상에⋯⋯.'

'해적들이 기를 쓰고 귀족들을 납치하려는 이유를 알겠군.'

그들의 귓전으로 알리시아의 태연한 음성이 흘러들어갔다.

"아버지라면 의당 몸값을 지불했겠군요. 아깝네요, 전 이미 풀려났는데 말이에요."

"자작님은 몸값을 지불하지 않으셨습니다."

그 말에 놀란 듯 알리시아가 눈을 크게 떴다.

"그게 정말인가요?"

"자작님께서는 해적들을 믿을 수 없다고 하시며 저에게 오천 골드를 주셨습니다. 알리시아님이 풀려나는 것을 직접 확인한 뒤 지불하라고 하셨습니다. 그래서 해적들과의 약속 장소로 이동하던 중이었습니다. 그런데 이곳에서 레베카님을 만나게 되다니 놀랍군요."

알리시아가 침착한 태도로 말을 이었다.

"이제 해적들과의 약속 장소로 가실 필요 없어요. 이미 탈출했으니까요."

"의당 그래야지요."

말을 마친 레온이 엄숙한 표정을 지었다.

"이제부터 제가 모시겠습니다. 앞으로는 일절 레베카님 곁을 떠나지 않겠습니다. 제가 있었다면 해적들이 감히 레베카님을 납치하지 못했을 것입니다."

"알겠어요."

말을 마친 알리시아가 용병들에게 레온을 소개했다.

"이분은 항상 절 보호해 주시는 가드 러프넥님이에요. A급 용병으로 우리 가문과 장기 계약을 맺었지요."

그 말에 용병들이 모두 놀란 얼굴로 레온을 쳐다보았다. 아무리 봐도 서른 전후로밖에 보이지 않는 자가 A급이라니 놀라지 않을 도리가 없다.

그들 중에서 A급은 단 한 명도 없었다. 맥스가 B급이었고 쟉센과 트레비스는 모조리 C급 용병들이었다. 샤일라는 급수를 매길 수조차 없는 실력이다.

맥스가 놀란 눈으로 손을 내밀었다.

"놀랍군. A급이라면 충분히 자작 영애님을 경호할 수 있지. 반갑소. 맥스라 불러주시오."

"러프넥이오."

"혹시 어느 지방에서 자격을 취득했는지 알 수 있겠소?"

맥스의 질문에는 묘한 저의가 깔려 있었다. 사실 A급이라고 다 같은 급수는 아니었다. 어디에서 A급으로 인정받았나에 따라 차별이 있다.

용병길드에서 매기는 기준은 절대적인 것이 아니다. 어떤 지방에서 A급으로 인정받은 용병도 다른 지방에선 B급으로 치부되는 경우도 있었다. 그 때문에 맥스가 질문을 한 것이다. 그러나 레온의 대답을 들은 맥스의 표정이 더욱 심각해졌다.

"레르디나 용병길드에서 심사를 보았소. 렌달 국가연방 출신이라 말이오."

레르디나 용병길드는 심사를 까다롭게 하기로 유명한 곳이었다. 그곳에서 A급으로 평가받았다면 의심할 여지없는 진짜였다.

맥스가 진심으로 감탄했다.

"그 나이에 정말 대단하오. 보아하니 메이스를 쓰는 것 같은데……."

레온이 머쓱한 표정으로 머리를 흔들었다. A급이라는 말에 용병들이 이토록 감탄할 줄은 미처 몰랐다. 그는 맥스를 A급 용병으로 알고 있었다.

알리시아가 재빨리 끼어들었다.

"이럴 게 아니라 어디 가서 식사나 해요. 몹시 시장한 것 같은데."

그 말에 용병들의 얼굴이 환해졌다. 알리시아가 그들을 쳐다보며 미소를 지었다.

"음식뿐만 아니라 옷도 좀 사드려야 할 것 같군요. 러프넥 님이 오셨으니 돈 걱정은 하지 않으셔도 되요. 절 이곳까지 보호해 주셨으니 그 정도는 해드려야죠."

맥스가 머쓱한 표정으로 대답했다.

"그러면 염치 불구하고 신세를 지겠습니다."

VII

용병을 고용해
루첸버그 교국으로

　그들은 지체 없이 마을 안으로 들어갔다. 사람들의 시선도 더 이상 신경에 거슬리지 않았다. 마을의 입구 부근에는 여행자들을 위한 여관 겸 식당이 있기 마련이다.

　일행은 그중 한 곳으로 들어갔다. 그들이 입고 있는 지저분한 옷을 보고 점원이 인상을 찌푸렸지만 상관하지 않았다.

　"제가 다 살 테니 드시고 싶은 만큼 시키세요."

　알리시아의 말에 용병들은 즐거운 얼굴로 있는 대로 음식을 시켰다. 아르카디아 전역을 돌아다녀 본 용병들이라 저렴하면서도 맛있는 음식이 어떤 것인지 잘 알고 있었다.

　곧 식탁 위에 음식이 풍성하게 차려졌다. 용병들은 바빠 손을 놀리며 배를 채우기 시작했다.

와구와구.

정신없이 음식을 집어먹는 용병들을 힐끔 쳐다본 레온과 알리시아의 시선이 마주쳤다.

해적선에서 내리기 전 선장실에서 정찬을 차려먹었기 때문에 그들은 그다지 배가 고프지 않았다. 지금부터 그들은 용병들을 끌어들이기 위한 또 한 편의 연극을 시작해야 했다.

먼저 입을 연 쪽은 레온이었다.

"타르디니아로 돌아가실 것입니까?"

알리시아가 느릿하게 고개를 흔들었다.

"아직까지 돌아가고픈 마음이 없군요."

"해적들에게 납치되어 마음고생이 심하셨을 텐데……."

알리시아가 빙긋 웃으며 탁자 위의 와인을 한 모금 마셨다.

"그래도 여행을 더 하고 싶어요. 바다는 실컷 봤으니 이제는 추운 곳으로 가보고 싶어요. 북부로 말이에요. 러프넥님도 따라가실 거죠?"

레온이 머뭇거림 없이 고개를 끄덕였다.

"물론입니다. 명색이 가드인데 레이첼님께서 가시는 곳은 어디든 가야지요. 북부라면 카토 왕국을 말씀하시는 것입니까?"

그 말에 알리시아가 고개를 흔들었다.

"더 북쪽으로 가보고 싶어요. 일전에 듣기로 카토 왕국 북단에 루첸버그 교국이란 곳이 있다고 들었어요.”

그 말이 떨어지자 정신없이 음식을 먹던 용병들이 귀를 쫑긋 세웠다. 이번 청부를 끝낸 뒤 그곳으로 가려했던 그들이 아니던가? 그러니 관심을 가지지 않을 도리가 없다.

레온이 걱정스러운 표정으로 말했다.

“하지만 그곳으로 가려면 용병을 더 구해야 할 것입니다. 길잡이도 있어야 하구요. 저는 지금껏 북부로 가본 적이 한 번도 없습니다.”

“뭐 필요하면 고용하면 되잖아요? 해적들에게 지불할 몸값이 굳었으니 여비는 충분할 테죠?”

레온이 어쩔 수 없다는 듯 고개를 끄덕였다.

“그러시다면 어쩔 수 없죠. 용병길드에 한 번 들러보겠습니다.”

그 말이 끝나는 순간, 요란한 소리가 울려 퍼졌다.

콰당탕!

쟉센이 급히 몸을 일으키려다 뒤로 나동그라진 것이다. 오만상을 찌푸리며 몸을 일으킨 쟉센이 뭐라고 말을 했다. 그러나 입 속에 음식이 가득 들어 있어서 무슨 소린지 알 수 없었다.

“지그 욱브 카토와구······.”

“지금 뭐라고 하신 거죠?”

그 말에 대답한 것은 맥스였다. 음식물을 씹지도 않고 꿀꺽 삼킨 맥스가 정색을 하고 알리시아를 쳐다보았다.

"호, 혹시 루첸버그 교국으로 가실 계획이십니까?"

"네, 그래요. 예전부터 베르하젤 교단의 성지라 불리는 곳을 한 번 가보고 싶었어요."

맥스가 거두절미하고 내심을 털어놓았다.

"그러시다면 저희들을 고용하십시오. 특별히 저렴한 가격에 모시겠습니다."

"하지만 그곳 길을 잘 아는 길잡이가 있어야……."

쟉센이 걱정하지 말라는 듯 가슴을 탕탕 쳤다.

"지리에 대해서는 염려하지 마십시오. 제가 그곳 태생입니다. 안 그래도 이번 임무를 마치고 그곳으로…… 읍, 읍."

분위기 파악을 못한 쟉센이 모든 사실을 털어놓으려는 순간 트레비스가 달려들어 그의 입을 막았다.

애초부터 그곳으로 갈 계획이었다는 사실을 저들이 알게 되면 청부금이 깎일 우려가 있다. 비로소 상황을 알아차린 쟉센이 입을 닫았다. 샤일라가 한심하다는 눈빛으로 쟉센을 노려보았다.

'저런 뇌까지 근육으로 되어 있는 멍청이.'

지금껏 그들의 청부금 협상은 항상 트레비스가 해왔다. 이재에 가장 해박하기 때문이다. 이번에도 맥스 대신 트레비스가 나섰다.

"루첸버그 교국은 정말로 먼 곳입니다. 그런데 경호 임무를 편도로 하실 생각입니까? 아니면 왕복으로 하시겠습니까?"

"일단은 편도로 해 두죠. 그곳에 가서 얼마나 머무를지 모르니까요."

"편도로 하면 의뢰비가 조금 비싸집니다. 그곳은 하도 외진 곳이라서 돌아오는 임무를 맡지 못할 가능성이 높아지니까요."

조금이라도 청부금을 더 받기 위해 트레비스가 침을 튀기며 열변을 토했다.

"루첸버그 교국은 매우 위험한 곳입니다. 곳곳에 사람 잡아먹는 아이스 트롤과 몬스터들이 즐비하지요. 다시 말해 저희들도 목숨을 걸어야 한다는 뜻입니다."

그 말을 듣던 알리시아의 얼굴에 슬며시 미소가 떠올랐다. 이미 저들이 루첸버그 교국으로 갈 것이란 사실을 아는 상황이라 우스울 수밖에 없었다. 조금이라도 돈을 더 받기 위한 트레비스의 노력이 가상하기까지 했다.

그의 열변을 듣고 있던 알리시아가 이윽고 머리를 흔들었다.

"그래서 얼마를 원한다는 거죠? 금액을 말씀해 보세요."

트레비스가 재빨리 머리를 굴렸다. 에누리할 것을 감안해서 그는 비교적 넉넉히 금액을 불렀다.

"일인당 백 골드씩은 주셔야 합니다. 물론 숙식은 고용주께서 제공하시는 것이 원칙이지요."

알리시아는 두말없이 수락했다.

"그렇게 하죠. 그럼 계약서를 체결하도록 할까요?"

그 말에 트레비스의 눈이 커졌다. 군소리 없이 승낙할 줄 미처 몰랐던 것이다.

'젠장, 조금 더 부를 걸 그랬나?'

머리를 굴린 트레비스가 침을 꿀꺽 삼켰다.

"그런데 추가경비가 조금 들 것 같습니다. 준비물이……."

그때 맥스가 손을 뻗어 트레비스의 팔을 잡았다. 그러지 말라는 듯 머리를 살짝 흔든 맥스가 알리시아를 쳐다보았다.

"후한 가격으로 저희들을 고용해 주셔서 감사드립니다. 그곳까지 최선을 다해 호위할 것을 약속드립니다."

그가 품속에서 계약서를 꺼냈다. 흥정은 트레비스가 맡아왔지만 계약은 전적으로 리더인 그의 몫이었다. 그는 그 자리에서 계약서를 작성했다. 맥스가 나지막한 목소리로 계약서 내용을 읽으며 재확인했다.

"저희 맥스 용병단은 루첸버그 교국까지 스텔론 자작가의 레베카 영애님을 호위하며 그 대가로 일인당 백 골드씩, 도합 사백 골드에 계약을 체결합니다. 혹시 계약서에 이상한 부분은 없습니까?"

"없어요. 그럼 이로써 계약이 성립되었어요. 앞으로 잘 부탁드려요."

"성심껏 모시겠습니다."

용병들은 식사를 거의 끝낸 상태였다.

식탁 위를 가득 채운 음식들은 온데간데없이 사라지고 빈 접시만 어지럽게 나뒹굴고 있었다. 식사를 마친 것을 본 알리시아가 레온을 쳐다보았다.

"계약금을 드려야겠군요. 러프넥님, 저들에게 계약금으로 백 골드를 지불하세요. 그리고 여분으로 이백 골드만 더 준비해 주시겠어요?"

레온이 잠자코 품속에서 돈을 꺼냈다. 해적들에게 강탈한 마법 주머니에 들어 있던 금화였다. 용병들은 그 사실을 꿈에도 알지 못할 터였다.

"따로 드린 이백 골드로 마차를 한 대 준비하세요. 여유 있게 탈 수 있는 큰 마차로 고르셔야 해요. 그리고 여행에 필요한 물품도 넉넉히 장만하세요. 그러고도 돈이 남으면 옷을 한 벌씩 사 입으세요."

용병들이 입을 딱 벌렸다. 알리시아가 이렇게 손이 클 줄은 미처 예상하지 못했다.

"아, 알겠습니다. 걱정하지 마십시오."

용병들의 표정은 밝은 편이었다. 북부까지 편하게 마차를 타고 가게 되었으니 기쁘지 않을 수가 없다.

특히 샤일라가 무척 좋아했다. 해적들에게 당한 여파가 아직까지 남아 있던 그녀였기에 마차가 반가울 수밖에 없다.

리더인 맥스가 조용히 몸을 일으켰다.

"그럼 다녀오겠습니다."

"저희는 이곳에서 쉬고 있을게요."

살짝 고개를 끄덕인 용병들이 하나 둘 몸을 일으켰다. 그들이 나가는 것을 본 알리시아의 입가에 미소가 서렸다. 통상적으로 용병들은 각 지역의 사정에 해박한 법이다.

저들이 간다면 자신들이 가는 것보다도 월등히 저렴한 가격에 마차를 구해올 것이 틀림없었다.

알리시아의 예상대로 용병들은 쓸 만한 마차를 싼 가격에 구해왔다. 마차를 보니 단단히 발품을 판 기색이 역력했다. 4마리의 말이 끄는 마차였는데, 말들이 하나같이 기운차 보였다.

"마차와 말 값으로 도합 백이십 골드가 들었습니다. 마차 뒤에는 여행용 물품을 가득 사서 실어두었습니다. 그리고 10골드로 일행들 옷을 샀습니다. 여기 거스름돈이 있습니다."

거스름돈 70골드를 받아든 알리시아가 묘한 표정을 지었다. 사실 그녀와 레온이 갔다면 이백 골드로도 모자랐을 터였다.

레온은 세상물정을 전혀 몰랐고, 그녀는 귀족차림새를 하고 있었기 때문에 바가지를 쓸 가능성이 높다.

'생각보다 고지식한 사람이로군.'

옆에 서 있는 트레비스의 얼굴이 그리 좋지 못한 것을 보니

아무래도 거스름돈을 속이려고 한 것 같았다.

그러나 고지식한 맥스가 그렇게 하지 못하도록 막은 것이 틀림없었다. 그녀가 쓴웃음을 지으며 돈을 주머니에 넣었다.

"수고 하셨어요. 그럼 여기서 하루 쉰 뒤 길을 떠나기로 해요."

"알겠습니다."

일행은 다음날 길을 떠났다. 목적지는 카토 왕국 너머 루첸버그 교국이다. 각지의 사정에 밝은 용병들이 동행했기에 그들의 여정은 더없이 순탄할 터였다.

VIII
크로센 제국의 음모

아르카디아에서 초인이란 존재는 현대전에서 핵폭탄에 맞먹는 비밀병기이다. 혼자서도 수십 명의 소드 마스터를 상대할 수 있으며, 특히 마법사에게 압도적인 위력을 발휘할 수 있기 때문이다.

그랜드 마스터 특유의 비기는 마법사들에게 거의 치명적인 기술이다. 상대로 하여금 마나역류를 불러 일으켜 마법사의 마나홀에 엄청난 타격을 가할 수 있다.

이 사실은 평범한 마법사나 길드 소속 마법사들에게만 밝혀지지 않았을 뿐, 왕국 소속 마법사들은 어느 정도 알고 있었다.

보유한 초인을 이용해 여러 가지 실험을 해 보았기 때문이다.

초인은 그 존재 자체만으로도 엄청난 전쟁억지력을 가진다. 천군만마를 뚫고 들어가 적 사령관의 목을 베어 올 수 있으며, 적국의 왕궁에 침입해 국왕의 목숨을 위협할 수도 있다.

초인을 막기 위해서는 같은 초인을 동원해야만 한다. 그럴 수 없다면 초인이 찾을 수 없는 곳으로 꼭꼭 숨어 버리는 수밖에 없다.

그런 탓에 아르카디아의 왕국들은 기를 쓰고 초인을 휘하에 거두려 한다. 그러나 그것은 정말로 지난한 일이었다. 일단 초인의 경지에 오를 수 있는 최고의 마나연공법이 필요하다.

그러나 그런 수준의 마나연공법을 보유한 국가는 아르카디아 전체를 통틀어 몇 되지 않는다. 그리고 마나연공법을 보유했다고 해서 문제가 끝나는 것은 아니다.

수백 명의 기사들을 뒷바라지해 줄 수 있는 재력이 필요하다. 그야말로 천문학적인 자금이 소요되는 것이다.

그러나 그것으로 모든 문제가 해결되는 것 또한 아니다. 소드 마스터가 초인의 경지에 오를 수 있는 확률은 지극히 희박하다. 그 때문에 수많은 왕국들이 국력을 기울여가며 돈을 쏟아 부어도 정작 목적을 이루는 경우는 극소수에 불과하다.

그런 맥락에서 생각해 보면, 여러 왕국에서 블러디 나이트에게 그토록 공을 들이는 이유도 충분히 이해가 갔다. 최고 수준의 마나연공법을 구하고 또 수백 명의 기사들을 뒷바라지해 주어도 초인을 확보할 수 있는 확률은 여전히 희박하다.

게다가 어지간한 왕국에서는 그 정도조차 투자할 만한 여력이 없다. 그러나 블러디 나이트를 거두는 것은 사정이 다르다. 공만 들이면 성공 여부가 눈에 보이는 것이다.

일단 그는 실력이 확실하게 입증된 그랜드 마스터이다. 정면 대결로 오스티아의 월카스트 공작을 꺾은 것으로 그것을 입증했다. 그런 만큼 각 왕국에서는 블러디 나이트를 포섭하기 위해 혈안이 되어 있었다.

그 대가로 왕실의 여인과 부유한 영지는 기본이었다. 그야말로 돈을 아끼지 않고 블러디 나이트를 자기편으로 만들려 하는 것이다.

그러나 그것 역시 만만치 않은 일임에는 틀림없었다. 일단 블러디 나이트와 접촉조차 할 수 없으니 말이다.

아르카디아 유일의 제국 크로센 제국에서도 역시 블러디 나이트에 눈독을 들이고 있었다. 그러나 그들의 목적은 다른 왕국과는 사뭇 달랐다.

다른 왕국에서 블러디 나이트 자체에 관심을 갖고 있는 반면, 그들은 블러디 나이트가 익힌 마나연공법을 탐내고 있었다. 제국의 정보국장 드류모어 후작이 리빙스턴을 찾은 이유는 바로 그 때문이었다.

아르카디아 대륙의 종주국답게 크로센 제국에는 세 명의 초인이 존재하고 있다. 그중 한 명이 바로 리빙스턴 후작이었다. 제국은 보유한 그랜드 마스터들에게 최고의 대우를 해 주고 있다.

리빙스턴 역시 공주를 아내로 맞아 후작의 작위를 하사받았다. 드넓은 영지에서 나오는 소작료를 바탕으로 수십 명의 고용인을 두었기 때문에 마음 편하게 수련에 몰두할 수 있다.

리빙스턴 후작은 전형적인 무인이었다. 권력이나 여색 따위에 전혀 관심을 두지 않고 자신의 인생을 송두리째 검술연마에만 바치는 검객. 그런 리빙스턴에게 드류모어 후작이 찾아와 방명첩을 내밀었다.

"정보국장이 도대체 무슨 일로 나를?"

찾아온 저의를 짐작할 수 없었기에 리빙스턴은 일단 드류모어 후작을 맞아들였다.

"어서 오시게. 정보국장."

"그동안 안녕하셨습니까? 전하."

드류모어 후작은 리빙스턴에게 깍듯하게 공대를 했다. 비록 같은 후작이지만 제국에서 차지하는 입지는 엄청나게 다르다.

제아무리 정보부를 책임지는 국장이라도 초인에게 견줄 수 없다. 그것을 알고 있었기에 리빙스턴 역시 아무런 거리낌 없이 반 하대를 했다.

"그런데 정보국장께서 나에게 무슨 볼 일이 있기에?"

사실 드류모어 후작은 귀족들에게 상당히 경원시되는 인물이다. 정보국의 책임자답게 모든 귀족들의 비밀과 비리를 깊이 알고 있다.

　게다가 귀족이 탄핵을 받으면 아무 거리낌 없이 잡아들여 고문을 가한다. 평상시 친분을 나누던 귀족이라도 눈썹 하나 까딱하지 않고 문초하기로 악명 높다.

　그러니 귀족들이 꺼려할 수밖에 없는 것이다. 그런 사실을 알고 있기에 리빙스턴 역시 마음 한구석이 꺼림칙했다.

　'혹시 저자에게 뭔가 꼬투리를 잡힌 게 있나?'

　그런 리빙스턴의 우려를 불식시키려는 듯 드류모어 후작이 손을 흔들었다.

　"후작님께 긴히 드릴 말이 있어서 찾아왔습니다."

　"무척 궁금하구려. 대관절 무슨 일이기에 바쁜 정보국장이 몸소 여길 찾았는지 말이오."

　드류모어 후작이 리빙스턴의 눈을 들여다보며 말을 이어나갔다.

　"혹시 블러디 나이트에 대해서 들어보셨습니까?"

　"물론이오. 요사이 아르카디아를 떠들썩하게 만드는 트루베니아 출신의 그랜드 마스터를 내가 모를 리가 없지 않소?"

　"바로 그 문제 때문에 후작님을 찾았습니다."

　드류모어 후작이 조용히 용건을 털어놓았다.

　"일전에 다크 나이츠 다섯 명을 파견해서 블러디 나이트를 공격한 일이 있습니다. 생포해서 블러디 나이트가 익힌 마나 연공법의 연원을 알아내기 위해서입니다."

"호! 그런 일이 있었소?"

리빙스턴의 눈동자는 흥미로 빛나고 있었다. 물론 그는 다크 나이츠에 대해 잘 알고 있었다.

비록 일회성이지만 순간적으로 그랜드 마스터의 위력을 발휘할 수 있는 다크 나이츠를 왜 모르겠는가? 그가 알기로 다크 나이츠는 실로 오랜만에 임무에 투입된 것이다.

"그래서 어떻게 되었소?"

"실패로 돌아갔습니다. 다크 나이츠들은 아무런 성과도 거두지 못하고 폐인이 되어 귀환했습니다."

리빙스턴의 얼굴에는 놀란 빛이 역력했다. 그렇다면 블러디 나이트가 초인 다섯 명을 상대할 정도로 강하다는 말인가?

"믿기 힘들구려. 다크 나이츠 다섯이라면……."

물론 리빙스턴은 다크 나이츠 다섯을 상대로 이길 수 있다고 자부한다. 그것은 다크 나이츠의 비밀을 알고 있기에 가능한 것이었다.

정면대결을 피해 철저히 시간을 끈다면 다크 나이츠는 결국 무너질 수밖에 없다. 애초에 생명력을 불살라 한정된 시간 동안 능력을 발휘하는 자들이 아닌가? 그러나 그 비밀을 모르는 사람은 다크 나이츠의 공격을 막아낼 수 없다.

'그렇다면 블러디 나이트가 그 정도로 강하거나, 아니면 다

크 나이츠의 비밀을 알고 있다는 뜻인데.'

일단 첫 번째 가정은 가능성이 희박하다. 아르카디아와 크로센 제국에서 가장 강한 초인도 그 정도까지 되지는 않는다. 두 번째 가정도 가능성이 낮기는 마찬가지였다.

트루베니아에서 건너온 블러디 나이트가 어찌 다크 나이츠의 비밀에 대해 알겠는가? 그러나 드류모어 후작은 머뭇거림 없이 두 번째 가정을 지목했다.

"그는 다크 나이츠의 비밀을 잘 알고 있었습니다. 처음부터 회피로 일관했고 철저히 정면대결을 피했습니다. 결국 다크 나이츠들은 힘을 모두 소진하고 무너졌지요."

"놀랍구려. 그가 어떻게?"

"정보부에서는 그가 과거 카심 용병단의 마나연공법을 익혔을 것이라 추정하고 있습니다."

그 말에 리빙스턴 후작의 눈이 커졌다. 그게 사실이라면 이건 보통 일이 아니었다.

카심 용병단으로부터 유래된 마나연공법은 현존하는 어떤 마나연공법보다도 효율성이 뛰어나다. 마나에 대한 친화력이 떨어지는 기사도 능히 오러를 쓸 수 있게 만들어 주며, 무엇보다도 놀라운 것은 그 성취속도였다.

다크 나이츠들이 마나를 쌓는 속도는 크로센 제국의 초인들도 혀를 내두르게 만들 정도였다. 문제는 1회성 기사가 된다는 점인데, 그것은 마나연공법이 애초부터 불완전하기 때문이다.

"그렇다면 정말 큰일이구려. 만약 블러디 나이트가 카심 용병단으로부터 유래된 마나연공법으로 초인의 경지에 올랐다면……."

리빙스턴 후작의 얼굴은 딱딱하게 굳어 있었다. 만약 추정이 사실이라면 블러디 나이트가 익힌 마나연공법은 완벽하다고 봐야 한다. 초인의 경지에 오른 것을 보니 틀림이 없어 보였다.

만약 그 마나연공법이 널리 퍼질 경우 트루베니아에 제2, 제3의 블러디 나이트가 등장할 터. 그렇게 될 경우 트루베니아를 오랫동안 식민지로 유지하려는 크로센 제국의 계획에 크나큰 차질이 빚어질 것이다.

리빙스턴 후작이 굳은 표정으로 입을 열었다.

"블러디 나이트를 반드시 생포해야겠군. 제국의 미래를 위해서는 말이야."

그 말을 들은 드류모어가 빙그레 미소를 지었다. 자신이 방문한 저의를 바로 파악하니 구태여 입 아프게 설명할 필요가 없다.

"제가 리빙스턴 후작님을 찾은 것은 바로 그 때문입니다. 저희들은 이미 한 번 실패를 했습니다. 그로 인해 블러디 나이트가 본국에 대해 경각심을 가졌을 것입니다."

"두 번째는 확실하게 준비를 해서 추진해야겠구려."

"그래야지요. 어떠한 일이 있어도 블러디 나이트를 생포해 그가 익힌 마나연공법을 빼내야 합니다."

묵묵히 고개를 끄덕이던 리빙스턴이 정색을 했다.

"나를 찾아온 것은 블러디 나이트를 잡는데 나서 달라는 뜻이겠구려?"

드류모어 후작이 머뭇거림 없이 고개를 끄덕였다.

"바로 그렇습니다. 후작님께서 나서 주셔야 블러디 나이트를 잡을 수 있을 것 같습니다."

"생각해 온 방법을 한 번 털어놔 보시오."

드류모어가 조용히 계획을 털어놓았다.

"일단 블러디 나이트는 아르카디아의 초인들을 꺾기 위해 건너왔습니다. 그러므로 각지에 산재한 초인들을 찾아다니며 도전할 것입니다."

"그것은 나도 알고 있소. 이미 오스티아의 윌카스트가 패했다는 소문을 들었소."

"네, 사실입니다. 정황을 보니 블러디 나이트는 반드시 본국을 찾을 것입니다. 본국에는 후작님을 비롯해 세 명의 그랜드 마스터가 있기 때문이지요. 문제는 시기인데……."

드류모어의 요점은 간단했다. 다크 나이츠들이 공격한 것으로 인해 블러디 나이트는 틀림없이 크로센 제국에 경계심을 가지고 있을 것이다. 그렇다면 지극히 조심스러운 행보를 보일 것이다.

"아마도 본국의 그랜드 마스터들에겐 가장 나중에 도전할 가능성이 큽니다. 그렇게 되면 저희들로서는 상당히 곤란해집니다. 놈이 중간에 패하거나 아니면 다른 왕국에 포섭될 가능성이 있으니까요."

"그렇지. 그렇게 되면 곤란하지."

그 대목에서 드류모어가 눈을 빛냈다.

"그래서 계책을 짜냈습니다."

"무엇인지 말해보시오."

"놈을 함정으로 끌어들이는 것입니다. 아무래도 본국이 아닌 다른 장소에 함정을 파야겠지요. 그래야만 놈이 경계심을 갖지 않을 테니까요. 물론 거기에 리빙스턴 후작님의 도움이 절실히 필요합니다."

그 말에 리빙스턴이 씁쓸한 미소를 지었다.

"미끼가 되라는 뜻이로군. 블러디 나이트가 원하는 것은 그랜드 마스터와의 대결이니까."

"미끼라니, 당치도 않습니다. 전 그저……."

드류모어가 펄쩍 뛰었지만 리빙스턴은 신경 쓰지 않았다. 솔직히 말해 크로센 제국에서 그 정도로 한가한 그랜드 마스터는 오직 자신밖에 없다.

아르카디아 대륙 십대 초인 중 수좌이자 제국의 근위기사단장인 웰링턴 공작은 황궁을 떠날 수 없는 몸이다. 그 외 다른 한 명의 초인도 중대한 국가 직무를 맡아 몸을 뺄 수 없다. 다시 말해 자신만이 블러디 나이트를 꾀어낼 미끼 역할을 할 수 있는 것이다.

결정을 내렸는지 리빙스턴의 얼굴이 풀렸다. 국익을 위한 일이니만큼 주저할 이유가 없다.

"알겠소. 내가 나서리다. 그런데 장소는 어디로 정할 것이오?"

그럴 줄 알았다는 듯 드류모어가 반색했다.

'역시 조국에 대한 충성심만큼은 의심할 여지가 없는 분이로군.'

퍼뜩 얼굴빛을 고친 드류모어가 준비해온 계획을 설명했다.

"자유도시 로르베인입니다. 여행객들이 드나드는데 아무런 제약이 없으니 만큼 그곳이 최적의 장소일 것 같습니다."

자유도시 로르베인. 어떠한 왕국에도 소속되지 않은 도시국가이다. 아르카디아 대륙의 중심부에 위치해 있으며 대륙 물류의 상당량을 담당하는 교역도시이다.

그곳을 드나드는 데는 아무런 제약이 없다. 때문에 사고를 친 범죄자들이 가장 먼저 떠올리는 곳이기도 했다. 치외법권 지역이라 타국의 관리들이 들어가서 임무를 수행할 수 없다.

드류모어는 바로 그곳에 블러디 나이트를 사로잡을 함정을 파놓자고 했다.

"이미 왕실에서 허가가 떨어졌습니다. 후작님에 이어 다크 나이츠 열 명을 동원하기로 말입니다."

그 말에 리빙스턴의 입이 딱 벌어졌다.

"놀랍군. 다크 나이츠 열 명을 소모할 정도로 블러디 나이트의 비중을 높게 잡고 있다니⋯⋯."

다크 나이츠는 철저히 1회용이다. 엄청난 비용과 시간, 노력을 들여 키워내지만 단 한 번 임무에 투입된 뒤 쓸모없는 존재로 전락해 버린다.

그들의 여생을 책임져 주는 데에도 천문학적인 자금이 소요된다. 그런 만큼 지극히 신중하게 임무를 골라 맡겨야 한다.

그러나 드류모어 후작은 전혀 망설이지 않았다.

"이미 한 번의 실패를 겪었습니다. 실수를 두 번 되풀이할 수는 없지요."

중급에 랭크되는 초인 리빙스턴 후작에다 1회성 초인이라 할 수 있는 다크 나이츠 열 명이라면 블러디 나이트가 아니라 블러디 나이트 할아버지라도 무리 없이 사로잡을 수 있다. 물론 블러디 나이트가 함정에 빠져야 한다는 가정 하에서 내릴 수 있는 결론이지만⋯⋯.

리빙스턴 후작이 알았다는 듯 고개를 끄덕였다.

"알겠소. 정보국장께서 알아서 계획을 추진하시오. 본인은 그동안 자택에서 수련에 몰두하고 있겠소이다."

"알겠습니다. 준비가 되면 연락드리겠습니다."

소기의 목적을 달성한 탓인지 드류모어 후작의 얼굴빛은 유난히 밝았다.

여정은 평탄했다. 렌달 국가연방을 관통해, 치안이 탄탄한 왕국의 영토를 거쳐 북부로 올라가면 되니 말이다. 마차를 타고 이동하는 여행이라 더욱 안락했다.

마부석에서 말을 모는 것은 트레비스의 몫이었다. 이것저것 잡다한 일을 많이 해 보았기 때문에 마차를 모는 것도 능숙했다.

맥스는 트레비스의 옆에 앉아 매서운 눈초리로 주위를 감시했다. 그 옆에는 샤일라가 앉아 한가롭게 흐르는 정취를 감상했다.

쟉셴의 자리는 마차의 지붕이었다. 거대한 그레이트 소드를 품에 안은 채 흔들리는 마차에 몸을 내맡겼다. 레온과 알리시아는 마차 안에 함께 탔다.

그 상태는 꼬박 보름 동안 이어졌다. 식사를 할 때를 제외하면 거의 얼굴 맞댈 일이 없었다.

샤일라가 묘한 눈빛으로 마차의 창문을 쳐다보았다.

"도대체 안에서 뭐하기에 둘이 꼭 붙어 있을까요?"

맥스가 심드렁하게 대꾸했다.

"뭘 하건 간에 무슨 상관이냐. 우리야 어차피 호위 임무만 수행하면 되는데……."

"혹시 깊은 관계 아닐까요? 그렇지 않고서야 저렇게 붙어 있을 수는 없는데 말이에요."

마차를 몰던 트레비스가 음흉하게 웃으며 그 말을 맞받았다.

"하긴 러프넥이란 용병 녀석, 떡대가 장난 아니던데? 덩치가 쟉센보다도 더 크니 말이야. 그 정도면 자작 영애가 반할만하지 않을까?"

샤일라가 그게 아니라는 듯 머리를 흔들었다.

"멍청한 소리. 덩치가 좋다고 그것까지 크진 않은 법이야. 오히려 몸의 비율을 따져보면 작은 편이지. 바로 뒤에 산 증인이 있잖아?"

말을 마친 샤일라가 뒤를 돌아보았다. 마차 지붕에 앉아 있던 쟉센이 슬며시 시선을 외면했다. 분위기가 묘하게 돌아가자 맥스가 고함을 쳐서 주위를 환기시켰다.

"자, 자 그만하도록. 임무에 충실해야지."

"그나저나 정말 아까워요. 그랜드 마스터랑 자 볼 기회를 날려 버리다니 말이에요. 그런데 블러디 나이트는 도대체 어디로 갔을까요?"

그 말을 듣자 용병들의 얼굴이 벌겋게 상기되었다. 아르카디아를 떠들썩하게 만든 블러디 나이트와 며칠 동안 동행했다고 생각하니, 자신도 모르게 가슴이 벌렁거렸다.

아마 용병들 중에서 초인과 여행한 자는 오직 자신들이 유일할 터였다.

트레비스가 탄성을 내질렀다.

"정말 멋지긴 멋졌어. 그토록 거친 해적들을 단숨에 꼼짝도 못하게 제압하다니 말이야."

과묵한 맥스의 얼굴에도 열기가 번들거리고 있었다.

"어떻게 식민지인 트루베니아에서 그 정도로 강한 그랜드 마스터가 나왔을까?"

"아무튼 대단한 사람이야. 아르카디아의 초인들에게 당당히 도전장을 내밀다니 말이야."

그들은 마차 안의 덩치 큰 용병이 블러디 나이트란 사실을 꿈에도 짐작하지 못했다. 이런저런 잡담을 하던 그들의 관심이 러프넥에게로 쏠렸다.

트레비스가 미심쩍은 눈빛으로 마차를 힐끔거렸다.

"그런데 러프넥이라는 자가 정말로 A급일까요?"

그들의 의심은 정당했다. 그들이 보기에 레온은 결코 A급으로 보이지 않았다.

덩치는 당당하지만 전신에 상처가 하나도 없다. B급인 맥스도 전신에 온갖 상처를 새겨놓고 있는데 말이다. 게다가 손바닥에 굳은살도 박혀 있지 않다.

겉모습만 보면 갓 용병이 된 애송이에 다름 아니었다. 그런 그가 맥스보다 수준이 높은 상위 랭커라니…….

맥스 역시 의문점을 가지고 있었다.

"나도 좀 미심쩍다. 겉으로 보기엔 결코 A급 용병으로 보이지 않는데 말이야."

듣고 있던 샤일라가 불쑥 끼어들었다.

"혹시 속인 것 아닐까요? 질 나쁜 용병들이 흔히 신분패를 위조한다고 하던데……."

트레비스가 맞장구를 쳤다.

"맞아. 그럴 가능성이 높아. 귀족들은 용병을 고용하며 신분패를 거의 확인하지 않는다고 들었어. 자작 영애의 가드니까 속였을 가능성이 높지."

만약 상단이나 정규 용병대에 고용되었을 경우에는 결코 신분을 속일 수 없다. 전문가가 확실하게 신분패를 조사하기 때문이다.

하지만 귀족들은 통상적으로 신분을 면밀히 조사하지 않는 경향이 있다. 다시 말해 속일 여지가 존재하는 것이다.

맥스가 손을 들어 분쟁을 가라앉혔다.

"너무 비약하지 마라. 러프넥이란 용병이 A급이든 아니든 우리와는 상관없다. 어차피 따로 계약한 상황이니 말이다."

"그건 그렇지만……."

"쓸데없는 데 신경 쓸 시간 없다. 경호에나 몰두하자."

"알겠어요, 대장."

이후로도 여정은 평탄히 이어졌다. 그들은 꼬박 한 달 동안 여행하여 마침내 푸샨 산맥에 도착할 수 있었다. 그곳에서부터는 치안이 완벽히 유지된다고 볼 수 없는 지역이다. 해서 맥스가 마차 문을 두드렸다. 마차 안에서 청아한 음성이 흘러나왔다.

"무슨 일인가요?"

"임무 수행 때문에 잠시 논의할 일이 있습니다."

"들어오세요."

잠겨 있던 문이 열렸다. 맥스가 조심스럽게 마차 안으로 들어갔다. 그 순간 용병들의 시선이 일제히 마차 안으로 쏠렸다. 도대체 안에서 무얼 하기에 그토록 두문불출했는지 심히 궁금했기 때문이었다.

마차 안의 분위기는 지극히 평온했다. 자작 영애와 덩치 큰 가드는 탁자 앞에 지도를 펼쳐놓고 마주앉아 있었다. 의아했는지 샤일라가 눈을 크게 떴다.

'아무 일도 없네? 일을 벌였으면 내가 모를 리가 없을 텐데……'

마차 문은 금세 닫혔다.

차분히 마음을 가라앉힌 맥스가 입을 열었다.

"지금까지는 여행이 순탄했습니다. 치안이 완벽히 유지되는 지역을 지나왔기 때문입니다. 그러나 이제부턴 사정이 조금 다릅니다."

"어째서 그렇죠?"

맥스가 조용한 어조로 이유를 설명했다. 그들이 넘고자 하는 푸샨 산맥은 하라얀 왕국의 영토이다.

하라얀 왕국은 국토는 넓지만 인구가 채 이십만도 되지 않는 기형적인 국가였다. 영토 대부분이 험준한 산맥으로 이루어졌기 때문이다.

보유한 정규군이 채 삼만도 되지 않는 나라라서 광대한 영토의 치안을 유지할 능력이 없다. 그로 인해 푸샨 산맥은 아르카디아에서 몇 되지 않는 치안불안지역이 되어 버렸다. 도적들과 산적들이 창궐하는 위험천만한 곳이 되어 버린 것이다.

맥스가 거기에다 부연설명을 했다.

"하라얀 왕국은 푸샨 산맥에 전혀 병사를 파견하지 않습니다. 수도와 각 영지를 지키기에도 벅차니까요. 그래서 이곳을 지나다니는 상단은 자체적으로 용병을 고용해서 자신을 지켜야 합니다. 푸샨 산맥은 그 정도로 도적들이 많이 들끓는 곳입니다."

그 말을 들은 알리시아가 이해할 수 없었는지 눈을 크게 떴다.

"이해할 수 없군요. 상단들의 이동 경로로 쓰일 정도면 치안이 필수요건일 텐데……."

"유일한 통로가 아니라서 그렇습니다. 산맥을 빙 둘러 돌아가는 길이 또 있으니까요. 그 길은 치안이 확실하게 확립되어 있습니다. 일주일 가량 시간이 더 걸린다는 단점이 있지만 말입니다. 푸샨 산맥을 거쳐 가는 길은 보통 납기일에 쫓기는 상인이나 급한 사람들이 이용하지요."

말을 마친 맥스가 정색을 했다.

"어떤 길로 가시겠습니까? 돌아간다면 크게 문제될 것이 없습니다. 그러나 산맥을 타고 가시려면 반드시 다른 상단이나 집단과 합류해야 합니다."

그 말에 알리시아가 살짝 미간을 찌푸렸다.

"돌아가는 길이 일주일이나 더 걸린다고요?"

"그렇습니다. 중간에 배를 타고 호수를 건너야 하기 때문입니다. 드나드는 인원이 일정치 않다 보니 운이 나쁘면 며칠을 더 기다려야 할 수도 있습니다."

"산맥을 질러가는 길이 많이 위험한가요?"

그 말에 맥스가 살짝 뒷머리를 긁적거렸다.

"우리 일행만 갈 경우는 그렇습니다. 푸샨 산맥에 창궐하는 도적단은 보통 열 명 이상씩 움직이니까요. 그래서 이곳을 지나가는 사람들은 하루 이틀 기다렸다가 머릿수를 모아서 건너가곤 한답니다."

"일행을 구하기가 어려운가요?"

"그렇지 않습니다. 상단들은 거의 대부분 이 통로를 이용하니까요. 그들에겐 그것이 이득이지요. 시간엄수가 필수인데다, 화물을 배에 싣고 내리지 않아도 되니까요."

그 말을 들은 알리시아가 결정을 내렸다.

"그럼 산맥을 가로질러 가기로 해요. 맥스님이 알아서 합류할 만한 무리를 찾아보세요."

맥스가 그럴 줄 알았다는 듯 고개를 끄덕였다.

"알겠습니다. 고개를 넘어가면 조그마한 마을이 있습니다. 그곳에서 기다리면 반드시 지나가는 상단이 있을 것입니다."

보고를 마친 맥스가 깍듯이 예를 표한 뒤 마차를 나섰다.

덜컹.

문이 닫히는 것을 본 알리시아가 레온을 쳐다보았다.

"조금 위험하더라도 질러가는 것이 낫겠지요?"

그녀는 레온의 능력을 단단히 믿고 있었다. 인간의 한계를 벗어던진 초인이 함께 있는데 무엇이 두렵겠는가?

레온을 바라보는 알리시아의 얼굴에 별안간 홍조가 감돌았다.

"그나저나 저들이 우리 관계를 어떻게 볼지 두렵군요."

그 말을 들은 레온도 얼굴을 붉혔다. 범인보다 뛰어난 청력 때문에 그는 이미 밖의 용병들이 나눈 대화를 낱낱이 들은 상태였다.

알리시아의 예상대로 용병들은 그녀와 자신의 관계를 심각하게 의심하고 있었다. 그러나 어쩔 수 없는 노릇이다. 앞으로 해야 할 일을 논의하기 위해서는 꼭 붙어 있어야 하는 것이다.

물론 레온이 마나로 마차의 내부를 차단했기에 둘이 나누는 대화는 전혀 밖으로 새어나가지 않았다.

"신경 쓰지 마십시오. 어차피 루첸버그 교국에서 헤어질 자들입니다."

"그렇긴 해도……."

살며시 고개를 끄덕인 알리시아의 시선이 다시 지도로 향했다. 그들은 지금 루첸버그 교국에서 테오도르 공작을 어떻게 상대해야 할지를 의논하고 있었다.

맥스의 말대로 고개를 넘자 조그마한 마을이 모습을 드러냈다. 큼지막한 여관과 잡화상이 딸려 있는 마을이었다. 그런데 마을 앞에 일단의 무리들이 웅성거리고 있었다.

짐이 실린 수레가 스무 대가 넘는 대규모 상단이었다. 마차를 몰던 트레비스의 얼굴에 반색이 서렸다.

"잘 되었군요. 때마침 상단이 기다리고 있다니 말입니다."

"그렇군. 저들과 합류하면 굳이 마을에서 기다릴 필요가 없지. 내가 가보고 오겠다."

말을 마친 맥스가 마차에서 뛰어내렸다.

상단은 금방이라도 출발할 채비를 갖춘 상태였다. 저들이 떠나기 전에 합류해야 했기에 마음이 급할 수밖에 없다.

상단의 규모는 무척이나 컸다. 오십 명이 넘는 용병들이 수레를 호위하고 있었다. 그것을 본 맥스의 표정이 살짝 경직되었다.

'좋지 않군. 수레의 숫자에 비해 용병들이 너무 많아. 그렇

다면 귀중품을 나르고 있다는 것인데…….'

호위하는 용병이 많다는 것은 그만큼 습격 받을 가능성이 높다는 뜻이다. 세상에는 일확천금을 노리는 불나방들이 넘쳐나는 법이니까.

그러나 소규모 도적들이 지레 겁을 집어먹고 접근하지 않는다는 장점도 있다. 잠시 고민하던 맥스가 마차를 향해 걸음을 옮겼다.

맥스가 다가가자 호위하던 용병들이 바짝 긴장하며 병기 손잡이에 손을 가져갔다.

"무슨 일이오?"

맥스가 두 손을 펴서 악의가 없음을 밝혔다.

"혹시 푸샨 산맥을 넘어가는 상단이십니까?"

"그렇소만."

"저희는 자작 영애님의 호위를 맡은 용병들입니다. 실례가 되지 않는다면 같이 합류하여 산맥을 넘어갔으면 합니다."

그 말을 들은 용병이 맥스의 아래위를 훑어보았다.

"나를 따라오시오."

용병은 맥스를 상단의 호위책임자에게로 데리고 갔다. 대머리에 어깨가 떡 벌어진 장한 한 명이 용병들에게 명령을 내리고 있었다.

"그딴 마음 자세로 호위임무를 수행할 수 있겠나? 정신들 똑바로 차리라고……."

잇달아 용병들을 호령하던 호위책임자가 맥스를 보고 미간을 모았다.

이미 그는 상대의 용무를 어느 정도 짐작하고 있었다. 마을 입구에 서 있는 마차를 보니 상단과 합류하러 온 자가 틀림없으리라.

"합류를 원하시오?"

맥스가 묵묵히 고개를 끄덕였다.

"그렇습니다."

"그쪽 인원 구성이 어떻게 되오?"

"저희들은 지금 자작 영애님을 호위하여 루첸버그 교국으로 가고 있습니다. 일단 인원구성은 B급 용병인 저와 각각 C급인 용병 두 명, 그리고 마법사 한 명이 있습니다."

"마법사? 몇 서클이오."

그러나 맥스의 대답을 들은 호위책임자는 어처구니가 없다는 듯 실소를 지었다.

"2서클이라면 마법사라고 할 수도 없지. 인원이 그 뿐이오?"

"아닙니다. 자작 영애님의 가드가 A급이라고 들었습니다. 물론 확인해 보지는 않았습니다."

"A급?"

호위책임자의 눈이 커졌다. A급 용병이라면 어디에 내놔도 제몫을 할 수 있는 일류다. A급 용병 한 명이 가세한다면 산맥을 넘어가기가 보다 더 수월할 터였다.

그러나 호위책임자는 맥스의 말을 곧이곧대로 믿지 않았다. 신분패를 위조하여 상급 행세를 하는 질 나쁜 용병이 적지 않았기 때문이었다.

"모두 신분패를 지참하고 이곳으로 오시오. 확인과정을 거쳐야 하니 말이오."

"알겠습니다."

잠시 후 마차를 호위하던 용병들이 모두 이곳으로 왔다. 맥스를 필두로 트레비스, 쟉센이 각자 신분패를 들고 호위책임자 앞에 섰다. 2서클 마법사를 전력으로 치지도 않았기에 샤일라는 오지 않았다.

"자 그럼 신분패를 보여주시오."

그 말에 맥스가 품속에서 신분패를 꺼내 내밀었다. 호위책임자가 꼼꼼하게 신분패를 살폈다.

그 어떤 위조 신분패라도 용병계에서 잔뼈가 굵은 자신의 눈을 속일 수 없다. 호위책임자는 그 사실을 철석같이 믿고 있었다.

"흠. 카오슈 용병길드에서 발급받았다면 실력을 의심하지 않아도 되겠군. 좋소, 신분이 확인되었소."

그는 이어 트레비스와 쟉센의 신분패도 확인했다. 마지막으로 검사한 쟉센의 신분패를 돌려준 호위책임자가 눈매를 가늘게 좁혔다.

"그런데 A급이라는 가드는 왜 안 오는 거요?"

"그는 지금 자작 영애님을 호위하는 중이라……. 아! 저기 나오는 군요. 바로 저 사람입니다."

때마침 레온이 마차 문을 열고 밖으로 나왔다. 맥스가 손가락을 뻗어 레온을 가리켰다. 레온의 모습을 본 호위책임자가 인상을 썼다.

"저자가 A급이라고 했소?"

"네, 그렇게 들었습니다."

"혹시 신분패 확인을 했소?"

그 말에 맥스가 느릿하게 고개를 가로저었다.

"저희와는 별도로 고용된 용병이라 신분패를 확인할 수 없었습니다. 단지 자작 영애로부터 그렇게 소개받았기에……."

호위책임자가 단호한 목소리로 단정했다.

"저자는 하늘이 뒤집혀도 A급이 아니오. 단지 A급으로 사칭한 자일뿐이오. 세상에 몸이 저토록 깨끗한 A급 용병이 어디 있나? 귀족가에서 제대로 신분확인도 안 거치고 저자를 고용했나 보군."

호위책임자는 자신의 안목을 확신하고 있었다. 그런 자신의 안목에 견주어 볼 때 마차에서 나온 덩치 큰 용병은 결코 A급이 아니었다.

우선 근육의 발달 정도가 달랐다. 꽤나 우람한 체격이지만 결코 수련을 통해 단련된 근육이 아니다.

호위책임자는 날카로운 눈빛으로 사실을 하나하나 지목해 나갔다.

"저 체구는 타고난 것이오. 단련한 흔적이 거의 보이지 않소. 그리고 사용하는 병장기도 어처구니없기는 마찬가지요. 등에 멘 그레이트 엑스는 척 봐도 장식용으로 멘 것이 분명하며, 허리에 찬 메이스도 마찬가지요. 세상에 길이가 다른 메이스를 쓰는 용병이 어디 있소? 메이스 두 자루를 쌍수무기로 쓰는 용병도 거의 없는 판국인데."

환골탈태에 대한 지식이 없기에 나온 평가였다. 말을 마친 호위책임자가 머리를 가로저었다.

"우리와 합류하려면 최소한 오십 골드를 지불해야 하오. 그래야만 일행으로 받아들일 수 있소."

그 말에 맥스가 입술을 깨물었다. 이것은 전적으로 자신들의 힘이 약하기에 나온 결과였다. 만약 자신들의 전력이 보탬이 된다고 생각했다면 상단에서는 오히려 사례금을 지불해가며 합류를 요청했을 것이다.

전혀 도움이 안 된다고 생각하기에 오십 골드라는 거금을 요구한 것이다. 물론 맥스의 입장에선 결코 받아들일 수 없는 금액이다.

"깎아주실 수는 없습니까?"

"단 일 쿠퍼도 깎아줄 수 없소. 합류하고 싶거든 오십 골드를 가지고 오시오."

맥스가 힘없이 어깨를 늘어뜨렸다.

"그만한 돈을 지불할 여력이 되지 않는군요."

"그렇다면 결론이 난 것이지. 따로따로 산맥을 넘어가는 거요."

묵묵히 듣고 있던 트레비스가 입을 열었다.

"그렇다면 뒤에서 따라가겠습니다. 합류가 안 되니 그렇게라도 해야지요. 그렇게 해도 되겠습니까?"

호위책임자의 무심한 시선이 트레비스에게로 향했다.

"원한다면 그렇게 하시오. 대신 산적들의 습격을 당하더라도 일절 도움을 기대하진 마시오."

말을 마친 호위책임자가 휘적휘적 걸음을 옮겼다. 그 모습을 뭐 씹은 표정으로 지켜보던 용병들이 어깨를 축 늘어뜨린 채 몸을 돌렸다.

마차로 돌아온 맥스가 즉각 경과보고를 했다. 사실을 전해 들은 알리시아가 눈을 크게 떴다.

"합류하는 것과 뒤를 따라가는 것이 어떻게 다르죠?"

"상당히 큰 차이가 있습니다. 합류하는 것은 곧 상단을 호위하는 용병들로부터 보호받을 수 있다는 것입니다. 그래서 오십 골드라는 거금을 요구한 것이지요."

"그럼 뒤를 따라가는 것은요?"

맥스가 침울한 표정으로 대답했다.

"말 그대로 따라가기만 하는 것입니다. 그럴 경우 산적들이 습격해도 일절 도와주지 않지요. 산적들도 그 사실을 잘 알고 있습니다. 거리낌 없이 습격할 가능성이 높기 때문에 위험부담이 클 수밖에 없지요."

"매정하군요. 습격당하는 것을 보면서도 도와주지 않다니……."

"상단의 호위가 우선이기 때문입니다. 합류하지 않은 무리를 도와줄 이유는 어디에도 없는 것이지요."

말을 마친 맥스가 정색을 했다.

"아무래도 좀 기다렸다가 다른 상단과 동행하는 것이 나을 것 같습니다."

그러나 알리시아는 맥스의 제안을 받아들이지 않았다.

"그냥 따라가기로 해요. 이곳에서 무작정 기다리고 싶지 않네요."

그것은 전적으로 레온의 능력을 신뢰하기에 내릴 수 있는 결정이다.

초인이 호위하는데 무엇이 겁나겠는가? 머뭇거리던 맥스가 고개를 끄덕였다. 어차피 그에겐 고용주의 명에 따를 의무가 있었다.

"알겠습니다. 그렇게 하겠습니다."

밖으로 나온 맥스가 휘하 용병들에게 고용주의 결정을 알려

주었다. 일행의 얼굴에는 실망의 빛이 역력했다.

자존심이 상해가면서까지 상단의 꽁무니를 따르기가 내키지 않았던 것이다. 그러나 그들로서는 어쩔 수 없는 노릇.

"고용주가 요구하는 데 어쩌겠습니까?"

트레비스가 조심스럽게 마차를 몰았다. 때마침 상단이 출발했기에 마차가 느린 속도로 상단을 뒤따르기 시작했다.

⚜

뒤따르는 마차를 보자 상단의 호위책임자 베네스의 입가에 조소가 맺혔다.

'밸도 없는 작자들이로군.'

그토록 무안을 주었으면 하루 이틀 더 기다렸다가 다른 상단과 합류해야 했을 터였다. 그런데도 뒤를 따르다니…….

'저런 것들은 전혀 도움이 안 돼. 오히려 습격이 있을 경우 거추장스럽기만 하지.'

산적들의 기습에 맞서 싸우려면 가장 먼저 손발이 맞아야 한다. 다른 소속의 용병들이 섞여 있을 경우 혼란에 빠질 가능성이 높다.

게다가 도적들의 끄나풀일 가능성도 염두에 두어야 한다. 베네스는 바로 그 때문에 오십 골드라는 무리한 금액을 요구한 것이다. 다시 말해 빠져 달라는 의미의 요구인 것이다.

현재 상단을 호위하는 용병들은 전부 한 용병단 소속이었다. 중부에서 제법 이름을 날리는 스콜피온 용병단의 단원들. 베네스는 잠자코 계약 내용을 살펴보았다.

수레에 실린 물품은 아르카디아에서 열 손가락 안에 드는 타나리스 상단의 물품이었다. 상당히 고가의 물품이었기에 스콜피온 용병단에서도 세심하게 신경 써서 인원구성을 했다. 쉽사리 보기 힘든 A급 용병을 여덟 명이나 포함시킨 것이다. 그렇게 한 데는 이유가 있었다.

수레에 실린 물품의 가치는 상상을 초월했다. 베른 산맥에서 캐낸 미스릴이 스무 대의 수레에 분산되어 실려 있었다. 타나리스 상단은 비싼 값을 주고 사들인 미스릴을 카토 왕국에 보내어 제련할 생각이었다.

카토 왕국의 장인들이 미스릴을 가장 잘 다룬다고 정평이 나 있었기 때문이다. 그 사실을 떠올린 베네스의 얼굴이 살짝 경직되었다.

'문제는 소문이 퍼졌을지도 모른다는 점이지.'

타나리스 상단에서는 이번 운송을 특급대외비에 붙였다. 그러나 워낙 고가의 물품이다 보니 비밀이 새어나갔을 가능성도 없지 않다.

노무자나 사무직원의 입을 통해 도적단에게 정보가 새어나가지 않았다고 단정할 순 없다. 그래서 타나리스 상단에서는 평소의 두 배에 달하는 의뢰비를 지불했고 그 보답으로 스콜피온 용병단에서 여덟 명의 A급 용병을 포함시켰다.

스콜피온 용병단 전체를 통틀어 A급 용병이 고작 열다섯 명에 불과하다는 사실을 감안하면 실로 엄청난 전력을 투입했다고 볼 수 있다.

'반드시 이번 호위를 성공리에 끝내야 할 텐데 말이야.'

이미 베네스의 머릿속에서 뒤따르는 마차의 존재는 씻은 듯 사라진 상태였다.

'그런데 과연 이 길로 가는 것이 바람직한 선택일까?'

굳이 안전하게 돌아가는 길을 마다하고 위험한 푸샨 산맥을 통과하는 것은 도적들의 의표를 찌르기 위함이었다. 만약 정보가 새어나갔다면 도적들은 틀림없이 안전한 길에 매복해 있을 것이다.

비록 치안이 유지되는 지역이라고 하나 미스릴에 정신이 팔린 도적들은 위험부담을 감수할 것이다. 게다가 돌아가는 길은 배를 이용해 호수를 건너야 한다.

짐을 옮겨 싣는 과정에서 문제가 발생할 수도 있기 때문에 베네스는 일부러 이 길을 택했다. 호위하는 전력이 도적단을 압도할 수 있다고 자부하기 때문이다.

'A급 용병 여덟 명이라면 도적단 따윌 걱정할 필요는 없지.'

생각에 잠겨 있으면서도 베네스의 날카로운 시선은 연신 주변을 살피고 있었다.

IX
푸샨 산맥에서의 혈투

가파른 비탈길을 스무 대의 수레가 힘겹게 올랐다. 수레에 타고 있던 상인들이 초조한 눈빛으로 주위를 두리번거렸다.

오십 명의 용병들이 바짝 긴장한 채 수레를 호위했다. 그런데 먼 곳에서 수레를 쳐다보는 몇 쌍의 눈동자가 있었다.

"역시 예상대로군."

40대 중반의 텁수룩하게 수염을 기른 중년인의 입가에 미소가 그려졌다. 타나리스 상단의 수레가 자신이 짐작했던 경로로 왔기 때문이었다.

그의 이름은 마벨. 푸샨 산맥을 주름잡는 도적단 중 하나의 단장이었다. 그의 도적단은 푸샨 산맥을 주 무대로 삼아 지나가는 상단을 털어먹고 사는 도적들 중 가장 규모가 큰 도적단이었다.

수레를 쳐다보는 그의 눈동자에는 탐욕이 서려 있었다.

'저것만 털면 더 이상 도적질을 하지 않아도 된다. 평생 떵떵거리며 먹고 살 수 있는 것이지.'

그의 옆에는 비슷한 차림새를 한 사내들이 초조하게 서 있었다. 모두들 푸샨 산맥을 주 무대로 활동하는 도적단의 단장들이었다.

평상시에는 소 닭 보듯 거의 서로 왕래하지 않는 도적단의 단장들이 한곳에 모인 것이다. 그중 얼굴에 길게 칼자국이 난 사내가 입을 열었다.

"어떻소? 부하들이 매복해 있는 낌새를 눈치채진 않았을 테지?"

그 말에 마벨이 걱정 말라는 듯 머리를 흔들었다.

"염려 마시오. 졸개들은 숨소리도 내지 않고 매복해 있소."

푸샨 산맥의 도적단들은 대부분 열다섯에서 스무 명 정도로 구성되어 있다.

규모가 그 이상 될 경우 토벌대의 추격을 받을 수 있기 때문에 일부러 몸집을 불리지 않는 것이다. 그러나 지금 이 자리에는 여섯 개의 도적단이 있었다. 하나의 목표를 위해 도적단이 힘을 합친 것이다.

마벨이 충혈된 눈으로 멀리 보이는 수레의 대열을 지켜보았다.

'여섯 개 도적단이 힘을 합친 덕분에 백삼십 명의 인원을 긁어모을 수 있었다. 하지만 상단의 호위대에는 A급 용병이 여덟이나 있어. 원래대로라면 손도 못 댔을 테지만……'

A급 용병의 힘은 상상을 초월한다. 죽을 고비를 무수히 넘기고 자신만의 경지를 닦은 A급 용병은 혼자서도 네, 다섯 명의 도적을 너끈히 상대한다. B급 용병도 두, 세 명 정도는 상대할 수 있다.

반면 도적들은 먹고 살 길이 없거나 큰 죄를 지어 이 바닥에 뛰어든 자들이 대부분이다.

그런 자들이 체계적인 검술을 익혔을 리가 없다. 산술적으로는 50 대 130의 싸움이지만, 실제로 붙는다면 이길 수 있는 가능성은 희박하다. 정예병과 오합지졸의 차이인 것이다.

게다가 저들은 한 용병단 소속의 용병들이다. 조직적으로 싸우는 집단전에 능한 만큼 붙어봐야 십중팔구 패할 것이 틀림없다. 그 사실은 옆에 있는 도적단의 두목들도 잘 알고 있었다.

'하지만 이번만은 사정이 달라. 충분히 용병들을 쓸어버리고 미스릴을 손에 넣을 수 있다.'

마벨의 자신감은 단 한 사람으로 인해 기인한 것이었다. 한쪽 구석에 앉아 묵묵히 검을 닦는 검은 머리의 사내.

그가 가세한다면 거의 희생을 내지 않고 용병들을 쓸어버릴 수 있다.

마벨이 지극히 조심스러운 태도로 사내에게 다가가 말을 걸었다.

"제로스님. 상단의 대열이 함정 근처로 접근했습니다."

그 말에 제로스라 불린 사내가 슬며시 고개를 들었다. 순간 마벨은 소름이 오싹 끼치는 것을 느꼈다. 상대는 시선이 마주치는 것만으로도 섬뜩함을 안겨주는 존재였다.

도적단을 운영하면서 적지 않게 사람을 죽여 본 마벨도 간이 콩알만하게 쪼그라드는 것을 느껴야 했다.

그럴 수밖에 없는 것이, 상대는 그 정도로 악명이 높은 자였다. 제로스라면 아르카디아에서 모르는 사람이 없었다.

그때, 지극히 얇은 입술을 비집고 음산한 음성어 흘러나왔다.

"준비가 되면 불러라."

"아, 알겠습니다."

제로스에게 붙여진 닉네임은 피의 학살자였다. 피와 죽음을 찬미하며 손에 걸리는 인간을 갈기갈기 찢어버리는 것이 유일한 취미인 자이다. 이미 그의 몸에는 천문학적인 현상금이 걸려 있었다.

원래 제로스는 검의 궁극을 추구하는 기사였다. 정규 기사단에 소속되어 장래가 확실하게 보장된 국가적인 재원이었다.

적어도 오 년 이내에 소드 마스터가 될 것이 분명했기에 소속 국가는 그에게 엄청난 후원을 해 주었다. 하지만 그가 살검 (殺劍)에 물들게 될 줄은 아무도 몰랐다.

친선대련 중 그는 실수로 동료 기사를 죽였다. 그리고 그 경험은 그에게 엄청난 희열과 환희를 가져다주었다.

예리한 검이 살을 뚫고 들어가는 느낌, 찬연하게 뿜어지는 핏줄기, 검을 통해 전해지는 상대방 몸의 경련까지 그를 전율하게 했다.

그 이후 제로스는 완전히 살인의 쾌락에 빠져 들어갔다. 눈에 띄는 모든 자가 대상이었다. 제로스를 섬기던 수련기사의 목이 은밀히 잘렸다.

그를 시중들던 하녀의 심장이 도려내어졌다. 심지어 길을 가다 골목길에서 마주친 사람의 허리를 끊은 적도 있었다. 살인을 하면 할수록 제로스는 갈증을 느꼈다. 그럴수록 헤어날 수 없을 정도로 살육에 빠져 들어가는 것이다.

제로스의 살해 행각은 오래지 않아 발각되었다. 죽이는 데만 급급했을 뿐 증거인멸을 완벽하게 하지 못한 것이다. 그를 체포하기 위해 기사들이 대거 출동했다.

그런데 놀랍게도 제로스는 투입된 기사 다섯 명을 모조리 죽이고 빠져나갔다. 제로스는 이미 살검에 빠져들어 소드 마스터의 경지에 오른 것이다.

깜짝 놀란 당국에서 추격대를 대거 구성해서 보냈지만 소용

없었다.

추격대는 가는 족족 제로스의 검에 목숨을 잃었다. 그것도 전신이 갈기갈기 난도질당한 끔찍한 모습으로……

시간이 흐를수록 제로스의 범행 대상은 아르카디아 전역으로 뻗어나갔다.

무수한 사람들이 피의 제물이 되었다. 급기야 귀족들까지 그의 검에 사지가 잘려나가고 목이 잘렸다. 그렇게 되자 강대국들이 끼어들었다. 그들은 여러 명의 마스터를 파견해 제로스를 척살하려 했다.

비록 살검에 의지해 마스터의 반열에 들었지만, 다수의 합공에 버틸 순 없는 노릇.

제로스는 급기야 음지로 숨어들었다. 그 와중에도 제로스의 취미는 여전했다.

암흑가의 행동대장으로, 혹은 투기장의 검투사로 전전하며 살육에 흠뻑 심취했다. 종국에는 음지에서도 제로스를 경원시하기 시작했다.

마음에 들지 않는다는 이유로 암흑가 보스의 목을 베고, 투기장 주인의 사지를 잘라내니 누가 두려워하지 않을 것인가?

그렇게 해서 제로스는 더 이상 음지에서조차 발을 붙이지 못하고 사라졌다.

그런 자가 이곳에 와 있는 것이다.

제로스를 쳐다보는 마벨의 눈이 긴장감으로 젖었다.

'정말 천운이었어. 제로스를 끌어들일 수 있었던 것이 말이야.'

도적단은 나름대로의 정보망을 가지고 있다. 도둑길드가 바로 그것이었다.

마벨은 타나리스 상단이 미스릴을 카토 왕국으로 옮긴다는 정보를 도둑길드를 통해 들었다. 원래대로라면 타나리스 상단은 감히 손을 댈 수 없는 먹잇감이다.

A급 여덟이 포함된 50명의 용병들은 푸샨 산맥의 일개 도적단이 감히 침을 흘릴 수 없는 전력이기 때문이다. 바로 그때 눈이 번쩍 뜨이는 소식이 전해졌다.

제로스가 푸샨 산맥 인근에 머물고 있다는 정보가 들어온 것이다.

마벨은 즉시 제로스를 찾아갔다.

"혹시 상단을 터실 생각이 없으십니까? 성공하기만 하면 평생을 걱정 없이 지낼 수 있습니다."

자초지종을 털어놓자 제로스는 싸늘한 눈을 빛내며 승낙했다.

"좋다. 어차피 난 살육이 목적이니까. 용병들은 모두 내가 죽여주겠다. 상인들과 일꾼들의 목숨 역시 마찬가지다."

서로의 목적이 부합되었기 때문에 그 자리에서 계약이 맺어졌다. 어차피 입을 막기 위해서는 일꾼과 상인들도 모조리 죽여야 한다.

목격자가 생겨나면 안 되기 때문이다. 그런 상황에서 제로스가 모조리 죽여준다고 하니 마벨이 굳이 마다 할 이유가 없었다.

"대신 충분히 부하들을 동원하여 포위망을 쳐라. 단 한 명도 도망치지 못하게 말이다. 그리고 미스릴을 처분한 대금의 절반은 내가 가져간다."

예상했던 조건이었기에 마벨은 흔쾌히 승낙했다.

"알겠습니다. 그렇게 하겠습니다."

제로스를 포섭하는 데 성공하자 마벨은 인근의 도적단을 더 끌어들이기로 마음먹었다.

자신의 몫으로 떨어질 파이가 적어지겠지만 그만큼 성공할 가능성이 높아지기 때문이다.

목격자를 내지 않기 위해서는 사람을 더 모아야 한다. 때문에 마벨은 안면이 있는 다른 도적단을 찾아갔다.

"미쳤소? A급이 포함된 50명의 용병들이 호위하는 상단을 털다니, 도대체 말이나 되는 소리요?"

얘기를 들은 도적단 두목들은 처음에는 펄쩍 뛰었다. 그러나 그들의 고민은 길지 않았다. 모른 척 무시하기에는 떨어지는 대가가 너무도 어마어마했다.

또한 막강한 아군이 있지 않은가? 제로스가 합류한다는 이야기를 들은 도적단 두목들은 오래 망설이지 않고 참가를 결정했다.

그렇게 해서 6개의 도적단이 연합했고, 백삼십 명의 도적들이 이곳에 모일 수 있었다.

지난 일을 떠올려 본 마벨이 침을 꿀꺽 삼켰다.

'이제부터 시작이로군.'

그때 망을 보던 수하가 신호를 해왔다. 상단이 함정을 지나쳤다는 신호였다. 가까이 다가간 마벨이 직접 상단의 행렬을 주시했다.

"흠. 함정을 발동시켜도 되겠군. 그런데 뒤에서 따라가는 저 마차는 뭐지?"

마벨은 금세 마차의 정체를 알아차렸다. 합류를 거부당한 자들이 뒤따르는 것이니 만큼 걱정할 필요가 전혀 없어 보였다. 그것 자체가 전력이 대단치 않다는 증거이니 말이다.

"좋다. 함정을 발동시켜라."

마벨의 명이 떨어지는 순간 우지끈거리는 소리가 사방에서 울려 퍼졌다. 이미 도적들이 대거 동원되어 나무를 벌목해 놓은 상태였다.

지렛대를 대고 힘껏 밀어붙이니 나무가 버티지 못하고 쓰러졌다. 한두 그루가 아니었기 때문에 타나리스 상단이 지나온 길이 금세 막혀 버렸다.

우지끈 쾅—!

먼지가 자욱하게 일어났다. 수십 그루의 나무들이 모로 쓰러지며 수레가 지나온 길을 완전히 막아 버렸다. 도주로가 확실하게 차단당한 것이다.

그 사이로 병장기를 움켜쥔 도적들이 하나 둘씩 모습을 드러냈다.

⚜

뜻밖의 사태가 벌어졌지만 용병들의 대응은 신속했다. 수레를 중심으로 질서정연하게 포진하며 방패를 곧추세웠다. 상인들과 짐꾼들은 모두 수레 밑으로 기어들어갔다.

호위책임자 베네스가 목청껏 고함을 질렀다.

"모두 화살 공격에 대비해."

그러나 화살은 날아오지 않았다. 수레를 끄는 말이 다치는 것은 도적들도 원하지 않았다. 만약 말이 죽는다면 도적들이 직접 물건을 옮겨야 하기 때문이다.

자욱하게 일어난 먼지 구름을 뚫고 일단의 무리가 모습을 드러냈다.

마벨을 필두로 한 도적들이었다. 백여 명이 넘는 도적들이 병장기를 움켜쥐고 이쪽을 노려보고 있었다. 그 모습을 본 베네스가 차가운 미소를 지었다.

"감히 스콜피온 용병단이 호위하는 상단을 노리다니, 간이 배 밖으로 나온 놈들이로군."

바짝 긴장했던 베네스의 얼굴이 다소 풀렸다. 그리 염려하지 않아도 될 상황이란 것을 깨달은 것이다. 상대는 고작해야 백 명이 조금 넘는 도적들이다.

'그래도 모르는 일이니 만전을 기해야겠군.'

베네스가 눈을 가늘게 뜨고 도적들을 유심히 살폈다. 잠시 후 그의 입술을 비집고 비릿한 음성이 흘러나왔다.

"죄다 삼류들이로군. 욕심에 눈이 먼 불나방들이었어."

이미 베네스는 자세만 봐도 상대의 수준을 알 수 있는 안목을 가지고 있다. 병장기를 든 엉성한 자세와 흔들리는 눈빛을 보니, 상대는 별 볼일 없는 삼류 도적들이었다.

저런 자들이라면 백 명이 아니라 이백 명이 몰려와도 막아낼 자신이 있다.

베네스가 앞으로 나서며 목청껏 고함을 질렀다.

"감히 그 전력으로 스콜피온 용병단을 공격하려 하다니…… 지금이라도 물러나면 추격하지 않겠다. 원한다면 성의표시도 할 수 있다."

베네스의 입장에서는 구태여 싸울 필요가 없다. 상단의 호위가 목적이니만큼 베네스는 얼마간의 돈을 쥐어주고서라도 싸움을 피하려 했다.

싸움이 벌어져 용병들이 죽거나 다치는 것보다 그게 훨씬 이익이었다. 그러나 도적들은 쉽사리 물러서지 않았다.

마벨이 앞으로 나서며 괴소를 터뜨렸다.

"흐흐흐. 그토록 쉽게 물러날 것이었다면 왜 한나절 동안 나무를 베었겠는가?"

"물러날 수 없다는 뜻인가?"

"두 말 하면 잔소리. 미스릴을 모조리 내놓는다면 목숨만은 살려주마."

물론 마벨에게는 그러고 싶은 생각이 전혀 없었다. 저들의 목숨은 엄연히 제로스의 것이다. 그 말을 들은 베네스가 어처구니없어 했다.

"미쳤군. 죽고 싶어 아예 환장을 한 놈들이야."

더 이상 대화는 무의미했다. 이제는 한바탕 싸움을 각오해야 할 상황이었다.

베네스가 노련하게 병력을 배치했다. 그는 용병 다섯을 제외한 나머지를 모두 투입할 작정이었다.

'전력을 집중시켜 일거에 승부를 결해야 한다. 도적들에게 최대한 공포를 안겨주어 도망치게 해야 아군의 피해가 줄어든다.'

그는 실력 있는 용병들을 모두 전방에 배치했다. 선봉에는 A급 용병들이 섰다.

그들이 도적들의 진형을 흔들어놓은 뒤 다른 용병들이 뒤를 받친다면 두 배가 넘는 도적들도 어렵지 않게 물리칠 수 있다.

용병들이 질서정연하게 움직이자 도적들도 대응할 채비를 갖추었다.

하지만 그들의 움직임은 용병들과 판이하게 달랐다. 동료에게 밀려 쓰러지는 자도 있었고, 심지어 병장기를 놓치는 이도 있었다.

쨍그렁.

그 모습을 본 용병들의 눈에 비웃음이 서렸다. 저런 도적들을 상대로 싸움에서 진다는 것은 한마디로 스콜피온 용병단의 수치였다.

서로의 전력 차이는 제삼자가 봐도 명확했다. 용병들은 하나같이 윤기가 반들반들 흐르는 가죽 갑옷을 걸쳤다.

강철로 된 어깨보호대, 튼튼해 보이는 흉갑은 기본이었다. 병장기도 잘 관리되어 날카롭게 빛났다. 반면 도적들 대부분은 다 떨어진 넝마를 걸치고 있었다.

시뻘겋게 녹슨 검을 든 도적도 있었다. 간혹 가다 중간 두령들만이 노획한 방어구를 대충 걸쳤을 뿐이었다. 그 모습을 본 베네스는 승리를 확신했다.

'이미 승부는 결정 났다.'

중요한 것은 피해를 얼마나 줄이는 것인가이다. 그의 입술을 비집고 우렁찬 음성이 터져 나왔다.

"공격하라!"

베네스의 명령이 떨어지자 용병들이 성큼성큼 걸어 나갔다. 마흔다섯 명의 인원이 한 치의 오차도 없이 움직였다. 질서정연한 발소리가 우렁차게 울렸다.

쿵쿵쿵!

도적들 사이에서는 동요하는 기색이 역력했다. 겁에 질린 표정으로 뒷걸음질 치는 자들도 있었다. 그것을 본 용병들의 입가에 조소가 걸렸다. 이 정도 전력 차이는 숫자로도 메우지 못하는 것이다.

용병들이 다가오는 것을 본 마벨이 식은땀을 훔쳤다. 과연 명성이 자자한 스콜피온 용병단다웠다.

자신들만으론 죽었다 깨어나도 이길 수 없었다. 그의 고개가 슬며시 돌아갔다. 그곳에는 제로스가 무표정한 얼굴로 서 있었다.

"그, 그럼 부탁드립니다. 제로스님."

제로스는 아무런 말도 하지 않고 앞으로 쓱 나섰다. 흥분했는지 입 꼬리가 파르르 떨렸다. 살육을 앞두고 보이는 일종의 습관이었다.

그가 말없이 뒤를 돌아보았다. 마벨을 비롯한 도적들이 기대 어린 눈빛으로 그를 주시하고 있었다.

제로스가 암암리에 코웃음을 쳤다.

'어차피 네놈들도 제물에 불과하다.'

제로스는 도적들과 약속을 지킬 생각이 없었다. 도적들을 깡그리 죽여 버린다면 미스릴을 독차지할 수 있기 때문이다.

게다가 보너스로 살육에 대한 갈망도 채울 수 있다. 마벨은 결코 건드려서는 안 될 독사에게 손길을 뻗은 것이다.

'미스릴을 모처에 숨겨 놓은 다음에 도적들을 처리해야겠군.'

살육의 쾌감을 만끽할 수 있는 순간이 되자 가슴이 정신없이 뛰었다. 심장이 걷잡을 수 없을 정도로 벌렁거렸고, 성기가 부풀어 올라 바지춤이 팽팽히 당겨졌다.

제로스가 말없이 검을 뽑아들었다. 시퍼런 칼날이 나무 사이로 새어 들어온 햇빛을 받아 날카롭게 빛났다.

"의식을 시작할 시간이로군."

나지막이 부르짖은 제로스가 머뭇거림 없이 몸을 날렸다. 그가 달려가는 정면에는 스콜피온 용병단의 A급 용병들이 포진해 있었다.

⚜

지저분한 옷을 걸친 도적 하나가 검을 꼬나 쥐고 덤벼들자 용병들은 어처구니없다는 반응을 보였다.

보아하니 공포에 질려 무작정 달려든 모양인데 상대가 틀렸다. 하필이면 가장 강한 A급 용병들에게로 달려들다니…….

"내가 처리하지."

묵직한 음성과 함께 구레나룻이 무성한 용병 하나가 앞으로 쓱 나섰다.

라몬이라는 이름을 가진 중년의 용병은 벌써 5년 전에 A급으로 판정받은 실력 있는 용병이었다. 카이트 실드와 노말 소드를 잘 다루기로 정평이 나 있다.

그가 거침없이 달려드는 제로스를 막아나갔다. 제로스는 아무런 망설임 없이 수평으로 검을 휘둘렀다. 그러나 라몬의 대응은 신속했다.

방패를 비스듬히 기울여 검의 궤적에 갔다대는 것을 보니 검을 흘려버린 뒤 반격을 가하려는 의도인 것 같았다.

"끝났군."

용병들은 라몬의 승리를 확신했다. 검이 맥없이 허공으로 튕겨진 뒤 무모한 도적의 심장에 노말 소드가 틀어박힐 것이라고.

그러나 그 확신은 다음 순간 산산이 깨어졌다. 도적의 검에서 돌연 섬뜩한 빛무리가 뿜어졌기 때문이었다.

촤아아악!

빛무리의 색은 탁한 데다 스산함이 감돌 정도로 푸르죽죽했다. 그러나 위력만큼은 상상을 초월했다. 검에 부딪친 카이트 실드가 소리도 없이 잘려나갔다.

서걱!

튼튼한 참나무로 틀을 짜고 테두리를 금속으로 두른 견고한 카이트 실드가 마치 썩은 나무토막처럼 쪼개진 것이다. 두 조각으로 나뉜 카이트 실드 사이로 팔 하나가 솟구쳤다.

라몬이 피가 분수처럼 솟구치는 팔뚝을 움켜쥐고 신음을 터뜨렸다.

"크윽!"

그러나 놀랄 틈이 없었다. 푸르죽죽한 빛무리가 재차 날아
들고 있었기 때문이다. 정신이 번쩍 든 라몬이 급히 노말 소드
를 들어 막았다.

역시 A급으로 판정받은 용병다운 노련한 대응이었다. 그러
나 상대의 실력은 라몬보다 훨씬 윗줄이었다.

서걱!

가벼운 음향과 함께 노말 소드가 잘려 나갔다. 단숨에 라몬
의 목을 날려 버릴 것 같던 검은, 그러나 궤적을 바꾸어 하늘
높이 떠오르더니 일직선으로 내려 꽂혔다.

토막 난 검을 들고 있던 라몬의 오른팔이 어깨 죽지에서부
터 잘려나갔다. 떨어져 나간 어깨의 단면에서 피가 스멀거리
며 배어나오더니 급기야 폭죽처럼 뿜어졌다.

촤아악.

엄청난 통증에 라몬은 정신을 차릴 수가 없었다. 그 와중에
서도 푸르죽죽한 빛무리가 계속해서 라몬의 몸을 난도질했다.
허벅지가 사선으로 베어지며 라몬의 몸이 기울어졌다.

허벅지를 덮고 있던 체인메일이 마치 나무토막이 베이듯 맥
없이 잘려나갔다. 이어 다른 쪽 다리도 잘려나갔다.

그 바람에 바닥에 엉덩방아를 찧은 라몬의 입이 반쯤 벌어
졌다. 그 사이로 푸르죽죽한 빛이 재차 파고들었다.

푸슉!

입 안으로 파고든 검날이 뒤통수를 뚫고 튀어나왔다. 그런 상황에 처했는데 살기를 바란다는 것은 한 마디로 욕심이다. 라몬은 그대로 고개를 꺾으며 절명했다.

장내는 순식간에 조용해졌다. A급 용병 한 명이 너무도 어이없이 당한 것이다. 그것도 사지가 완전히 절단된 참혹한 모습으로.

창백하게 질린 용병들이 떠듬떠듬 입을 열었다.

"오, 오러 블레이드?"

비록 색깔이 탁하게 변색되긴 했지만 상대가 전개한 기술은 의심할 나위없는 오러 블레이드였다.

카이트 실드와 금속제 어깨보호대를 무 베듯 가른 것만 보아도 틀림없었다. 용병들의 입에서 경악성이 흘러나왔다.

"소, 소드 마스터다!"

그러나 상황은 급박했다. 제로스가 머뭇거림 없이 달려들어 용병들을 공격하기 시작한 것이다.

멍하니 서 있던 용병의 몸으로 오러 블레이드가 파고들었다. 처참하게 난도질 당한 몸에서 분수처럼 핏줄기가 솟구쳤다.

"끄아악!"

공격 당한 용병은 금세 라몬과 같은 처지가 되어 바닥에 나뒹굴었다. 이번에는 제로스가 숨통을 끊지 않았기에 용병은 목이 터져라 비명을 내질렀다.

제로스가 피에 굶주린 아귀처럼, 환희에 찬 표정으로 용병의 머리통을 밟았다.

"흐흐흐. 감촉이 정말 좋군."

그 말이 끝나는 순간 소름끼치는 음향이 울려 퍼졌다. 발에 밟힌 용병의 머리가 그대로 으스러져 버린 것이다. 그 끔찍한 광경을 지켜본 용병들의 얼굴은 하나같이 창백했다.

사람의 두개골은 생각보다 단단하다. 발로 밟아 으스러뜨리는 것은 거의 불가능한 일이다. 묵직한 해머로 내려쳐야 저렇게 으스러뜨릴 수 있다.

그런데 저 사내는 불가능한 일을 해 냈다. 살짝 발에 힘을 주는 것만으로도 인간의 두개골을 으스러뜨려 버린 것이다.

보다 못한 용병 몇 명이 달려들었다. 분노가 증오심을 덮어 버린 것이다.

"개자식, 죽어라."

"라몬의 원수를 갚겠다."

제로스가 기다렸다는 듯 맞받아쳤다.

"그래. 저항을 해야 재미가 있지. 정말 바람직한 현상이야."

분노의 힘을 빌려 달려들었지만 애당초 그들 사이에는 극복할 수 없는 실력의 격차가 있었다. 기세 좋게 달려든 용병들의 몸이 순차적으로 해체되었다.

방패와 병장기가 잘리고, 이어 사지가 몸에서 떨어져 나갔다. 마지막으로 머리통이 제로스의 발에 밟혀 으스러졌다.

콰직—!

사방은 온통 피바다가 되어 있었다. 죽은 용병들의 몸에서 흘러나온 피가 바닥에 흥건히 고였다.

제로스의 몸 역시 피로 흠뻑 젖어 있었다. 뿜어져 나오는 핏줄기를 음미하듯 뒤덮어 썼기 때문이었다.

그 참혹한 광경에 용병들이 몸을 부들부들 떨었다. 도저히 현실로 인지되지가 않았다.

그들 중 한 명이 마침내 제로스의 정체를 알아차렸다. 현상수배 전단에 붙어 있던 인상착의와 일치했기 때문이었다.

"저, 저자는 제, 제로스야. 제로스!"

"피의 학살자?"

용병들은 순식간에 전의를 상실했다. 피의 학살자 제로스라면 자신들이 감히 상대할 수 없는 강자이다.

마나를 다룰 수 있다는 S급 용병들도 저자의 손에 무수히 죽어나갔다고 들었다. 용병들이 파랗게 질린 얼굴로 주춤주춤 뒤로 물러섰다. 그러나 제로스는 그 모습을 가만히 지켜보지 않았다.

"흐응, 벌써 겁을 집어 먹으면 곤란한데 말이야."

제로스가 눈빛을 번들거리며 달려들었다. 마치 먹잇감을 본 하이에나와 같은 눈빛이었다.

용병들이 엉겁결에 방패와 병장기를 마주쳐 갔지만 오러 블레이드는 애당초 그들이 감당할 수 있는 기술이 아니다. 방패와 검이 맥없이 토막나며 그 사이로 핏줄기가 쭉 뿜어졌다. 단말마의 비명소리가 여기저기서 터져 나왔다.

"끄아악!"

용병들은 말 그대로 학살당하고 있었다. 제로스는 마치 토끼 무리에 뛰어든 사자처럼 용병들의 몸을 마구 찢어발겼다. 그것도 한 번에 죽이는 것이 아니었다.

사지를 잘라내 최대한의 고통을 안겨준 다음, 머리통을 짓밟아 터뜨렸다. 용병들이 순순히 당할 수 없다는 듯 저항했지만 무의미한 몸짓에 지나지 않았다.

제로스는 그야말로 압도적인 강함을 증명하며 용병들의 목숨을 하나씩 거두어갔다.

"세, 세상에……."

베네스의 얼굴은 백지장처럼 창백했다. 상황이 이토록 급변하리라곤 꿈에도 짐작하지 못했다.

형편없는 도적들의 전력을 가늠해보고 승리를 확신했던 것이 바로 조금 전의 일이다. 그러나 단 한 사람의 출현으로 인해 결과가 판이하게 바뀌어 버렸다.

출동했던 용병들은 벌써 반 이상 줄어 있었다. 특히 A급 용병들은 완전히 전멸해 버렸다.

그래도 실력이 나은 편이라고 제로스의 발목을 잡으려 나섰다가 속수무책으로 당해 버린 것이다.

그가 보는 사이에도 용병들이 계속해서 죽어나갔다. 그것은 말 그대로 유린이었다. 보다 못한 베로스가 버럭 고함을 질렀다.

"후, 후퇴하라!"

용병들이 겁먹은 얼굴로 주춤주춤 물러났다. 다행히 제로스는 추격하지 않았다. 간신히 목숨을 건져 숨을 몰아쉬는 몇몇 용병들에게 영원한 안식을 안겨주기 위해서였다.

어차피 퇴로는 쓰러뜨린 나무로 막혀 있다. 그 위를 이십여 명의 도적들이 지키고 있다.

그러니 구태여 서두를 필요가 없는 것이다. 수레가 있는 곳으로 후퇴한 용병들의 수는 고작해야 스무 명도 되지 않았다. 그 사이 반 이상이 제로스에 의해 학살당한 것이다.

넋이 나간 듯 멍하니 서 있던 베네스가 퍼뜩 정신을 차렸다. 어떻게든 이 난국을 수습해야 하는 상황이었다.

"제로스. 우린 당신과 아무런 원한이 없소. 그런데 어찌……."

그 말을 들은 제로스가 혀를 내밀어 입가에 묻은 피를 핥았다.

"물론 원한이야 없지. 그저 나와 마주친 것이 운명이었다고 생각하는 게 편할 거야."

"도, 돈을 원한다면 얼마든지 주겠소."

"돈 따윈 필요 없어. 모조리 죽여 놓고 주머니를 뒤지면 그만이니까. 그럼 어떤 놈부터 죽여줄까."

제로스의 눈자위가 하얗게 번들거리고 있었다. 그 눈빛을 받은 용병들의 몸이 정신없이 떨렸다.

심지어 오줌을 지리는 자들도 있었다. 전장에서 험하게 굴러먹은 용병들을 이 지경까지 몰아넣을 정도로 제로스의 살기는 강했다.

⚜

맥스 일행도 마찬가지로 공포에 사로잡혀 있었다. 인간의 몸이 바로 눈앞에서 참혹하게 토막나는 데 두렵지 않을 도리가 없다.

문제는 그들의 운명 역시 용병들과 동일하게 결정된다는 점이다. 살육에 취한 제로스가 자신들을 가만히 내버려 둘 리가 없었다.

낙담한 맥스가 탄식을 내뱉었다.

"저들과 동행한 것이 잘못이었어. 그냥 다른 상단과 합류했어야 했는데……."

그러나 후회는 아무리 빨리 해도 이미 늦은 것이다. 트레비스도, 쟉센도, 제로스의 살기에 사로잡혀 부들부들 떨고 있었다. 특히 샤일라가 느끼는 공포감은 상상을 초월했다.

"어, 어떻게 해? 제, 제로스는 상대가 여자라면 더욱 참혹한 방법으로 죽인다고 들었는데……."

그녀의 말은 사실이었다. 변태 같은 기질을 지닌 제로스는 상대가 여자일 경우 결코 순순히 죽이지 않는다.

전신이 완전히 해체될 때까지 숨을 붙여 두는 것이다. 그러니 샤일라가 겁에 질릴 수밖에 없었다.

트레비스가 돌연 이를 우두둑 갈아붙였다.

"빌어먹을……. 이건 전부 고용주 탓이야. 고용주가 고집을 부렸기에 이런 상황에 놓인 것이라고."

그들은 애초부터 타나리스 상단과 합류하는 것을 원하지 않았다. 그러나 알리시아가 합류하길 원했기에 따를 수밖에 없었다.

죽을 위기에 처하면 다른 사람의 탓을 하는 것이 인간의 본성인 법. 알리시아를 비난하는 목소리가 점차 높아지고 있었다.

그러나 마차 안의 상황은 판이하게 달랐다. 창문 틈으로 처참한 광경을 보았기에 알리시아의 얼굴은 파랗게 질려 있었다.

그러나 다른 사람들처럼 공포에 사로잡히지는 않았다. 제로스보다 월등히 강한 초인이 곁에 있는데 무엇이 두렵겠는가? 그러나 문제가 없지는 않았다.

"여기서 블러디 나이트로 변신할 수는 없어요. 다른 사람들이 분명 이상하게 생각할 것이 틀림없어요. 자칫 잘못하면 연관관계가 드러날 수가 있어요."

그 말에 레온이 난처한 표정을 지었다.

"하지만 창을 쓰지 않으면 상당히 곤란해질 것입니다. 메이스는 말 그대로 대련용으로 가볍게 익힌 것뿐입니다. 저 정도 수준이라면 소드 마스터 상급이라 볼 수 있습니다. 메이스로 상대하기에는 아무래도 역부족입니다."

"하지만 창을 쓰시게 되면 곤란해져요. 레온님에게 의심의 눈길이 쏟아질 것이 틀림없어요. 창을 현란하게 쓰는 거구의 용병이라면 대번에 블러디 나이트와의 연관관계를 추측해 볼 거예요."

결국 레온은 알리시아의 의견을 받아들일 수밖에 없었다.

"알겠습니다. 그렇다면 한 번 해 보겠습니다. 그런데 제 신분은 현재 A급 용병 러프넥입니다. 그 이상의 실력을 발휘하게 되면 곤란해지지 않겠습니까?"

알리시아가 걱정할 것 없다는 듯 머리를 흔들었다.

"그 점에 대해서는 신경 쓰지 않으셔도 될 것 같아요. 러프넥의 이름을 어느 정도 높여 놓아도 그리 나쁘지 않을 것 같아요."

"그러시다면, 알겠습니다."

레온이 묵묵히 고개를 끄덕였다. 일단은 러프넥의 신분으로 제로스와 맞서 싸워야 했다. 창이 아니라 메이스로 말이다.

그러나 상황이 그리 좋지만은 않았다. 보법 또한 쓸 수 없었다. 블러디 나이트로 활약할 당시 현란하게 보법을 펼쳤기 때문이었다.

여기서 보법을 쓴다면 틀림없이 블러디 나이트와의 연관관계를 의심받을 것이다. 그야말로 한 손을 묶어놓고 싸우는 격이었다.

'보법을 쓴다면 대번에 소문이 나겠지? 이것 참 난감하군.'

그럼에도 불구하고 레온의 얼굴에 곤란한 기색이란 없었다. 알리시아에게서 몇 가지 당부를 들은 레온이 마차 문을 열고 나왔다.

맥스 일행의 원망어린 시선이 쏟아졌지만 레온은 신경 쓰지 않고 마차 문을 닫았다. 그는 우선 등에 멘 그레이트 엑스를 풀어 마차 뒤편에 던졌다.

쿵!

그 상태로 레온이 느릿하게 제로스가 있는 방향으로 걸어갔다. 그 모습을 맥스가 눈을 크게 뜨고 쳐다보았다.

"뭐, 뭘 하려는 거지?"

"서, 설마 제로스를 상대하려는 것은 아니겠지?"

상황은 최악으로 치닫고 있었다. 그 사이 다섯 명의 용병이 제로스의 손에 해체되었다. 제로스는 용병 한 명씩을 잡아다 사지를 절단했다.

퇴로가 막혔기에 용병들은 속수무책으로 당할 수밖에 없었다. 이제 남은 용병은 스무 명도 되지 않았다.

"이익, 제로스! 지옥에 가서 네놈을 저주할 것이다!"

악에 받친 용병 몇 명이 고함을 질러댔지만 제로스는 그것마저 여흥으로 받아들였다.

"그것 참 고마운 소리로군. 네놈은 더욱 특별한 방법으로 해체해 주마."

도적들의 안색도 창백하기 그지없었다. 그들 역시 적지 않게 사람들을 죽여 보았지만 제로스처럼 잔인하고 무감각하게 죽인 적은 없다.

"도, 도저히 사람으로 보이지 않는군."

"두 번 다시 저자랑 상종하지 않을 것이다."

그러나 도적들은 몰랐다.

제로스가 이미 그들에게도 눈독을 들인 상태란 것을……

베네스는 완전히 절망한 상태였다. 이대로라면 모든 용병들이 제로스의 손에 처참하게 해체당할 것이다. 분위기를 보니 상인들과 일꾼도 살려둘 것 같지가 않았다.

비밀을 지키기 위해서는 모조리 죽여 땅에 파묻는 수밖에 없다. 암담해진 나머지 눈앞이 깜깜해졌다.

'끄, 끝장이로군.'

그때 그의 시선에 누군가가 들어왔다. 다들 겁에 질려 다리를 파들파들 떨고 있었지만 그만은 예외였다.

태평하게 걸어오는 덩치는, 베네스가 가짜로 간주했던 애송이였다. 아무 일도 없다는 듯 유유자적 걸어오는 모습에서는 여유마저 느껴졌다.

베네스가 이해할 수 없다는 듯 고개를 갸웃거렸다.

"공포에 질려 정신이 완전히 나간 것인가?"

⚜

레온은 제로스를 목표로 걸었다. 제로스는 완전히 피로 범벅이 된 채 흰자위를 희번덕거리며 다음 희생자를 찾고 있었다. 그 모습을 본 레온이 미간을 찡그렸다.

'살검에 빠지다니……. 검을 지배하는 것이 아니라 아예 검의 노예가 되어 버렸군.'

같은 무인으로서 연민이 차올랐지만 레온은 애써 무시했다. 지금 보이는 행태만 보더라도 세상에 존재해서는 안 될 자였다. 레온이 앞에서 부들부들 떨고 있는 용병들을 밀쳐내며 앞으로 나섰다.

용병들이 의아한 눈빛으로 레온을 쳐다보았다.

"호오. 이건 또 뭐야?"

마침내 제로스의 관심이 레온에게로 쏠렸다. 아무 일도 없다는 듯 당당히 걸어 나오는 모습이 신기하지 않을 수 없다. 제로스가 눈을 희번덕거리며 레온의 아래위를 쓸어보았다.

"이왕 죽을 거 빨리 죽고 싶어서 나왔느냐?"

레온이 차분하게 마음을 가라앉히며 제로스를 직시했다. 바닥에 피가 질펀했고 주위에는 온통 구역질나는 피 냄새로 자욱했다. 그러나 이미 마성을 오래전에 극복한 레온이 아니던가?

"할 말이 있어서 왔다."

레온의 거침없는 하대에 제로스의 가느다란 눈이 좍 찢어졌다.

"흐흐흐. 겁을 상실한 애송이로군."

그러나 레온은 들은 체도 하지 않고 할 말을 해 나갔다.

"일단 우린 타나리스 상단과 아무런 관계가 없다. 단지 같은 길을 선택했을 뿐이지."

"그래서?"

"그런데 상황을 보니 우리 역시 순순히 보내주지 않을 것 같다. 그렇지 않은가?"

제로스가 살짝 혀를 내밀어 검에 묻은 피를 핥았다. 혀가 예리한 검날에 베이며 피가 주르르 흘러나왔다.

"그거야 물어보나 마나 아닐까? 고작 그걸 물어보러 나온 것인가?"

레온이 머뭇거리지 않고 대답했다.

"그렇다. 보내주지 않는다면 싸워서 길을 뚫어야 하니까."

그 말을 들은 제로스가 눈을 크게 떴다. 아무리 봐도 쓸데없이 덩치만 키운 허접하게 보이는 애송이였다. 도대체 저 광오한 자신감의 원천은 무엇이란 말인가. 기가 막힌 나머지 제로스의 음성이 떠듬떠듬 흘러나왔다.

"나와, 싸워, 길을 뚫겠다는 말인가?"

"귓구멍이 막혔나보군. 한 말을 또 하게 만들다니 말이야."

용병들의 반응도 제로스와 대동소이했다. 베네스가 황당하다는 듯 입을 딱 벌렸다.

"완전히 미쳐 버렸군. 공포로 인해 돌아 버린 거야."

옆에 있던 용병들이 그 말에 동의한다는 듯 고개를 끄덕였다. 그것은 맥스 일행 역시 마찬가지였다. 샤일라가 질린 표정으로 고개를 절레절레 흔들었다.

"처음부터 뭐가 좀 모자라 보였는데 정말 그랬군요."

그 말에 동의한다는 듯 트레비스가 마구 고개를 끄덕였다.

레온은 지금 제로스의 허점을 살피고 있었다. 놀랍게도 그는 지금 기습을 생각하고 있었다.

'메이스로 상급 소드 마스터를 상대하는 것은 솔직히 말해 자신 없다. 게다가 나에겐 실력을 숨겨야 할 사정이 있다.'

주 무기인 창을 들었다면 상대가 누구라도 지지 않을 자신이 있다. 그러나 지금 레온의 허리춤에 걸려 있는 것은 창이 아니라 두 자루의 메이스였다.

스승과 대련은 많이 해 보았지만 실전에 써먹어본 적은 거의 없다. 렌달 국가연방에서 기사 한 명을 폐인으로 만들어 버린 적은 있지만, 그와 제로스와는 실력의 격차가 컸다.

기껏해야 소드 엑스퍼트 중급 정도밖에 안되기 때문에 메이스로 겨우 이길 수 있었다. 그것도 상대의 방심을 틈타 얻어낸 승리였다.

하지만 제로스에겐 먹히지 않을 공산이 컸다. 심지어 레온은 메이스로 오러 블레이드를 내뿜어본 적도 없었다. 때문에 메이스에 서린 오러 블레이드가 어떤 형상으로 발현되는지도 모르고 있다.

검에서 뿜어지는 오러 블레이드는 일직선으로 자라난다. 예기가 뻗치는 방향이다. 창으로 뿜는 오러 블레이드 역시 비슷한 형상이다.

차이점은 오러 블레이드를 화살처럼 쏘아낼 수 있다는 점이다. 반면 메이스는 타격 무기이다. 예기를 전혀 발하지 않는 둔기라서 오러 블레이드가 발현될 수 있을지도 의문이었다.

'내공을 있는 대로 주입한다면 뿜어지기야 하겠지만.'

바로 그 때문에 레온은 기습을 가하려고 했다. 그러려면 상대가 방심하고 있는 지금이 최적의 순간이었다. 생각을 정리한 레온이 허리춤의 메이스를 풀어내어 움켜쥐었다.

"아무래도 길을 뚫으려면 싸워야 하지 않겠어?"

멍하니 레온을 쳐다보던 제로스가 쓴웃음을 지으며 검을 휘둘러 묻어 있던 핏물을 털었다.

"미친놈의 피 맛을 보게 생겼군. 뭐 어쩔 수 없는 일이지."

"들어가도 되겠나?"

"얼마든지."

제로스가 귀찮다는 듯 손가락을 까딱거렸다. 검은 여전히 늘어뜨린 채로였다.

말이 끝나기가 무섭게 레온이 몸을 날렸다. 보법을 펼치지 않았지만 무섭도록 빠른 속도였다.

순식간에 제로스의 면전으로 도달한 레온. 두 자루의 메이스가 각각 다른 궤적으로 움직이며 제로스의 머리와 옆구리를 맹렬히 후려쳐갔다.

"헉!"

제로스의 안색이 돌변했다. 이것은 애송이의 공격이 결코 아니었다. 비단뱀처럼 꿈틀거리며 파고드는 날카로운 공격, 그러나 감탄할 틈은 없었다.

그의 몸이 반사적으로 움직이는 동시에 장검에서 오러 블레이드가 자욱하게 뿜어져 나왔다. 상급 소드 마스터라서 그의 반응속도는 상상을 초월했다.

부웅—!

메이스 한 자루가 허무하게 허공을 때렸다. 제로스가 간발의 차이로 고개를 젖혀 피해낸 것이다. 옆구리를 파고들던 메이스도 장검에 가로막혔다.

촤창!

두 병장기가 부딪히는 순간 스파크가 자욱하게 일어났다. 제로스가 메이스를 잘라내기 위해 장검에 오러 블레이드를 집중시켰고 그 기미를 눈치챈 레온이 한껏 마나를 불어넣었기에 생겨난 현상이다.

강력한 힘과 힘의 충돌로 둘의 몸이 주르르 뒤로 밀려났다. 제로스의 눈동자는 경악으로 크게 뜨여져 있었다.

반면 레온은 쓸쓸한 미소를 짓고 있었다. 초인임에도 체면을 망가뜨려가며 기습공격을 감행했는데, 결국 성공하지 못한 것이다.

'역시 메이스로는 역부족이었어. 그렇다면 방법이 정공법밖에 없는 건가?'

귓전으로 경악에 가득한 제로스의 음성이 파고들었다.

"네, 네놈은 누구냐?"

제로스의 기세는 판이하게 바뀌어 있었다. 조금 전까지만 해도 토끼를 희롱하는 사자의 기세였지만 지금은 달랐다. 평생의 호적수를 만난 것 같은 팽팽한 긴장감이 얼굴에 서려 있었다.

"정체를 밝혀라. 혹시 날 제거하기 위해 파견된 것이냐?"

그 말에 레온이 느릿하게 고개를 가로저었다.

"그런 것 없다. 단지 이곳을 지나던 길에 네놈과 우연히 맞닥뜨린 것뿐이지."

"거짓말 하지 마라. 네놈 정도의 실력자가 우연히 지나간다는 것이 말이나 되느냐? 정체를 밝혀라."

레온이 조용히 자기소개를 했다.

"뭐 밝히지 못할 것도 없지. A급 용병 러프넥이다. 가드의 신분으로 자작 영애님을 보필하고 있다."

그 말을 들은 제로스의 눈이 쫙 찢어졌다.

"지금 날 놀리는 것이냐? A급? 네놈은 지금까지 내 손에 죽은 그 어떤 S급 용병보다 강하다."

레온이 심드렁하게 대꾸했다.

"어쨌거나 A급은 맞다. 레르디나의 용병길드에서 심사받았지."

제로스의 날카로운 눈빛이 레온을 샅샅이 훑었다.

"네놈은 조금 전 메이스로 오러 블레이드를 뽑았다. 그것은 검으로 전개하는 것보다 몇 배나 어려운 일이다. 나도 한동안 노력했지만 결국 성공하지 못했다."

제로스의 말은 사실이었다. 그는 둔기로 상대의 머리를 박살내는 짜릿한 손맛을 느끼기 위해 한동안 메이스를 쓴 적이 있었다.

그러나 메이스로 오러 블레이드를 발산하는 것은 검보다 월등히 힘들었다. 예기 자체가 발산되지 않는 둔기이기 때문이다. 결국 제로스는 메이스로 오러 블레이드를 발산하는 것을 불가능한 일로 치부해 버렸다.

그런데 예상을 뒤엎는 일이 여기서 벌어진 것이다. 레온은 메이스가 절단당하는 것을 막기 위해 한껏 오러를 불어넣었다.

초인의 웅혼한 마나가 집중되자 메이스에도 오러 블레이드가 돋아났다. 그 덕에 제로스의 오러 블레이드와 맞부딪히고도 메이스가 상하지 않은 것이다.

제로스가 정확히 그 사실을 지적하자 레온이 씁쓸히 미소지었다. 가급적 실력을 드러내지 않으려 했는데 그만 물거품이 되어 버린 것이다.

'상당히 예리한 녀석이로군.'

귓전으로 제로스의 떨리는 음성이 파고들었다.

"너 정도라면 S급, 그것도 최상위에 랭크될 것이다. 메이스로 오러 블레이드를 뿜어낸다면 검으로는 더욱 수월하게 뿜어낼 수 있기 때문이다."

"미안하군. 난 지금껏 검을 잡아본 적이 없어. 내가 쓰는 무기는 오직 메이스뿐이니까."

"신기한 현상이로군. 그래서 메이스로 오러 블레이드를 뿜어낼 수 있는 건가?"

제로스의 눈빛은 호기심으로 일렁이고 있었다.

"다시 한 번 오러 블레이드를 뽑아보아라. 어떠한 모양으로 발현되는지 궁금하다."

"미안하지만 네놈의 호기심을 채워주고 싶은 생각은 없어."

그 말을 듣자 제로스의 입가에 냉혹한 미소가 맺혔다.

"그렇다면 할 수 있도록 자리를 만들어 줘야겠지?"

그 말이 끝나는 순간 주위가 순간적으로 밝아졌다. 검을 통해 오러 블레이드가 세차게 뿜어진 것이다.

혼탁한 느낌을 주는 푸르죽죽한 오러 블레이드가 무려 2미터 가까이 뿜어져 나왔다.

촤아아악!

제로스가 머뭇거림 없이 달려들어 검을 휘둘렀다.

"오러 블레이드를 쓰지 않고는 막지 못할 것이다."

제로스의 말이 사실이었기에 레온이 입술을 깨물었다. 지금 가해지는 것은 편법으로는 결코 막을 수 없는 공격이었다.

'빌어먹을.'

별 수 없었기에 레온이 메이스에 한껏 마나를 불어넣었다. 순간 메이스가 부르르 진동하며 눈부시게 빛나기 시작했다.

파아앗.

메이스 두 자루의 머리 부분이 눈 깜짝할 사이에 찬란한 빛에 휩싸였다. 불그스름한 기운이 감도는 것이 마치 태양 두개를 막대기에 꿰어 들고 있는 형상이었다.

제로스가 내려찍은 검이 메이스의 머리 부분과 정통으로 맞부딪혔다. 순간 굉음과 함께 자욱하게 불똥이 튀었다.

콰쾅—!

더없이 강력한 힘과 힘이 맞부딪힌 여파는 컸다. 강렬한 충격파가 뿜어져 나오며 둘의 몸이 주르르 뒤로 밀려났다.

제로스의 눈동자는 흥분으로 젖어 있었다.

"오오, 메이스로 뿜어내는 오러 블레이드가 바로 저런 모양이었다니……."

하지만 그것도 잠시, 제로스의 눈빛이 이글거리며 타오르기 시작했다. 그것은 명백한 살의였다.

"네놈을 아주 특별한 방법으로 처리해 주마. 나에게 이 정도의 감흥을 안겨주었으니 마땅히 보답해야 할 터, 나만의 방식으로 보답해 주마."

오러 블레이드가 돋아난 검이 소름 끼치는 소리와 함께 내리꽂혔다.

레온으로서는 별 수 없이 맞부딪힐 수밖에 없었다.

'어쩔 수 없군. 정공이다. 혈투를 통해 메이스 쓰는 법을 숙달하는 수밖에…….'

대결은 레온이 초반에 밀리는 형상으로 진행되어 갔다. 그럴 수밖에 없는 것이 레온이 익힌 곤봉술은 지극히 기본적인 초식으로 구성되어 있다.

레온의 주 무기가 창인지라, 스승인 데이몬도 기초 이상을 가르쳐 주지 않았다.

그 정도만 해도 대련이라는 목적에 충분하니 말이다. 게다가 메이스는 곤봉과는 미묘하게 달랐다. 생김새도 틀렸고 무게 중심도 다르다.

반면 제로스는 고급 검술을 익혔다. 비록 살검으로 변질되기는 했지만 수많은 살육 끝에 완숙해진 상태였다. 그러므로 일단 초식 자체에서는 상대가 되지 않았다.

만약 둘이 비슷한 실력이었다면 레온은 벌써 피를 뿜으며 나가떨어졌을 것이다.

그러나 레온은 초식의 미비함을 다른 방법으로 극복했다. 일단 보법은 최악의 상황이 닥치기 전까지 쓸 수 없다. 때문에 레온은 지금껏 겪은 실전경험에 의거해 제로스의 맹공을 방어해 나갔다.

레온의 동체시력은 상상을 초월하는 수준이었다. 강자와의 끊임없는 대결 끝에 몸에 아예 배어버린 상태인 것이다. 그로 인해 레온은 제로스의 공세를 두세 수 앞서서 파악했다. 상대의 검로를 미리 막아 공격의 맥을 끊어 버리는 것이다.

그러나 그것이 모두 순탄한 것만은 아니었다. 메이스를 휘두르는 것이 익숙하지 않아 뻔히 드러나는 허점을 보고도 파고들 수가 없었다.

게다가 제로스의 검술은 수많은 살인을 통해 완성된 살검.

도무지 예측 불가능한 방향으로 파고들었기 때문에 레온은 방어하는 데 많은 어려움을 겪어야 했다.

그러나 그의 얼굴에서는 긴장감을 찾아볼 수가 없었다. 초인 특유의 비기를 사용한다면 언제든지 제로스를 제압할 수 있기 때문이다.

그러나 레온은 그리 하지 않았다. 이참에 메이스 사용법을 완전히 몸으로 체득할 작정이었다.

'젠장, 체면이 말이 아니로군. 하지만 어쩔 수 없지. 당당히 힘으로 꺾어 보이겠다.'

겉으로 보이는 형세는 백중지세였다. 처음에는 현저히 밀리는 것 같았지만 레온은 차츰 패색을 극복해 나갔다.

실전을 통해 메이스 다루는 법을 서서히 몸으로 체득해 나가는 것이다.

레온의 얼굴에는 어느덧 여유가 감돌고 있었다.

'좋군. 오랜만에 땀 흘려 싸울 수 있다니 말이야.'

용병들의 눈은 경악으로 물들어 있었다.

완전히 돌아 버린 것으로 간주한 애송이가 그 이름도 무시무시한 피의 학살자 제로스와 한 치의 밀림도 없는 혈투를 벌이고 있었기 때문이었다.

처음에는 밀리는 기색이 역력했다. 그러나 시간이 지날수록 승부는 팽팽히 진행되었다.

베네스가 믿을 수 없다는 표정으로 띄엄띄엄 말을 늘어놓았다.

"어떻게 이런 일이……. 저, 정녕 내 눈이 틀린 것인가?"

그의 안목으로 볼 때 제로스와 당당히 맞서 싸우는 덩치는 영락없는 애송이였다. 근육의 발달상태도 그랬고 이해할 수 없는 병장기의 조합도 그랬다.

저 순박한 얼굴 역시 평가에 많은 영향을 미쳤다. 그러나 그토록 믿었던 그의 안목은 형편없이 빗나가 버렸다. 신분패를 위조해 A급 행세를 하는 질 나쁜 용병이 아니라, S급을 넘어서는 진짜배기였던 것이다.

"메, 메이스로 오러 블레이드를 발현시킬 수 있다면 S급으로도 모자라지. 암 그렇고말고……."

그 말에 동의한다는 듯 용병들이 고개를 끄덕였다. 미친놈이라 치부할 때도 동의했던 그들이었다.

그들은 점점 혈투에 빠져 들어갔다. 승기가 서서히 덩치 큰 용병 쪽으로 가닥이 잡히고 있었다.

믿을 수 없어하는 것은 맥스 일행도 마찬가지였다. 그들은 입을 딱 벌린 채 자신들이 침까지 흘리고 있다는 것을 의식하지 못하고 있었다.

트레비스가 경악 어린 일성을 흘려냈다.

"세상에, 러프넥님이 저토록 강했다니……."

그는 자신도 모르게 경어를 붙이고 있었다. 용병사회에서 통하는 것은 오로지 힘. 압도적인 무력을 보여준 레온에게 존경심을 가진 것이다.

　맥스 역시 눈을 크게 뜬 채 레온을 주시하고 있었다. 머리 부분이 태양처럼 눈부시게 빛나는 메이스 두 자루를 종횡무진 휘둘러대는 레온의 모습이 그에겐 마치 천신처럼 보였다.

　옆에서는 샤일라가 야무진 각오를 하고 있었다.

　'저토록 강한 사람일 줄은 몰랐어. 이번에는 놓치지 않겠어!'

　그녀의 눈동자가 마치 먹잇감을 발견한 독수리처럼 빛나고 있었다.

✛

　장장 30분에 달하는 혈투도 마침내 결말을 향해 치닫고 있었다. 이제 레온은 완연히 여유를 가지고 제로스를 상대했다. 그가 휘두르는 메이스는 별다른 힘을 들이지 않고 제로스의 공격을 차단했다.

　반면 그가 간간히 내뻗는 반격을 피하기 위해 제로스는 사력을 다해 몸을 날려야 했다.

　제로스가 마치 풀무처럼 거칠게 숨을 몰아쉬며 말했다.

　"헉, 헉, 놀랍군. 이, 이런 실력을 숨기고 있었다니……"

"숨겼다고 말할 순 없지."

"도, 도대체 네놈의 정체가 무엇이냐?"

레온은 숨결 하나 거칠어지지 않은 평온한 상태였다. 치열한 혈투를 치르면서도 태연히 대답하는 레온이었다.

"내 정체를 알면 많이 놀랄걸? 그나저나 승부를 결정지을 때가 된 것 같군. 더 이상 놀아 줄 시간이 없어."

제로스의 얼굴에 체념의 빛이 서렸다. 더 이상은 오러 블레이드를 뿜어낼 여력이 없었다.

"안타깝지만 그럴 것 같군. 그래도 후회는 없다. 강자의 손에 죽게 되어서 말이다."

"미안하군. 난 너를 무인으로 인정하지 않고 있다."

냉혹한 일성과 함께 메이스에 서린 빛이 순간적으로 빛났다. 순간 제로스가 휘두르던 검의 중단이 맥없이 부서져 나갔다.

레온의 싸늘한 음성이 제로스의 귓전을 파고들었다.

"잘 가라. 저승에 가서 네 손에 무참히 죽은 자들에게 사죄하도록."

그 말이 끝나는 순간 둔탁한 음향이 울려 퍼졌다. 레온이 왼손에 든 메이스를 휘둘러 제로스의 머리통을 박살내어 버린 것이다.

퍼억!

수박 터지듯 산산이 흩뿌려지는 두개골 사이로 피와 뇌수가 흘러내렸다.

피의 학살자 제로스의 피도 타인과 다름없이 붉었다. 머리가 완전히 날아간 제로스의 몸뚱이가 경련하더니 그 자리에 맥없이 허물어졌다. 팽팽하던 접전이 급작스럽게 종결되는 순간이었다.

⚜

장내는 순식간에 조용해졌다. 피의 학살자 제로스가 마침내 그 악명에 종지부를 찍은 것이다.

자신들이 죽인 용병들처럼 머리통이 산산이 박살난 처참한 모습으로……

믿기 힘든 위업을 이룬 레온은 두 자루의 메이스를 움켜쥔 채 천신처럼 서 있었다.

용병들은 말을 잃었다. 꼼짝없이 사지가 찢길 줄 알았는데, 느닷없이 튀어나온 덩치 큰 용병 한 명이 제로스를 처치해 버린 것이다.

상인들과 일꾼들의 얼굴에도 생기가 돌았다. 이제 목숨을 건질 수 있는 것이다.

반면 도적들은 넋이 나간 모습을 보였다. 철석같이 믿고 있던 제로스가 저 세상으로 가 버리다니…… 처음에는 익히 예상했던 방향으로 흘러갔다.

그토록 두려워했던 A급 용병들을 제로스가 그야말로 무인지경으로 유린했으니 말이다. 그러나 상황은 한순간 판이하게 뒤바뀌어 버렸다.

부들부들 떨고 있던 도적들에게 스산한 시선이 드리워졌다.

"어떻게 할 것인가? 너희들도 길을 막을 생각인가?"

제로스의 머리통을 산산이 부숴버린 용병의 말이었다. 마벨이 침을 꿀꺽 삼켰다. 만약 저 용병이 막고 나선다면 미스릴을 빼앗을 수 없다.

대등한 대결을 통해 제로스를 죽였다면 확실한 S급 용병으로 봐야 한다. S급과 A급 용병의 차이는 엄청나게 크다.

무위를 보니 자신들 전부가 달려들어도 승산이 없어 보였다. 다급해진 마벨은 용병이 아까 제로스와 나눈 말을 떠올려 보았다.

'타나리스 상단과 아무런 관련이 없다고 했지? 그렇다면 아직까지 희망이 있다.'

그의 시선이 수레 쪽으로 향했다. 용병들은 고작해야 스무명 정도 남아 있었다. A급을 비롯해 실력 있는 용병들은 모조리 사지가 잘려 바닥에 널브러져 있다.

저 정도 전력이라면 충분히 해치우고 미스릴을 차지할 수 있다. 물론 그것은 눈앞의 용병이 자신들을 방해하지 않는다는 가정 하에 생각해 볼 수 있는 것이다.

미벨의 귓전으로 격앙된 음성이 재차 파고들었다.

"어찌할 것인지 묻지 않는가? 우리가 갈 길을 막을 것인가?"

퍼뜩 정신을 차린 마벨이 급히 입을 열었다.

"저희들에겐 그럴 생각이 전혀 없습니다. 원하신다면 안내인을 붙여드릴 수도 있습니다."

"길잡이가 있으니 그럴 필요 없다."

레온이 단호하게 머리를 내젓자 마벨이 다급히 손을 흔들었다.

"마차가 지나갈 수 있도록 길을 열어라."

명령이 떨어지자 도적들이 일제히 갈라지며 길을 열었다. 명령이 없더라도 도적들에게 감히 가로막을 담량이 있을 턱이 없다. 살짝 머리를 끄덕인 레온이 마차로 돌아왔다.

"길을 열었으니 출발합시다."

그러나 맥스 일행은 움직일 생각을 하지 않았다. 그들의 시선은 널브러진 제로스에게 꽂혀 있었다.

제로스에게 걸린 천문학적인 현상금을 떠올린 것이다. 일행의 얼굴에는 아깝다는 기색이 역력했다.

'정말 아깝군. 제로스의 목에 걸린 현상금이 얼만데……'

제로스의 머리는 형체도 알아볼 수 없을 정도로 박살이 나버렸다.

그러니 현상금을 받아낼 근거가 없는 것이다. 아쉽다는 표정을 지은 트레비스가 말고삐를 움켜쥐었다.

그때 쥐꼬리만한 음성이 옆에서 들려왔다.

"죄, 죄송하지만 합류를 요청해도 되겠습니까?"

어느새 호위책임자 베네스가 다가와 머리를 조아리고 있었다.

부끄러움 때문에 얼굴이 벌겋게 상기되어 있었다. 하지만 어쩔 수 없었다. 제로스를 처치한 용병 일행이 이대로 떠나 버린다면 결국 미스릴을 빼앗길 수밖에 없다. 도적들이 눈을 시퍼렇게 뜨고 마차를 노려보는 상황이었다. 남은 전력으론 결코 도적들을 막아낼 수 없다.

그 때문에 베네스가 수치심을 무릅쓰고 부탁을 하는 것이다. 그러나 베네스를 쳐다보는 맥스의 표정은 냉랭하기 그지없었다. 아까 받은 냉대가 머릿속을 떠나지 않는 것이다.

"아까는 우리의 합류를 거절하지 않았소? 오십 골드나 요구했다는 것은 우릴 합류시킬 생각이 전혀 없었다는 뜻일 테니 말이오."

"그, 그게 아니라……."

베네스로서는 필사적이었다. 저들과 합류하지 않는다면 그들은 모두 죽은 목숨이다. 또한 미스릴을 빼앗김으로써 스콜피온 용병단의 이름에 먹칠을 하게 된다.

"아까는 정말 죄송했습니다. 미련한 제가 미처 사람을 몰라보고……."

"어쨌거나 그건 내가 결정할 사안이 아니오."

말을 마친 맥스가 레온을 쳐다보았다. 그는 마차 옆에 앉아 천으로 메이스에 묻은 피와 뇌수를 닦아내고 있었다.

"어떻게 하시겠습니까? 러프넥님?"

"그거야 내가 결정할 문제가 아니지요. 레베카님께 물어봐야 하지 않을까요?"

머리를 내젓는 레온을 본 베네스는 몸이 달았다.

"사례금을 넉넉하게 드리겠습니다. 그러니 합류시켜 주십시오."

그때 트레비스가 끼어들었다. 이재에 밝은 그는 절호의 기회를 놓치지 않았다.

"아까 오십 골드를 요구했었지요? 우리 인원이 여섯 명인데 오십 골드라면 일인당 도대체 얼마를 계산한 것이오?"

머뭇거리던 베네스가 재빨리 계산을 했다. 현재 남은 인원은 용병 열여덟 명과 상인 일곱 명, 그리고 짐꾼이 스무 명이었다. 그렇게 되자 대충 계산이 나왔다.

"사례금으로 사백 골드를 드리겠습니다. 제발 좀 합류시켜 주십시오."

베네스로서는 필사적일 수밖에 없었다. 사백 골드라는 거금을 지불하고서라도 도적들의 손아귀에서 벗어나야 한다. 머뭇거리며 다가온 상인들이 재차 애걸을 했다.

"모자라시면 거기에 백 골드를 더 얹어 드리겠습니다."

"제발 부탁입니다."

일이 거기까지 진행되자 마차 안에서 청아한 음성이 흘러나왔다.

"러프넥님. 그들의 요청을 들어주세요. 곤경에 처한 사람을 두고 그냥 갈 수가 없군요."

그 말에 베네스의 얼굴이 환해졌다. 상인들의 얼굴에도 생기가 돌았다.

"저, 정말 감사합니다."

"이 은혜 결코 잊지 않겠습니다."

레온이 메이스를 움켜쥐고 몸을 일으켰다. 합류가 결정되었으니 도적들을 쫓아 보내야 했다.

"타나리스 상단은 우리 일행과 합류했다. 어떻게 할 것인가? 막을 것인가?"

마벨이 눈을 질끈 감았다. 가장 우려했던 상황이 닥친 것이다. 저 용병을 당해낼 도리가 없으니 어쩔 수 없었다.

이쯤에서 포기해야만 했다. 침중한 음성이 입술을 비집고 흘러나왔다.

"미스릴을 포기하고 철수한다."

도적들의 얼굴에도 다행이라는 기색이 역력했다. 제로스의 살육을 경험했기에 더욱 가슴이 떨렸다.

A급 여덟을 포함해 스물여섯 명의 용병을 단신으로 도륙했던 제로스였다. 그런 제로스를 꺾은 용병을 그들이 무슨 수로 감당한단 말인가?

도적들이 썰물 빠지듯 철수하고 그 자리에는 정적이 감돌았다. 용병들이 어두운 표정으로 동료들의 시신을 수습하기 시작했다.

조금 전만 해도 서로 농담을 나누었던 동료들이 사지가 절단되고 두개골이 으스러진 참혹한 모습으로 널브러져 있으니 침통할 수밖에 없었다.

도적들이 떠나가자 베네스가 즉각 사례금을 가지고 와서 맥스에게 내밀었다. 꽤나 묵직해 보이는 금화주머니였다.

"여기 사례금이 있습니다."

맥스가 언짢은 표정으로 주머니를 받아들었다. 베네스에 대한 감정이 아직까지 풀리지 않은 것이다. 그러나 베네스의 심기도 결코 편치 않았다.

'빌어먹을, 이럴 줄 알았으면 아까 이들을 합류시키는 것인데.'

그러나 후회는 아무리 빨리 해도 늦은 것이다. 만약 선심을 발휘해 저들을 합류시켰다면 상단은 이렇게 큰 피해도 입지 않았을 것이다.

합류한 이상 저들에게도 상단을 보호할 책임을 지울 수 있으니 말이다. 더불어 오백 골드라는 사례금을 지불하지 않아도 되었을 것이다.

용병들이 이리 저리 돌아다니며 사태수습을 했다. 땅을 파서 동료들의 시신을 묻고 흙을 퍼서 핏자국을 덮었다.

처참한 살육의 흔적은 오래지 않아 지워졌다. 정리가 끝나자 베네스가 와서 공손히 머리를 숙였다.

"정리가 모두 끝났습니다."

"그럼 출발하도록 해요."

수레가 느릿한 속도로 움직이기 시작했다.

행렬의 중심부에는 알리시아와 레온이 탄 마차가 자리하고 있었다.

〈4권에서 계속〉